転生先はヒーローにヤリ捨てられる……はずだった没落モブ令嬢でした。1

東 万里央
Mario Azuma Presents

fairy kiss

この作品はフィクションです。
実際の人物・団体・事件などに一切関係ありません。

転生先はヒーローにヤリ捨てられる……
はずだった没落モブ令嬢でした。1

fairy kiss

第一章　一行モブ女ですが、容疑者に昇格しました。

ソランジュの朝は早い。

夜明け前に目覚め、屋敷裏手にある井戸で水を汲《く》み、その後薪《まき》を倉庫に取りに行き、火を熾《おこ》してお湯を沸かす。

夏ならまだいいが、晩秋の今は底冷えがし、毎朝水の入った重い桶《おけ》を持つせいで、手はカサカサであかぎれがいくつもできていた。

食事もパンとスープだけの粗末なもののせいか、まだ十七歳だというのに手は折れそうに細く儚《はかな》い。顔色は青ざめていて、結い上げられた金髪にも艶がなかった。

使用人口から屋敷に戻り、薪をくべてお湯を沸かす。続いて身なりを整え、お湯をタライに流し入れ、二階の奥方の寝室へ運んでいく。

「奥様、洗顔のお湯をお持ちしました」

「……入って」

奥方は先ほど起きたばかりなのか寝ぼけ眼《まなこ》だ。しかし、ソランジュの顔を見るなり視線が途端にきつくなった。

「ったく、どうして朝からお前の顔なんて見なければならないのかしら。不愉快だわ」

「……申し訳ございません」

事業が失敗したのに生活水準を下げられず、贅沢《ぜいたく》三昧を続けてきたため、もはやまともな使用人を雇う金もないからだとは言えなかった。

まず数年前、代々仕えてきた凄腕《すごうで》の執事が愛想を尽かして出ていった。その執事を慕っていたメイドや従者、庭師に専属シェフも付き従って辞職している。

そして現在、身分の低い愛人の娘だからと疎まれ、虐げられていたソランジュが使用人の仕事を押し付けられている。

しかし、いくらなんでも一人ですべてをこなすのは難しい。

屋敷の掃除、洗濯、料理や名ばかりの家族の世話くらいはなんとかなるが、庭園の手入れやドレスの手入れなどは専門家でなければ無理だ。

ソランジュも努力してはいるのだが、手が足りずにどんどん庭園は荒れ、ドレスの一部は刺繍《ししゅう》が解《ほつ》れている。

なのに、伯爵に進言しても「なんとかしろ」としか言わない。奥方に至っては愛人の娘の話など聞こうともしないし、聞いたところで怒鳴られ、暴力を振るわれるだけだ。

何もしていなくても機嫌が悪いと八つ当たりされるのに。

奥方は気怠《けだる》げに体を起こすと、洗面器に手を入れ、ジロリとソランジュを睨《ね》め付ける。

「ちょっと、こっちに来なさい」

「は、はい、なんでしょう」

「まだぬるいじゃない」

「えっ」

そんなはずはない。以前も似たようなことがあったので、湯加減には細心の注意を払っていたのだから。

だが、ソランジュに言い訳は許されていない。

「申し訳ございません。すぐに温め直して――」

奥方が無言でタライを摑《つか》む。あっと思った次の瞬間には、湯気の立つお湯を頭から掛けられた。

「……っ」

髪から水滴がポタポタと落ちる。メイドのお仕着せはずぶ濡《ぬ》れになっていた。

「最初からやり直して。まったく、いつになったらまともな仕事ができるの」

「……申し訳ございません」

唇を嚙《か》み締めながら頭を下げる。

「すぐに新しいお湯を沸かしてまいります」

今日も罰として食事を抜かれるのだろう。

だが、悲しいかな、ソランジュはすでに嫌がらせにも空腹にも慣れてしまっていた。

慣れるしかなかったのだ。


その男が馬に跨《また》がりやってきたのは、暗雲垂れ込める日の暮れかけの頃。

ソランジュは庭園で夕食に使うハーブを摘み、玄関前を通り抜け、使用人口に回り込むところだった。ソランジュは使用人扱いなので、貴族用の玄関を使ってはならないのだ。

「そこの娘」

「はい、どなたでしょう?」

低い声で呼ばれて何気なく振り返り、一瞬腰を抜かしそうになる。

翻《ひるがえ》る黒マントに黒衣に黒い短髪、馬まで黒だったので、ソランジュには一瞬死神に見えたのだ。

ただし、腰にさしていた武器は鎌ではなく剣だったが。

男は馬から下りると、手綱を近くの木に括《くく》り付け、ソランジュの前に立った。

恐ろしく背が高い。

「宿を借りたいのだが。もちろん謝礼はする」

「えっ、でも……」

戸惑いながら男を見上げる。もう薄暗いので顔は見えにくいものの、眼光の鋭さと全身から漂う威圧感から、この男がただ者ではないと理解できてしまう。

「しょっ、少々お待ちください。ただいま旦那様に聞いてまいります。雨が降りそうですのでどうぞ玄関前まで……」

何者だろうと怯《おび》えつつ、屋敷に案内しようと手を伸ばす。すると男は懐から革袋を取り出し、ソランジュの手の平に乗せた。

「これを渡せ。前金だ。話も早くなるだろう」

ずしりとした重さに息を呑《の》む。

「か、かしこまりました」

ソランジュは急ぎ伯爵の執務室を目指した。しかし、伯爵の姿はない。それではと居間に向かうと、案の定夕食前だというのに呑んだくれていた。

近頃ますます酒浸りになっている。このままでは財産を食い潰すどころか借金もしそうだった。

ワインやブランデーのボトルが何本も床に転がっている。伯爵自身はソファに背を預けていびきをかいていた。

「だっ、旦那様」

「うう……ん。なんだ」

「先ほど男性のお客様がいらっしゃいまして、宿を借りたいそうなのですが」

「……面倒だな。男なら追い返せ」

「ですが、こちらをいただきまして」

酒臭い息を我慢しつつ、先ほどの革袋を手渡す。

「……！」

伯爵は金の重さに気付いた途端飛び起き、もつれる指先で革袋の紐《ひも》を解《ほど》いた。溢《あふ》れ出た黄金の煌《きら》めきに息を呑んでいる。

両手一杯の金貨だった。降って湧いた大金に伯爵の目がギラギラと輝く。

「すぐにそのお客様とやらをこの部屋に案内しろ」

「は、はい」

一体あの男は何者なのか。

ソランジュは不安になりながらも、玄関前で待機していた男を居間に連れていった。

「どうぞ、旦那様がお待ちです」

居間の扉を開け、男を中に入れようとしたところで、そのはっとするほど端整な横顔に目を瞬かせる。

どこかで会ったことがあると感じたからだ。

しかし、ソランジュはこの屋敷から出たことがなく、使用人や異母兄以外の若い男を見たこともない。

見間違いだと思い直して扉を閉めた。

途中、命じられてお茶を運んでいくと、伯爵はすっかり上機嫌になっている。

「ええ、ええ、もちろんご要望通り女も用意させてもらいますよ！」

テーブルの上には更に革袋が二つ追加されていた。

どうやら男は更に金を積んで娼婦《しょうふ》を要求したらしい。随分と注文が多い男だと呆《あき》れ、どこから娼婦を呼ぶのかと首を傾《かし》げた。

男がこの屋敷にしか宿を求められなかったように、伯爵領から一番近い繁華街でも馬で一時間はかかる。宿屋も娼館もその街でなければない。あとはところどころに村があるだけだ。

この時期だと夜は寒く真っ暗になるので、今日はもう馬を走らせることはできない。つまり、娼婦を派遣するよう依頼し、連れてくる時間はないはずだった。

しかし、伯爵はもう大金を受け取ってしまっている。一体どうするつもりなのか。

「失礼します」

ソランジュは頭を下げて厨房《ちゅうぼう》に戻った。

いずれにせよ、今夜は客人の分の夕食も用意せねばならない。また、男が食事、入浴を終えるまでに客間を掃除し、ベッドメイキングを終わらせておかなければ。

ソランジュは増えた仕事をどうこなすか、足りない食材をどう水増しするかで頭が一杯になっていた。

だから、夕食後伯爵に執務室に呼び出され、男の相手をしろと言われた時、何を言われたのかがわからなかった。

「あの方がお前をご所望だ。今すぐ身支度をしてこい」

一体なんの身支度なのかと恐る恐る尋ねると、透ける布地の寝間着を着て、胸の谷間を見せるようにと命じられた。

「寝間着はアドリエンヌのものを貸してやる。くれぐれも粗相をするなよ」

アドリエンヌとは伯爵と奥方の娘だ。つまり、ソランジュの腹違いの一つ年上の姉である。なお、異母兄に当たる五つ年上のジュリアンもいた。

「だ、旦那様……」

ソランジュはようやく事態を理解して呻《うめ》く。

「それは……私に娼婦になれということですか」

「この屋敷に若い女はアドリエンヌとお前しかいないからな」

異母姉はいずれ貴族の男に嫁ぐ身なので、娼婦の真似事などさせられない。

「なら、お前しかいないだろう。卑しい生まれにもかかわらず、お前の面倒を見てやった恩返しをしろ」

ちなみに、客人の男は傭兵《ようへい》のアルと名乗ったのだとか。あの大金は先月終わった隣国との戦争で稼いだそうだ。

「所詮は地位も身分もない流れ者の傭兵だ。お前程度の女で十分だろう。お前が息子ではなく娘でよかった。女は金になるからな」

「……っ」

ソランジュは俯《うつむ》いて拳を握り締めた。なぜ厄介者の愛人の娘を手元に置いておいたのか、その理由を今更知ってしまい悲しみに涙が滲《にじ》む。

ソランジュの母は使用人だった。

伯爵曰《いわ》く、道で着の身着のまま行き倒れていたところを拾った。頭を打ったのか記憶を失っており、自分の名前すらわからない。そこで伯爵が名を与え、使用人として引き取ってやったと。

その後母は奥方の身の回りの世話を担当していたが、間もなく伯爵に気まぐれに手を付けられ、ソランジュを産んだと聞かされている。

その母はソランジュが六歳の頃亡くなっている。出産直後から奥方にこき使われ、嫌がらせをされたせいで寿命を縮めたと思われた。

『ソランジュ、母さんが昔お世話になった人に頼んでおいたから、この家から出ていきなさい。旦那様が認知してくれるはずがないし、奥様はあなたを快く思っていないだろうから……。あなたは私に似すぎているもの』

それが遺言だった。

『昔お世話になった人って……お母さん、記憶が戻ったの？』

『……』

母は悲しげに微笑《ほほえ》むばかりでソランジュの疑問には答えず、そのまま静かに目を閉じて息を引き取ってしまった。

数日後、簡素な葬儀が終わって間もなく、母の知人だと名乗る老人が屋敷にやってきた。遺言通りソランジュを引き取りに来たのだと。

だが、伯爵はそれまで母娘に無関心だったのに、ここにきて待ったをかけた。

『その娘は私の子だと認知する。どこにもやるつもりはない』

『ですが、ソランジュの母親と約束していたんです』

『平民風情が伯爵の私に逆らうつもりか。いいか、私はこの娘の父親だ。成人するまで保護する義務がある』

この国の法律では貴族の父親が認知してしまえば、母親がどれだけ反対しようと子の意思がどうだろうと、強制的に子は父親の家に属することになる。娘の場合結婚しなければ逃れられない。

身分と法律を盾に取られると、母の知人もどうにもできなかった。

その後ソランジュは母と同じく、奥方や異母兄姉に虐げられて育った。

それほど疎ましく思っているのに、なぜ認知したのか意味不明だったが、今なら嫌と言うほどよくわかる。

なるほど、給料のいらない使用人兼、客人向けの慰み者にするつもりだったのだ。娘扱いどころか人間扱いすらされていない。

伯爵は何も応えないソランジュに「逃げるなよ」と念を押した。

「お前が私の娘であり、その気味の悪い黄金色の瞳である限り、どこへ行こうと簡単に捜し出せるのだから」

ソランジュの髪の色は母と同じ金色で巻き毛だったが、瞳はエメラルドグリーンを受け継がなかった。明るい琥珀色《こはく》——というよりは眩《まばゆ》い黄金色で一風変わっている。

この瞳の色は伯爵家にはないので、母方の血だと思われるものの、母はすでに故人であるため確かめようがない。

ソランジュはおのれの目を生まれて初めてくりぬきたいと思った。唯一の母の形見である自身の一部を、厭《いと》わしく感じてしまうのが悲しかった。


ソランジュは濡れた金髪をきゅっと絞ると、湯船から上がり体を拭いた。

こうしてたっぷりの温かい湯に浸《つ》かるのも、石鹸《せっけん》や香油を使うのも初めてだ。いつもは水を含ませた布で拭くしか許されなかった。

さすがに小汚いままで男には差し出せないからと、今日に限って入浴と洗面用具の使用を許されたのだ。こんな形で湯の心地よさを知りたくなかったと唇を噛み締める。

同時にいくら身を清めたところで、男が自分のように下働きしか能のない醜い女に、果たしてその気が起きるのかと首を傾げた。

ソランジュは奥方から使用人のくせに巻き毛で金髪なんて生意気だと叱責されている。

異母兄のジュリアンからは痩せっぽちのくせに、胸だけでかいなんて嫌らしい体つきだと蔑まれた。

異母姉のアドリエンヌからは目は大きすぎるのに、鼻や唇は小さいと詰《なじ》られている。日中には外に出て働いているにもかかわらず、まったく日焼けしないのはおかしいとも。

奥方と異母兄姉たちが揃《そろ》って文句を言いたくなるほど、目も当てられない容姿なのだろう。

「そうよ、私はこんなに醜いのに……」

金貨を積み上げてまで抱きたい女だとは思えない。落胆され、すぐに下がれと言い渡されるのではないか。

あの男を満足させられなかったとなれば、伯爵から役立たずだと叱責され、奥方からは折檻《せっかん》されるに違いない。幼い頃から仕事で失敗すると一晩中手や背を鞭《むち》で打たれるのだ。

いずれにしろ地獄なのだとわかれば諦めもつく。

ソランジュは伯爵から与えられた、胸の谷間も露《あら》わな寝間着に手を通した。

まさか見ず知らずの男に抱かれる日が来るとは。

我が身を見下ろしぽつりと呟《つぶや》く。

「……恋をしてみたかったな」

以前、アドリエンヌに飽きた本の処分を頼まれた際、どうせ捨てるならとうち一冊を引き取ったことがある。

それは心清らかな娘と気高い騎士が愛し合う小説だった。ありきたりな物語だったが、ソランジュにとっては唯一の心の慰めだった。

だが、今はあんな小説を知らなければよかったのにと悲しくなる。

誰かを愛し愛され、生涯をともにする――それはもはや永遠に手の届かない夢になっていたからだ。

「……寒い」

ぶるりと震える我が身を抱き締める。

もうしばらく体を温めたかったが、男との約束の時間が迫っている。寒さと恐れで小刻みに震える足取りで男の泊まる客間を目指した。

一瞬躊躇《ちゅうちょ》したのち恐る恐る扉を叩《たた》くと、感情のこもらない低い声で命じられる。

「入れ」

室内の灯《あか》りはランプだけだった。今夜は満月だと聞いているので、晴れていれば月明かりが差し込み、そんなものは必要なかっただろう。

ところが、夕方から降り始めた雨が、今は横殴りの強風が吹き荒《すさ》んで嵐になっている。窓がガタガタと揺れて悪魔でも出そうな不吉な夜だ。

ソランジュは目を凝らし、ベッドに腰掛けた男を見つめた。傭兵なだけあって肩幅が広く二の腕は筋肉が盛り上がっている。ガウンの合わせ目から見え隠れする胸板は目を見張るほど厚かった。

「だ、旦那様よりお客様のお相手を申しつかりました。ソランジュと申します」

「……」

薄闇の中で男の黒い目が光る。

背筋がゾクリとした。

狼《おおかみ》に睨《にら》まれたのかと思うほど男の眼光は鋭く、喰《く》い殺されるのではないかと怯えたからだ。

「来い」

「……っ」

ソランジュは命じられるまま足を踏み出した。

恐ろしいのに男の声に逆らえない。有無を言わさぬ威圧感だった。

男はソランジュが目の前に立つと、腕を伸ばして細い手首を掴んだ。

「あっ……」

ソランジュの細い体は呆気《あっけ》なくバランスを崩した。そのままベッドに押し倒されてしまう。

男の荒々しく熱い息が頬にかかる。次の瞬間、窓の外から悪魔の唸《うな》り声にも似た音がしたかと思うと、カッと辺りが一瞬眩い閃光《せんこう》に照らし出された。

雷が落ちたのだと認識する間もなく、屋敷が衝撃で揺れる。

男は先ほどの閃光でソランジュの顔が認識できたらしい。

黒い目がわずかに見開かれ、薄い唇の端が上がった。

「これは……喰らい甲斐《がい》があるな」

一方、ソランジュは雷が苦手だったが、今は怖がるどころではなかった。目を丸くして自分を組み伏せる男を凝視する。思わず口をパクパクさせてしまった。

「あっ……あっ……あっ……」

「喘《あえ》ぐにはまだ早いぞ」

生暖かい何かに口を塞がれてしまう。

「ん……んんんっ！」

ソランジュは唇を強引に奪われながら、心の中で「嘘《うそ》！」と絶叫していた。

――この顔って、この顔って、この顔って間違いない。『黒狼《こくろう》戦記』のヒーローのアルフレッド

王だ！

『黒狼戦記』は全五巻のハイファンタジー小説だ。中世ヨーロッパ風の剣と魔術の異世界を舞台としている。

この『黒狼戦記』は元々『白鹿の女王』というシリーズ作品のスピンオフで、『白鹿の女王』終了後、人気キャラだった敵国のアルフレッド王を主役としていた。

一応、ライトノベルのレーベルから出版されていたものの、小国の王女の成長を描いた『白鹿の女王』とは対照的に、戦記ものということもあって展開はダークかつシリアス。とにかく戦乱のエピソードが多かった。

なぜならアルフレッドは、『白鹿の女王』の主人公の——というよりは、アルフレッド以外のありとあらゆる登場人物にとっての敵役だったからだ。

アルフレッドは軍事大国エイエール王国の若き国王で、弱冠二十七歳で王国軍を率い、大陸西方のありとあらゆる国家を蹂躙《じゅうりん》していた。

総指揮官として優れているだけではない。漆黒の鎧《よろい》を身に纏《まと》い、黒馬に跨り、みずから前線に立ち血に染まった剣を振るったのだ。敵国の名将を次々と討ち取るその姿はまさに一騎当千。

戦好きで恐れを知らず、勝利と利益のためならば、まともな人間なら目を背ける非道な手段を取るのも厭わない。おのれに向けられた復讐《ふくしゅう》の刃《やいば》をも跳ね返し、血に濡れた王道をどこまでも行く、徹底したダークヒーローだった。

ところが、混じり気のない漆黒の短髪と双眸《そうぼう》、端整な美貌。何よりみずからの意思を貫く揺るぎない精神、そして壮絶な出生と生き様が多くの女性ファンを惹《ひ》き付けた。

ソランジュの前世である、ブラック企業に入社し、二年目になる女もそうだった。

気弱な性格から毎日上司にネチネチといじめられ、サービス残業を押し付けられて疲れ切っていただけに、アルフレッドのような強い男に憧れたのだ。

毎夜就寝前に電子書籍を開いては、「私もアルフレッド様みたいだったらなあ。ちゃんと嫌なことは嫌って言えて、意地悪なんて跳ね返せたら……」などと溜《た》め息を吐《つ》いていた。

そう、もっと強ければ過労で体調を崩し、インフルエンザを悪化させ、アパートの部屋で一人孤独死することもなかっただろう。

ちなみに、アルフレッドには長年のある習慣がある。戦を終えた後、あるいは満月の夜には必ず娼婦を買うのだ。

女性なら眉を顰《ひそ》めそうな習慣だが、その理由が徐々に明かされていくにつれ、読者はそうか、だからだったのかと認識を改めていくことになる。

なお、『黒狼戦記』第一巻第一章もそうしたシーンから始まっていた。戦争に勝利したアルフレッドは、人知れず軍隊を離れ、愛馬とともに当てもなく辺りを彷徨《さまよ》う。

折しもその夜は満月だった。

血が騒ぐのを覚えたアルフレッドは、通りすがりのしけた屋敷に一夜の宿を借りた。もちろん、名と身分は偽っている。そこで女を買って抱くことになるのだが――。

『今夜の女はまだあどけなさがあるので、女ではなく娘と言った方がいいのかもしれない』

いずれにせよ、娼婦でありさえすれば誰でもなんでもよかったと続いていた。

——そこまで思い出したところで、ソランジュはまさかと呟いた。

今夜の女と書かれていたのが自分のことなのか。

たった一行しか登場しない、名すらないモブ女に転生したとはと愕然《がくぜん》とする。しかも、現在事の真っ最中だ。

「ん……ぅ……んんっ」

唇を強引に割り開かれたかと思うと、口内にぬるりと生暖かい何かが入り込む。歯茎をなぞられた感触で、それをアルフレッドの舌だと察した途端、肌がざわりと粟立《あわだ》った。

逃れようとして自分の舌を引くが一瞬遅く、アルフレッドの舌先が素早くソランジュのそれを捉え、無理矢理絡め取ってしまう。口内でぐちゅりと濡れた音が響いた。

「……っ」

呼吸ができずに息苦しい。

黄金色の目の端に涙が滲む。

前世では仕事ばかりで恋愛どころではなかった。今生でももちろん経験などあるはずがない。

時折異母兄のジュリアンに付き纏われ、胸や尻を触られることはあったが、痴漢やセクハラの被害は経験に入らないだろう。

それだけに荒々しい口付けに対応できず、ただ翻弄《ほんろう》されるばかりだった。

ソランジュの苦しげな表情に気付いたのだろうか。不意にアルフレッドが唇を離す。

「……娼婦の割には慣れていないな」

黒い瞳が自分だけを見つめている。

ソランジュがその眼差《まなざ》しに射貫《いぬ》かれる間に、剣を握り続けた硬い指先が寝間着の胸元に掛けられた。

はっと息を呑む間に布地が縦に引き裂かれる。華奢《きゃしゃ》な体にしては豊かな白い乳房がふるりとまろび出た。

「あっ……」

「初心《うぶ》な女のふりは好きではないが、まあいい」

「……っ」

ソランジュのわずかに開いた唇は、再び強引な口付けに遮られてしまった。

「ん……んっ！」

混乱して思わず身を捩《よじ》るが、覆い被《かぶ》さる肉体は鋼のように強くしなやかで、女のか弱い抵抗程度ではびくともしない。

剝《む》き出しになった乳房が胸板に押し潰され、乳首が柔らかな肉にめり込む感覚に全身がビクリと震える。

そのまま何事もなければ、わけもわからぬうちに抱かれていただろう。

ところが、次の瞬間再び一際大きな雷が落ち、屋敷が床下からぐらりと揺れた。その拍子に窓辺に置かれていたランプが落ちて横倒しになる。

あわや漏れ出た炎が絨毯《じゅうたん》に燃え移り、広がりそうになったところで、アルフレッドがギラリと目を光らせつつ体を起こした。

「……無粋な雷だな」

窓辺に立ち足でぐいと踏み潰す。炎はジジ……と呆気なく消えた。

時を同じくして嵐がたちまち弱まる。アルフレッドは天まで威圧できるのだろうか。

強風で雲が払われたらしく、一条の儚い月光が窓から差し込んでくる。その光がガウンに包まれた筋肉質の肉体をそっと照らし出した。

ソランジュはベッドに肘をつき、その広い背を呆然《ぼうぜん》と見つめながら、ようやくこれは小説の出来事ではなく、我が身に起こっていることなのだと実感した。

あるいは、先ほど走馬灯のように脳裏に過《よぎ》った光景は、前世の記憶などではなく、過酷な現実に耐え切れず、ついに狂った末に見た幻覚なのかもしれない。

それでもよかった。

恐らくこれからはずっと伯爵に娼婦の真似事をさせられる。終わりの見えない地獄のような日々が待っている。

ならば初めてを捧《ささ》げる人は、たとえ金で買われるのだとしても、憧れていたアルフレッドがよかった。

――きっとこれは神様のご慈悲なんだわ。

なんの力もない、ちっぽけな自分に与えられた唯一の幸運だ。

なら、この一夜で身も心もアルフレッドの色に染まりたかった。

アルフレッドはしばし窓の外の月を見上げていたが、やがて荒く熱い息を吐きながらソランジュを振り返った。

「女、お前は不運だったな。……今夜は満月だ」

声が一段と低くなっている。黒い瞳は飢えた狼さながらにギラギラ輝いていた。明らかに先ほどまでの余裕がなくなっている。

アルフレッドはベッドに近付くと、ソランジュの腰を攫《さら》った。

「あっ……」

二度ベッドに押し倒されてしまう。寝間着を引きずり下ろされてしまうと、もう体を守るものは何もなかった。

思わず両手で身を隠そうとしたが、強引に手首を摑まれシーツに縫い留められてしまう。

恐ろしいほどの力だった。決して逃すまいとするアルフレッドの劣情を感じ取り、背筋がゾクリとする。

続いて首筋に噛み付かれ、歯を立てられたので、本当に喰らわれるのではないかとビクリとした。

同時に、左の乳房を大きな手で鷲《わし》摑みにされる。硬い指先が軟らかな肉に深く食い込んだ。

「あ……あっ」

男の無骨な手の平の中で乳房が縦に、横にと揉《も》み込まれ、握り潰され、形を変える。淡く色付いた両の乳房の頂がピンと立った。

そこでアルフレッドがすかさず胸の谷間に顔を埋め、すっかり敏感になった右の頂にむしゃぶりつく。前髪の先端が肌に刺さると背筋がゾクゾクとした。

「あっ……あっ……やっ……んぁっ……だ……めぇ……」

ちゅうっと音を立てて吸い付かれると、赤ん坊を産んだこともないのに、頂から熱を吸い出される錯覚を覚える。時折尖《とが》った歯で齧《かじ》られると、背筋から首筋にかけて電流が走った。

「あっ……そんなに……強く……吸わない……で……あっ」

腹の奥で凝った熱がとろりと溶け、蜜となってあらぬ箇所を淫《みだ》らに濡らす。そんな自分が恥ずかしくて、思わず目を固く閉じると、すかさずアルフレッドに「俺を見ろ」と命じられた。

恐る恐る目を開ける。

アルフレッドがガウンを脱ぎ捨て、その眼差しでソランジュを射貫く。

情欲の炎が燃え上がる漆黒の瞳が目の前にあった。ソランジュがその激しさに息を呑む間に、膝でぐっと足を割り開かれる。

「あっ……」

反射的に体をずり上げて逃れようとしたが、腰をぐっと掴まれ引き寄せられてしまう。そして、足の狭間《はざま》に禍々《まがまが》しく赤黒く凶暴で、劣情に熱く猛《たけ》る雄の証《しるし》が押し当てられた。

「ああっ……」

黄金色の目が大きく見開かれる。

「あっ……ああっ……んあっ……」

いやいやと首を横に振る。

こんな太く硬いものが体の中に入るはずがない。

だが、アルフレッドはソランジュを逃がしてはくれなかった。

欲望に濡れた先端がぐぐっと蜜口に押し入る。

「あっ……」

アルフレッドは体を起こすと、ソランジュの細くすらりとした片足を抱え上げ、ぐぐっとみずからの腰を強引に間に割り込ませた。

「あっ……あっ……あっ……」

隘路《あいろ》が押し広げられる感覚と圧迫感に身悶《みもだ》える。息が止まりそうなのに喘ぎ声は漏れ出てしまう。

やがて、止《とど》めとばかりにズンと肉の楔《くさび》で貫かれると、体の奥でぶつりと何かが引き裂かれる痛みが走った。

「ああああっ……」

ソランジュは息を呑んでアルフレッドを見上げた。口を開いたが衝撃で息ができない。ただパクパクと虚《むな》しく開け閉めを繰り返すだけだ。

アルフレッドもソランジュを見下ろしていた。こちらの息はもっと荒くなっている。

「……なんて体だ」

次の瞬間、体内からずるりと雄の証が引き抜かれたかと思うと、間髪を容《い》れずに最奥へ突き入れられた。

「あああああっ……」

純潔を失った時以上の衝撃でなよやかな肢体が上下に揺れる。汗ばんだ乳房も合わせてふるふると動いた。内側から破壊されてしまうのではないかと、本能的に恐れるほどの衝撃だった。

実際、ソランジュの肉体は一度壊されていた。その上でアルフレッドの女として作り替えられようとしていたのだ。

自分が決定的に変わってしまう感覚に、知らず目尻から涙が流れ落ちる。

その涙がシーツに染み込む前にまた腰を叩き付けられた。

「う……あっ……んあっ」

ギリギリまで肉の楔を引き抜かれたかと思うと、ズンと子宮口近くまで貫かれる。

「んあっ……」

激しい交わりはますますソランジュを混乱させた。

先ほどまでは痛みと圧迫感ばかりだったのに、突かれるごとに下腹部が熱くなってきて、とろとろ熱い蜜を分泌してしまう。

すると抽挿が容易になったからか、アルフレッドの行為が更に激しく、強烈になっていった。

内壁が繰り返し擦《こす》られ溶けてしまうのではないかと怯える。その怯えも弱い箇所を穿《うが》たれると快感に弾《はじ》け飛んでしまった。

子宮口を突かれるたびに喉の奥から熱い息が押し出される。同時に胸を鷲摑みにされ、指先で乳首を抉《えぐ》るように引っかかれると、快感で涙が滲んで視界を曇らせた。

「あっ……ああっ」

これ以上抱かれ続けてはおかしくなってしまう。

体をくねらせ首をいやいやと横に振ったが、抵抗にもならなかった。

不意にアルフレッドが顔を歪《ゆが》める。

「くっ……」

思い切り怒張でソランジュを貫いてくる。

続いて獣に似た唸り声を上げたかと思うと、ソランジュの腰を力任せに摑んで引き寄せ、隙間もないほど密着した状態でビクビクと身を震わせた。

「あっ……」

黄金色の目が大きく見開かれる。

「あああっ……」

隘路に放たれた大量の灼熱《しゃくねつ》の飛沫《しぶき》がソランジュを内側から焦がしていく。耐え切れずに背を仰《の》け反らせ、口をパクパクさせる。

「あ……あっ……あ、つい……熱い……」

一方、アルフレッドは肩で大きく息を吐くと、ずるりと雄の証をソランジュの蜜口から引き抜いた。

精と蜜が入り混じった液体がどろりとシーツを汚す。

アルフレッドは何気なくその箇所を見下ろし、すぐにはっとして凝視した。破瓜《はか》の証である鮮血が混じっていたのだ。先ほどまでの猛りを掻《か》き消すほどの衝撃だった。

「お前……まさか……」

だが、時を同じくして見過ごせない事態が起こる。

意識を失っていたソランジュが譫言《うわごと》を呟いたのだ。

「う……ん……。初めての人があなたでよかったです……。アルフレッド様……」

屋敷の主人に身元は明かしていない。傭兵のアルだとしか名乗っていないはず。なのに――。

「なぜお前が俺の正体を知っている……」

間違いなくソランジュとは初対面であるはずだった。

翌朝ソランジュが目を覚ますと、すでにアルフレッドの姿は隣になかった。まだ夜が明けたばかりなのに随分と早い。

念のために屋敷の外に出て確かめてみると、厩舎《きゅうしゃ》に繋《つな》がれていた黒い愛馬もいなくなっていた。つまりは物語通りにヤリ捨てられたということなのだろう。

昨夜の嵐が雨雲を押し流したのか、今日は晩秋のこの地方には珍しく晴れ、小鳥が嬉《うれ》しそうに空を飛んでいる。

顔を上げてその姿を見送るうちに、知らず一滴、二滴と涙が頬を伝っていた。

「……何を泣いているの。もう十分な思い出をもらったじゃない」

きっとこれから誰に抱かれても、アルフレッドとの一夜を振り返る。面影を胸に抱いてさえいれば生きていけると思えた。

胸に手を当てて小さく頷《うなず》く。

「……うん、私はもう大丈夫。また頑張らなきゃね」

ソランジュは裏手の井戸に向かうと水を汲み、布を浸して絞って身を拭いて清めた。いつものメイドのお仕着せに着替える。

今日からまた下働きを再開せねばならない。

だが、まずは使用人部屋に向かうと、壁に貼り付けた五芒星《ごぼうせい》を描いた紙切れの前に跪《ひざまず》き、手を組んで瞼《まぶた》を閉じて頭《こうべ》を垂れた。

この五芒星はエイエールの国教である一神教、クラルテル教のシンボルである。

ソランジュも幼い頃に洗礼を受け、毎朝夕必ず礼拝を行っていた。

教会には正式な神像や銀で象《かたど》られた五芒星があるのだが、外出を制限され、どこにも行けぬ身ではこうするしかない。

ソランジュがこれほど敬虔《けいけん》なのは、洗礼を施してくれた神父の影響が大きかった。

神父は母亡き後無償で葬儀を執り行い、墓まで用意してくれたのだ。以降も王都に戻るまでは何かとソランジュを気にかけてくれた。一切れしかない弁当のパンを分けてもらった時の感動は今でも忘れられない。

以来、ソランジュはあの神父のように人に手を差し伸べ、助けられる人になりたいと願い、こうして日々祈りを捧げている。

まずは日々の務めを無事に果たせていることへの感謝と、続いてアルフレッドの安全と今後の繁栄を願う。

自分の望みや願いはなかった。すでに前世であれほど焦がれた人に会えた上、純潔を捧げることができたのだから。

ソランジュは礼拝を終えると立ち上がり、今日の務めを果たすべく使用人部屋を出ていった。

奥方の洗面のための湯を沸かして、一家のための朝食の準備をして、食事が終わり次第食器を洗って拭いて、自分の朝食として残飯を食べて――。

ところが、そんなソランジュのルーティンを乱す者が現れた。

異母兄のジュリアンだ。

ジュリアンは伯爵家の経済状況が厳しいにもかかわらず、たびたび隣町へ遊びに行っていた。このあたりは父親そっくりなのだが、娼館での女遊びが主な目的である。

ソランジュが死ぬような思いで身を売った昨夜も、一晩中娼婦たちとどんちゃん騒ぎで遊び呆《ほう》けていたらしい。アルフレッドと入れ替わるように午前様で帰宅してきた。

ジュリアンは若い頃の伯爵によく似ているそうで、亜麻色の髪に青い瞳のそれなりの美青年だ。だが、身持ちの悪さがその雰囲気を堕落した、だらしないものにしていた。

玄関前の落ち葉の掃き掃除をしていたソランジュに声を掛ける。

「相変わらず朝っぱらから陰気な顔だな」

ソランジュは「不快にさせて申し訳ございません」と嫌味を受け流した。

「朝食は済ませられたでしょうか。パンとスープでしたら用意できますが」

いつもはすぐに顔を伏せるソランジュが、淡々と対応したのがつまらなかったのだろうか。しらけたように「いい」と断った。

「もう済ませてきた」

「かしこまりました」

ソランジュをチラチラ見つつ屋敷に入る。

ところが十分も経《た》たぬ間に今度は憤怒《ふんぬ》の形相で飛び出てきた。ソランジュの腕を摑み問い質《ただ》す。

「い、痛っ……」

「おい、お前、傭兵に買われたって本当か」

ジュリアンの青い瞳が怒りに見開かれている。

「それは……」

アドリエンヌにでも聞いたのだろうか。

「本当なんだな！」

ジュリアンは激高してソランジュを抱き寄せた。気色悪さにソランジュの肌が粟立つ。

「なっ……何をなさって……」

酒臭い息が耳元にかかる。

「もう処女でもないなら誰に何をされても構わないだろう」

その一言にぞっとした。

「な、何をおっしゃっているのですか。じゅ、ジュリアン様と私は兄妹で――」

まさか、自分を異性と意識しているのかと声が震える。

今まで何かと体を触られてきたが、それは嫌がらせだと捉えてきた。異母妹に劣情を抱くなど想像もしていなかった。

「はっ、兄妹だと？　お前は使用人の娘だろう。第一、僕とお前のどこが似ている」

ジュリアンが鼻で笑う。

「僕の言うことは聞いておいた方がいいぞ。父上が死ねば当主になるのは僕なんだからな」

「……っ」

これからも身を売ることになるとは覚悟していた。だが、異母兄に飼われるなど有り得ないしあってはならない。クラルテル教でも兄弟との情交は禁忌とされている。

だが、このままではいずれはジュリアンの思い通りになってしまう。

「はっ……放してくださいっ……！」

ソランジュは生まれて初めてジュリアンに逆らった。ジュリアンの目がたちまち吊《つ》り上がる。

「……使用人の娘の分際で僕に逆らったな」

ジュリアンはさっと手を振り上げた。

「……っ」

それだけでソランジュの体は強張《こわば》り、もう動けなくなってしまう。失敗すると鞭で折檻され続けていたために、振り上げられた人の手は恐怖の対象となっていたのだ。

固く目を閉じ傷付けられるその時を待つ。

だが、いつまで経っても打ち据えられることはなかった。

ジュリアンの気が変わったのだろうか。

恐る恐る目をわずかに開いて絶句する。

ジュリアンの背後に何者かが立ち、暴力を振るおうとしていた手をがっしりと捉えている。

ジュリアンも長身だがその男はそれよりはるかに高く逞《たくま》しく見えた。

「あ、あ、あ……」

ソランジュは信じられない思いでその男の名を呼んだ。

「アルフレッド……様？」

こんな展開は小説には一切なかったはずだった。

ソランジュが名を呼ぶとアルフレッドの黒い眉がピクリと動いた。

「やはり俺を知っていたようだな」

言葉とともにジュリアンの腕を軽く捻《ひね》る。

解放されたソランジュはその場に尻もちをついた。立ち上がろうとしたが恐怖と驚きで足に力が入らない。

なぜアルフレッドは戻ってきたのか。

一方、ジュリアンは少女のように甲高い悲鳴を上げていた。

「ひいぃっ！　い、痛っ！　痛いぃ！」

右肩を押さえて地面をのたうち回る。

アルフレッドはジュリアンに感情のこもらぬ目を向けた。

「右肩を外しただけだ。その程度すぐに戻せるだろう」

そして高価な貴族の紳士服に身を包み絶叫するジュリアンと、呆然とするメイド服姿のソランジュを交互に見比べる。

「なるほど、異母兄……そういうことか」

ジュリアンの悲鳴が耳に届いたのだろうか。屋敷から伯爵と奥方、アドリエンヌが玄関前に飛び出てきた。

「ちょっと！　ジュリアンに何をしたの!?」

「怪我《けが》をしていたらただでは済ませんぞ！」

しかし、アルフレッドの後方を目にするなり息を呑み、みるみる戦意喪失し、その場に立ち尽くしてしまう。

「……？」

ソランジュは何事かと夫妻の視線を追って絶句した。乗馬した鎧姿の騎士たちがずらりと並んで門を塞いでいる。うち一人は高々と軍旗を掲げていた。

軍旗の意匠は雄の黒狼と黄金の毛並みの雌狼の番《つがい》——紛れもないエイエール王国軍の王家の紋章である。つまり、騎士たちは国王直属の近衛《このえ》騎士団だ。

身に纏う装備の質からして、指揮官クラスと思われる臣下も何人かいる。

うち一人を遠目に見てソランジュはあっと声を上げそうになった。

あの葦毛《あしげ》の馬に乗った銀髪にアイスブルーの瞳、冴《さ》え冴《ざ》えとした絶世の美貌の騎士は、『黒狼戦記』に登場するアルフレッドの腹心の一人、ドミニクではないか。

軍略や作戦を練るのが得意な頭脳派で、女性に見向きもせず黙々と仕事をこなす、取り分けストイックなキャラとして人気だった。

ソランジュの視線を感じたのか、ドミニクがふと顔をこちらに向ける。だが、すぐになぜか不愉快そうに眉を顰め、視線を逸《そ》らしてしまった。

アルフレッドはドミニクを背に腕を組んだ。髪と瞳の色と同じ、漆黒のマントが冷たい秋の風にはためく。

「伯爵、昨夜は世話になったな」

伯爵と奥方はガタガタとその身を震わせた。

「あっ、あなた様はまっ、まさかっ……国王……陛下っ……」

アルフレッドの鋭い視線が伯爵夫妻を貫く。それだけでもう夫妻はその場に跪いて平伏《ひれふ》した。

「だが、俺は素人と生娘だけは断ると言ったはずだ。金に目が眩《くら》んだか」

「そっ……それはっ……」

「この長男とやらも病身ゆえに従軍できず、当分は療養させると報告を受けているが、異母妹を襲う元気はあるようだな」

「あっ……。……っ」

もう言い訳もできないほど恐ろしいらしく、ひたすら「命だけは、命だけは助けてください」と哀願していた。

アルフレッドはそんな二人を無視して今度はソランジュを見る。

「女、ソランジュと言ったか」

「は、はい……」

「体には大事ないか」

「え、ええ」

名を覚えていてくれただけではなく、体調を心配してくれるのかと感激する間もなく、続いての予想外のセリフに目を瞬かせる。

「間課《かんちょう》の容疑で拘束する」

「……えっ？」

間諜とはつまりスパイのことか。なぜそんな容疑をかけられるのだろう。

「なぜ俺の正体を知っていたのか、じっくり取り調べさせてもらうぞ」

なんでもアルフレッド曰く、ソランジュは寝言でアルフレッドの名を呼んだだけではない。どうせならアルフレッドの臣下のドミニクにも会ってみたかっただの、アルフレッドの愛剣にして魔剣、レヴァインを触ってみたかっただの、身内でなければ決して知り得ない情報をいくつも口走ったのだとか。

げた。

「あ、あれはっ……」

まさか前世の記憶だとは言いづらい。今度は頭がおかしくなったのかと呆れられそうだ。

アルフレッドはそんなソランジュを見下ろしていたが、やがてソランジュの前に片膝をついて告げた。

「申し開きは王宮で聞く」

「あっ……」

次の瞬間、両の膝裏と背に手を回され抱き上げられてしまう。

「きゃっ！」

突然の出来事にバランスを崩しそうになり、思わずアルフレッドの首に縋《すが》り付いた。

アルフレッドは駆け付けてきた騎士に「後は任せる」と耳打ちすると、ソランジュを横抱きにしたまま用意されていた馬車に乗り込んだ。

痛みに呻いていたジュリアンが、額に脂汗《あぶらあせ》を滲ませながらも怒鳴る。

「ソランジュを放せ！　それは僕の女だ！」

だが、ソランジュがそのセリフを耳にする前に、御者が馬に鞭を当て馬車が発車した。

ソランジュは信じられない思いで窓の外を見つめた。

屋敷がどんどん遠くなっていく。まさか、こんな形で家を出ることになるとは。一生囚《とら》われの身のままだと覚悟していたのに。

いいや、囚われの身であるのには変わりない。

一行モブ女で終わるはずが、スパイの容疑者になってしまったのだから。

「私を……縛り上げなくてもよろしいのですか」

恐る恐るアルフレッドに尋ねると、こんな答えが返ってきた。

「手足が自由だったとして、お前のようにか弱い女が俺に抵抗できると思うか」

確かにそうだ。アルフレッドは合理主義者でもあるのだろう。

「ところで俺が推しだの、尊いだの、沼だのあれはどういう意味だ」

腕と長い脚を組みソランジュをあらためて見つめる。

「……私、そんなことまで寝言で言っていたんですか」

「他にもすまほがあればサツエイできたのにとかどうとか」

「……」

こうして図らずも前世の記憶が妄想などではなく、ここは『黒狼戦記』の世界だと証明されてしまったのだった。

そして、一行で終わるはずだったソランジュの運命は、思いがけぬ方向に進んでいくことになる――。

第二章　容疑者ですが、国王陛下の侍女に昇格しました。

『黒狼戦記』では、城は軍事拠点として各地に築かれている。

ソランジュは王都に護送されるまで、なぜかたびたびそうした城に立ち寄り、アルフレッドの専属医の診察を受けた。

質問はいつも同じだった。

「体調が悪いということはないですか」

「は、はい……」

栄養失調気味で痩せすぎのきらいはあったものの、重病にかかったことはないし、今もそうだと思う。

「陛下と枕を交わすまで本当に純潔でしたか」

このあけすけな二者択一には目を伏せてしまった。

「そもそも身内や使用人以外の男性には会ったこともなくて……」

アルフレッドに抱かれた夜を思い出して赤面する。まさしく嵐のような一夜で忘れられそうになかった。

医師はモジモジするソランジュを前に溜め息を吐いた。

「こんなことが……このような女性がいるのか」

なお、王都までの旅路でアルフレッドにも似たような質問を受けている。「体は苦しくないのか」だの、「倒れそうになることはないか」だの。

初めは一行モブ女風情を心配してくれるのか、推しに気遣われるなんてもう死んでもいいと感激していたが、どうもそういった雰囲気ではないのでわけがわからなかった。

アルフレッドたちは一体自分の何を探っているのだろうか。スパイ容疑だけだとは思えなかった。

そうこうする間に一ヶ月近くが経ち、アルフレッド一行は王都に到着した。

お上りのソランジュがこれこそ大都会！　王宮！　などと感激する間もなく、今度こそ容疑者らしく石造りの塔の最上階に連行されてしまう。

騎士たちはソランジュを押し込み、鉄格子の扉を軋《きし》む音を立てて閉めた。

「それではこちらで少々お待ちください」

騎士たちが姿を消したのち中を見回す。

四人用の牢獄《ろうごく》なのだろう。狭く薄暗く、粗末な硬いベッドしかない一室だった。窓もなく空を見ることもできない。

極め付けに長年書き加えられてきた、石の壁の落書きが恐ろしい。落書きと言ってももちろんペンなど与えられないので、囚人たちは爪なり壁の欠片《かけら》なりで刻み付けたのか。

処刑前に生きた証《あかし》を残そうとしたのだろう。イニシャルや名、生年月日、家紋、生前の功績――中でも「死にたくない。妻に、娘に会いたい」の一言はこたえた。自分には死んだところで泣いてくれる家族などいないからだ。

溜め息を吐いてベッドに腰を下ろす。尋問されると聞いているが、どんな目に遭わされるのかと怯える。

何か吐くまで拷問されるのだろうか。

脳裏に有名な拷問器具のアイアン・メイデンや針の椅子、首絞め具、指絞め具、舌絞め具その他諸々《もろもろ》が思い浮かぶ。あるいは水責めや火責めか。

しかし、いくら責め立てられたところでどうにもならない。『黒狼戦記』の世界には前世の概念などないので、アルフレッドの情報を把握していたのは小説で読んだからと白状しても、信じてもらえないだろう。

ここで拷問死か、あるいは処刑される運命なのか。

震える手を組んでその時を待つ。

それから間もなくして再び鉄格子が開けられた。

「お嬢さん、失礼します」

息を呑んで振り返りキョトンとする。

「やあやあ、なんとも愛らしい。こんな方に魔術をかけるなど気が進みませんね」

やってきたのは残忍そうな拷問官ではなく、白いローブを身に纏った柔和そうな青年だった。左手には七色の宝石のはめ込まれた杖《つえ》を持っている。

二十代後半くらいだろうか。ローブだけではなく一つに束ねた長い髪も白い。瞳の色は濃い紫なのが印象的だった。

その姿に前世の記憶を刺激され、思わずあっと声を上げてしまう。

「魔術師レジス……？」

魔術師レジスは『黒狼戦記』で重要な脇役で、アルフレッドに仕える魔術師だ。

魔力を持ち魔術を駆使する魔術師はこの世界でも数が少ない。各国に一人いるか、いないか程度だ。というよりは他国の引き抜きを防ぐために存在自体を隠されていることが多い。

よりにもよってその魔術師の名をソランジュは口走ってしまった。

白い眉がピクリと動く。

「……ほう、私の名を知っていましたか」

ソランジュはしまったと口を押さえたがもう遅い。

「確かに陛下のおっしゃる通りこれは見過ごせませんね」

レジスは右手を伸ばすと手の平を広げ、ソランジュの額に近付けた。

「なっ……」

濃い紫の霧が広がりたちまち頭を包み込む。

「な……に……これっ」

纏わり付かれるような不快感に思わず手で払うと、霧は呆気なく飛び散り、たちまち消え失《う》せてしまった。

あの霧はなんだったのかとキョトンとする。

一方、レジスは驚愕に目を見開いてソランジュを凝視していた。

「自白魔術が効かない……？」

何度か同じ行為を繰り返したが、やはりソランジュはなんともなかった。

「どういうことだ」

レジスは顎に手を当て考え込んでいたが、やがて唇の端を上げて微笑んだ。

「ぜひこれは実験材料にしたいところだ。陛下にお願い申し上げてみよう」

実験材料とは何か、と不吉な一言を問い質す間もなく、レジスは楽しそうに牢獄を出ていってしまう。

それからどれだけの時が過ぎたのだろうか。外が見えないので昼か夜かもわからない。

仕方がなく眠くなったら眠り、目覚めては起き上がるを繰り返していると、ますます時間の感覚がなくなっていった。

再び鉄格子が開けられたのは、ちょうど三度目の眠りから目覚めた頃。

ソランジュは驚いてベッドから身を起こした。

黒衣の男がソランジュを見据えている。

「アルフレッド様……」

アルフレッドは「お前は何者なんだ」と問うた。

しかし、そう聞かれたところでソランジュですとしか答えようがない。

アルフレッドは牢獄を大股で横切り、怯えるソランジュの前に立った。腰を屈《かが》めてぐいとソランジュの顎を摑む。

「なぜお前は俺を知っている。なぜ俺に抱かれても魔に侵されない」

「魔に侵される……？」

ソランジュにはアルフレッドの言葉の意味がわからなかった。

『黒狼戦記』でそんな設定は見たこともない。ただ、アルフレッドが娼婦を買う理由は知っていた。この世に生まれ落ちた際かけられた呪いのせいだ。

ソランジュの頬にアルフレッドの指が食い込む。

「……この件は知らないようだな。なら、呪いについてはどこまでだ」

ということは、その女を侵す魔とやらはアルフレッドの呪いに関係しているのか。

「そ、それは……」

ソランジュは口籠《くちご》もるしかなかった。

なぜなら、覇王であるアルフレッドにとって、この呪いが唯一にして最大の弱点であり、決して知られたくない秘密であり、長年苦しめられてきたものだからだ。

小説ではこの呪いについて知る者は、アルフレッド本人と魔術師レジスと専属医と前王である亡父――そして、呪いをかけた張本人であるアルフレッドの亡き母だけだった。

なお、レジスは作品中でなんとか解呪しようとして失敗している。魔術や呪いではプロのレジスでも音を上げたほど、強力で厄介な呪詛《じゅそ》だったのだ。

幼いアルフレッドが不吉だからと父王に廃嫡され、ずっと地下牢に閉じ込められていたほどに――。

なのに、自分は前世で読者という無責任な立場から、弱点があるからますます素敵なのよねと楽しんですらいた。こうして目の前にいるアルフレッドは架空ではない、苦悩を背負って生きる生身の人間なのに。

その後ろめたさと殺されるのではないかという不安から、「し、知りません」と震える声で答える。

「本当に、何も」

アルフレッドの手の力が不意に和らぐ。

「女は嘘がうまいとよく聞くがお前は違うな」

黒い目がソランジュとの距離を一気に詰めたかと思うと、華奢な手首を摑んでわずかに開いていた唇を強引に奪った。

「んっ……」

口内を熱い舌が荒々しく搔き回す。

「んんっ……」

吐息すら奪われて呼吸困難に陥り、黄金色の目の端に涙が滲む。これだけでもう死んでしまいそうだった。

意識が遠くなりかけたところで、アルフレッドが不意に唇を離し、今度は一転して優しく頰を撫《な》ぜた。

「俺を騙《だま》すには素直すぎる」

声も穏やかで優しくすらあるのに、ソランジュの背筋がゾクリと震える。

「もう一度聞く。俺の呪いをどこで知り、どこまで知っている」

「……」

声が出ない。

アルフレッドはそれをソランジュの意思だと受け取ったらしい。

「なるほど、答える気はないか。この俺を前に度胸のある女だ」

目をギラギラさせながら上着を脱ぎ捨て、ソランジュの細い腰を攫う。

「なら、体に聞いてみよう」

「あっ……」

ブラウスを襟から引きずり下ろされ、乳房がふるりとまろび出る。

ソランジュは思わず胸を覆い隠そうとしたが、間髪を容れずに手首を摑まれベッドに押し倒されてしまった。

目を見開いてアルフレッドを見上げる。

アルフレッドの黒い瞳もソランジュを見下ろしていた。

束《つか》の間二つの視線がぶつかり合う。

――果たして緊張を破ったのはアルフレッドだった。

ソランジュはスカートを捲《まく》り上げられ、足の間に手を差し入れられ、思わず白い喉をさらけ出した。

「んあっ……」

以前アルフレッドに貫かれたそこに触れられた途端、体がビクリと跳ねて腹の奥がじゅんと熱を持った。

「ア……ルフレッド様ぁっ……」

無骨な指先が濡れた蜜口にズブリと押し入る。

「あっ……」

たちまち体から力が抜け落ち、抵抗の意思をなくしてしまった。腹の奥から滾々《こんこん》と蜜が分泌される。

「随分感じやすい体だな。つい最近まで生娘だったとは思えん」

「……っ」

言葉で責められ羞恥心に頬が熱くなる。

違う。相手がアルフレッドだからだ。触れられただけで身も心も抱かれてよがるだけの女になってしまう。

続けて弱い箇所をくいと押し上げられ、甲高い嬌声《きょうせい》を上げてしまった。

「ああっ……」

涙で歪んだ視界に白い火花が散った。

「どこで俺の秘密を知ったのかを言うんだ」

「そ、れは……」

信じてもらえそうにないので言いづらい。

「……強情な女だな」

アルフレッドは蜜口から指を引き抜いた。

「あんっ」

内壁を擦られる感覚に鼻に掛かった声が出る。だが、その喘ぎ声は間もなく悲鳴に変わった。

すっかり濡れて弛緩《しかん》したそこに、熱くぬるりとしたものを押し当てられたからだ。それが雄の証だと気付いた次の瞬間には、一気に最奥まで貫かれていた。

「ひっ……ああっ……」

隙間なく隘路を埋められている。アルフレッドの熱とみっしりとした質量を感じ、知らずいやいやと首を横に振った。

「だ…めぇ……死んじゃうっ……」

「なら言え。なぜ俺が呪われていると知っていた」

もうこれ以上は無理だと思っていたのに、子宮口を強引にこじ開け入り込まれる感覚に、「ああっ」と背を仰け反らせる。

「しょ、うせ、つで……」

「なんだと？」

「小説で、読んで……」

「……」

アルフレッドはソランジュの腰を摑んで引き寄せた。

「ひあっ……」

そのままぐいと抱き起こされ、あぐらをかいたアルフレッドに跨る形にされる。

蜜口は真下からアルフレッドの分身を呑み込んでいる。その先端は子宮をぐっと持ち上げており、ソランジュはまだ奥があったのかと慄《おのの》いた。

「んっ……あっ……あっ……」

腰を摑まれ揺さぶられるとぐちゅぐちゅと淫らな音がし、肉の楔の質量に負けた蜜が押し出されシーツにシミを作る。

「小説で読んだか。なら、ここは物語の世界だとでも言うのか」

ソランジュが嘘を吐いたと思ったのか、アルフレッドの責めが一層激しくなる。

そして、再び腰を持ち上げられた。

「その小説とやらの題名を言ってみろ」

パンと音を立てて落とされる。

「……っ」

串刺しにされる感覚にふっと気が遠くなった。アルフレッドの肉の熱さ以外何も考えられなくなる。

続けざまにその行為を二度、三度と繰り返されると、もう自分が何者だったかさえ見失っていた。

そこに灼熱の欲望をドクドクと注ぎ込まれる。

「あっ……」

アルフレッドはソランジュの背に手を回すと、唸り声を上げつつ骨も折れんばかりに抱き締めた。

豊かな乳房が厚い胸板に押し潰される。

ソランジュは体内で肉の楔が激しく脈打ち、熱を放ち続けるのを感じながらパクパクと口を開いた。

「こくろ……せんき……」

「なんだと」

「黒狼……戦記……」

アルフレッドはソランジュの体を引き剝《は》がした。

「今なんと言った」

しかし、ソランジュにすでにその問いに答える気力はなかった。アルフレッドの体に力なくもたれかかる。

「お……」

「お？」

「お腹《なか》、空《す》いた……」

「……」

思えばこの塔に連れてこられて以来、まだ何も食べていなかったのだ。ただでさえ細い体で、おまけに激しい運動をさせられたのだから当然だった。


ソランジュは信じられない思いで唾を飲み込んだ。

——まさかムショ飯を食う日が来るとは思わなかった。

ムショ飯と言ってもてっきり鉄格子の下から臭い飯を差し入れられるのかと思いきや、女中らしき優しそうな中年女性がやってきて、王宮の一室に案内してくれたので驚いた。

それから約一時間後の現在、テーブルの上には湯気の立つ料理が並べられている。

女性は焼き立ての鶏肉《とりにく》のローストを切り分けてくれた。

「お代わりはたくさんありますからどんどん食べてくださいね」

ローストだけではなくベーコンと野菜のスープ、デザートの干しイチジクとレーズンまである。

何よりも嬉しかったものは白いパンだった。伯爵邸では残飯しか与えられなかったので、パンはくずか欠片しか口にしたことがない。それに湯を足してパン粥《がゆ》にして飢えを凌《しの》いでいた。

「ほ、本当にこれを全部食べてもいいんですか？」

「そりゃねえ、お嬢さんのために作ったんですからね」

「……！」

こんな豪勢な食事を毎日食べられるのなら、もう一生容疑者でいいと感動する。

まず与えられた糧に感謝し、手を組んで神に祈りを捧げる。

「神様、あなたの慈しみと恵に感謝して、この食事をいただきます」

恐る恐るパンを千切って一口食べると、口の中に小麦の香ばしい甘みが広がった。

「美味しい……」

泣きそうなほどに美味しかった。

王都までの旅路でもちゃんと食事は与えられていたが、兵糧なのか保存食の雑穀の堅パンや干し肉などの冷たく硬いものが多かった。

驚いたのはアルフレッドも文句も言わずに、雑兵やソランジュと同じものを口にしていたことだ。

『黒狼戦記』では食事の描写はほとんどなかったので知らなかったのだが、アルフレッドの場合王様だからといって戦場でも酒池肉林というわけではないようだ。

しかし、やはり王宮の食事はムショ飯ですら別格なのだろう。

なのに、すぐに胸焼けしてしまう我が身が悲しかった。

「あの……すみません。この料理、残したら取っておけますか」

「それはもちろん……って、新しく作り直しますよ。もうお腹一杯なんですか？」

「も、申し訳ありません……」

パンを平らげローストを一切れ食べると、もうそれ以上入らなくなってしまったのだ。

＊＊＊

――アルフレッドとレジスは食事中のソランジュと女中の会話を扉の外で聞いていた。

レジスがクスクスと笑う。

「倒れたと聞いて慌てましたが、まさかお腹が空いたですか。その割には食事を取ったとも言えない量しか食べていないようですね」

アルフレッドが扉に背を向けてぽつりと呟く。

「恐らく長年まともな食事をしてこなかったので、食べたくても胃に入らないのだろう」

重い実感の込められた声だった。

そのまま廊下を大股で歩き出す。

レジスはアルフレッドから数歩遅れて歩き出した。

「ということは、魔に耐性があったところで、肉体そのものはか弱い女性でしかないということですか」

「……背には鞭の痕もあった。傷が癒えないうちにまた打たれたようだな。一度や二度でできるものではない」

あの後ベッドに倒れ伏したソランジュの白い肌にいくつも刻み込まれた傷跡を見てはっとした。

「ふむ、なるほど」

レジスの口調はどこか楽しそうだった。

「お嬢さんは地方貴族の愛人の娘でしたか。正妻に虐待されるのはよくある話ですよ」

「ああ、そうだな」

「陛下、まさか、お嬢さんを哀れだと思われているのですか？　らしくもない」

足を止めアルフレッドの背を見つめる。

「陛下に従わぬ貴族の領地を、他国を侵略し、蹄《ひづめ》と軍靴で街を、家を、民草を踏み躙《にじ》り、お嬢さんのような境遇の女子どもを増やしてきたのは他ならぬ陛下ですのに？　お嬢さんを娼婦扱いし、純潔を奪い、なおも辱めたのも陛下でしょう」

レジスはアルフレッドに物怖《ものお》じせず、平気で皮肉を言う唯一の臣下だ。それだけの力と価値があると自負しているのだろう。

アルフレッドはそんなレジスを気に入っていたが、この時だけは無表情のまま自分の苛立《いらだ》ちを押し通した。

「――それでも気に食わん」

レジスが息を呑んでその場に立ち尽くし、やがて「申し訳ございません」と胸に手を当て頭を下げた。

「過ぎた発言をしてしまいました。……陛下、お嬢さんをどうなさるおつもりですか。スパイの容疑者には変わりないでしょう」

「……」

アルフレッドはレジスを振り返り、「『黒狼戦記』という書物を聞いたことがないか」と尋ねた。

レジスははっと濃紫の目をわずかに見開いた。

「その書物の名をお嬢さんが口にしていたんですか？」

ひと思案したのち「……聞き覚えがあります」と答える。

「魔術師の間でのみ知られている話です。今から百年ほど前、エスレットにゼナイドという名の女魔術師がおりました。希代の名魔術師だったと聞いております」

エスレットは百年前までは国王をいただく独立国だったが、アルフレッドの祖父王の時代にエイエール王国に併合され消滅している。

女魔術師ゼナイドは旧エスレット王家に仕えた預言を得意とする魔術師で、エスレット王国の国家としての滅亡を見事言い当てていた。

侵略された際、抵抗しても必ず負けるからとエスレット王に早期の降伏を勧め、抗戦より人命だと臣下を説得したのもゼナイドだったのだとか。

更にゼナイド自身がエイエール王国との交渉の場に立ったことで、エスレットは国土を焦土とされることも略奪されることもなく、旧王侯貴族たちはエイエール王国の貴族になるという約束を見事取り付け実現している。

「記録によるとゼナイドは自分の魂は異世界からやってきたと主張していたそうです」

レジスは「どうせ生まれるならもっと面白くなる百年後がよかったとも言っていたようですね」と言い添える。

「まあ、これはみずからの神秘性を増すためのホラか後世に付け加えられた伝説のようなものでしょう」

そこで一呼吸置き一気に言い切る。

「――そのゼナイドが書いたと言われる預言書の題名が『黒狼戦記』なのです」

しかし、ゼナイドはこの預言書は危険だからと、生涯誰にも見せなかったのだという。自分一人で読んで悦に入っていたのだとか。

その死後預言書はバラバラにされ四散。一部は戦乱の最中に焼失し、一部は水害の際川に沈んだと言われ、すべてこの世から消え失せてしまったそうだ。

「……私は今その話を聞くまで『黒狼戦記』も後付けの伝説なのだと捉えていましたよ」

「ならば、ソランジュはその預言書をどこかで読んだ、あるいは聞いたとでも言うつもりか」

「……もう一つ合点がいかないところがあります。お嬢さんは『黒狼戦記』を読んだと言っていたそうですね」

「ああ、そうだ」

「虐待されてきた愛人の娘が読み書きを教えられたとは思えません。なのに、なぜ〝小説を読んだ〟と答えたのでしょう？」

教育教養は聖職者と王侯貴族の特権の一つであり、平民は読み書きもできない者がほとんどだ。なのに、なぜソランジュに文字が読めたのか。

レジスはソランジュのいる部屋に目を向けた。

「いずれにせよ、二重の意味でお嬢さんの解放は有り得なくなりましたね」

＊＊＊

――囚人塔から出されて三日が経った。

その夜ソランジュはあらためて室内を見回した。

部屋から出るなと命じられているので、ある意味この部屋も牢獄には違いないのだろうが、容疑者向けにしては立派で落ち着かない。

今まで薄布一枚に包《くる》まって、冷たい床に直《じか》に眠っていた身には、恐らく貴族用の天蓋付きのベッドは柔らかすぎる。それではと床で寝ようとしても、暖炉では火が赤々と燃え、四方の壁には防寒用のタペストリーが掛けられている。

快適な寝床など自分に相応しくない気がしてかえって眠れない。仕方なく毛布だけ拝借して身を包み、部屋の片隅で蹲《うずくま》って休息を取っていた。

ウールの寝間着も着心地がよすぎる。貴族にとっては普段着でしかないのだろうが、醜い自分なんかにと思うともったいない。

何もさせてもらえないのも落ち着かなかった。

伯爵邸では夜が明けるのと同時に下働きを始めていたのに、料理はきっちり一日三食部屋に運ばれてくる。部屋の掃除は女中がやってしまうし、定期的にドレスと下着を交換されるばかりで、洗濯もまったく任せてくれない。

働くことでしか自分の存在意義を確認できなかったので、仕事を取り上げられると不安で堪《たま》らない。考える時間はたっぷりあるだけに尚更《なおさら》辛《つら》かった。

「私、これからどうなるんだろう……」

ぽつりと呟く。

当初はスパイの容疑者扱いだったが、この数日で明らかに対応が変わっているのを感じる。誰から生まれてどう生きてきたか、家族や自身について問い質されるようになっていた。

先日はレジスに誰から文字を習ったのかと聞かれた。亡き母からだと答えると黙り込んでしまった。

ソランジュが三、四歳頃、「奥様たちには内緒よ」とこっそり教えてくれたのだ。「読み書きはきっと将来あなたを助けてくれるから」と。

レジスは次いで母の身元を聞き、「記憶喪失で本人も知らなかった」と答えると、今度は顎に手を当て眉根を寄せていた。最後に母の身体的特徴を尋ねられて取り調べは終わっている。

あれは一体なんのための質問だったのだろうと首を傾げ、不意に肌寒さを覚えて毛布の中で自身を抱き締める。

いくら防寒対策がされている部屋でも、石造りの床に直に腰を下ろしていれば、さすがに体も冷えてしまうのだろう。

それでもベッドで眠る気にはなれず、凍えたまま床に座り込んでいると、部屋の扉が軋んだ音を立てて開いた。

尋問役のレジスはいつも必ずノックをするので彼ではない。なら、一体誰だと恐る恐る顔を上げて目を見開いた。

「アルフレッド様……？」

月光を背にした黒衣のアルフレッドはさながら魔王のように見えた。目を凝らしてその頬に鮮血が飛んでいるのを見て息を呑む。

何があったのだろうか。

一方、アルフレッドは床に蹲るソランジュを目にし、「なぜベッドで寝ない」と低い声で問うた。

「女中から報告を受けた。毎夜床で眠っているらしいな」

「そ、れは……」

ソランジュが言い淀《よど》む間に大股で部屋を横切り、目の前で片膝をついてソランジュの顎を摑む。

「……気に食わん」

漆黒の瞳は逆光となってもギラギラ輝いていた。

「お前を見ていると、弱かった頃の俺を思い出して壊してしまいたくなる」

「もっ、申し訳ございません……」

ソランジュはそれまで与えられたことがなかったために、与えられたものを受け取る術《すべ》を知らなかった。

前世ではもう少しうまくできていた気がするのだが、あまりに違うこの世界では役に立たない。

だから、ひたすら謝ることしかできなかった。

「ほ、本当に申し訳ございません。今夜からベッドで眠ります」

「……」

アルフレッドは更に苛立ったのか、無骨な指先が頰にぐっと食い込んだ。

「お前はなぜ痛い、苦しい、止《や》めろと訴えない。なぜ立ち上がり、戦い、打ち倒そうとしない」

「そ、れは……」

ソランジュが答えあぐねる間に、アルフレッドはよほど苛立ったのか、無言でその細腰を力任せに攫った。

「きゃっ」

軽々と抱き上げられて運ばれ、どさりとベッドに落とされてしまう。

なんとか肘をついて起き上がろうとすると、すかさず伸《の》し掛かられて息を呑んだ。刃のように鋭い眼差しに射貫かれ動けなくなる。

「答えろ。なぜお前は抵抗しない。俺が恐ろしくはないのか」

アルフレッドの背後でゆらりと黒い闇が蠢《うごめ》く。

ソランジュははっとしてアルフレッドの肩越しに窓を見上げた。

冷え冷えとした冬の夜の闇に満月が浮かんでいる。雲もない孤独な月だった。

アルフレッドとの初めての夜からもう一ヶ月が経っていたのだ。

――満月の夜にはアルフレッドの呪いが発動する。女を抱かなければ正気を失うだけでは済まない事態になる。

アルフレッドは目を逸らさずにソランジュにもう一度問うた。

「ソランジュ、答えろ」

「……」

アルフレッドを破滅させないためにも、この身で呪いを受け止めなければならない。

ソランジュは覚悟を決めてアルフレッドにこう返した。

「……私はもうあなたに救われているからです」

嘘偽りのない答えだった。

ギラギラ輝く黒い目がわずかに見開かれる。

「俺に救われているだと？」

「はい……」

本来ならば父に売られ金で買われ、ヤリ捨てられるだけのモブ女で終わったはずだった。だが、アルフレッドに純潔を捧げたことで一生分の思い出ができたのだ。

今も怖いよりも泣きたくなるほど幸福だ。憧れの人が手を伸ばせば触れられるところにいる。その一生をほんのわずかでも支えられるなら――。

血に濡れたアルフレッドの精悍《せいかん》な頬がわずかに歪む。

「……新たな地獄に来ただけかもしれんぞ」

ソランジュは初めてみずから手を伸ばしてアルフレッドの頬に触れた。指先にぬるりと血がついて赤く染まった。

「……構いません」

どうせ一行で終わるはずだったのだ。なら、ソランジュとしての人生はアルフレッドに捧げたかった。欲望のままに抱き潰されるだけの娼婦でもよかった。

アルフレッドが低く唸る。

「……なぜだ」

その「なぜ」が何を聞こうとしていたのか尋ねる間もなく、寝間着の腰帯を乱暴に引き抜かれてしまう。肌着は呆気なく引き裂かれ、たちまち生まれたままの姿にされた。

猛るアルフレッドは血に飢えた狼に似ている。

それでもソランジュはもう一度、今度は両腕を伸ばし、アルフレッドの頭をそっと優しく胸に抱いた。

今まで外にいたのか髪が冷たい。

そして、アルフレッドが腕の中で息を呑む音を聞いた気がした。

「……クソッ」

服を脱ぐのも煩わしいのか、アルフレッドはそう呟くが早いか、ソランジュの唇を奪った。

「ん……ん」

続いてたわわな両の乳房を付け根から掬《すく》い上げる。

「あっ……」

ソランジュは思わず声を上げた。

更にぐっと根元から絞り上げられると、薄紅色に染まった頂がピンと立った。

「はっ……ん……んあっ……」

乳房の内部がピリピリとして、痒《かゆ》いような、痛いような感覚に身悶える。

アルフレッドは手を脇腹に滑らせ激しく撫で擦《さす》った。やがて大きな手の平が子宮を収めた柔らかな腹部に当てられる。体の形と感触を確かめているような動きだった。

「あっ……ん」

腹を軽く押されると、剣を握る男の手の大きさ、硬さをあらためて思い知る。アルフレッドが言っていたように、今少し力を込められただけで、簡単に壊れてしまうだろう。

それでも構わなかった。

荒々しい愛撫《あいぶ》はソランジュを内部から温め、次第にその摩擦熱で肉体を解かしていった。

心臓が激しく脈打っている。

再び乳房を今度は潰されるように揉み込まれ、時折頂を指先で抉られると、全身がビクリと引き攣《つ》って鼓動も大きく跳ねた。

同時に足の狭間がじわりと熱を持つ。

すると女体の変化を感じ取ったのか、アルフレッドが体を起こし、両膝を摑んでぐっと足を広げた。

「あっ……」

反射的に閉じようとしたが、力で敵《かな》うはずもなく割り開かれる。

「……っ」

無骨な手がその狭間に入り込み、二本の指でひくひく蠢く薄紅色の花弁《はなびら》を押し広げる。

「やっ……」

黄金色の双眸が大きく見開かれる。

もう何度も貫かれたそこに、アルフレッドの視線を感じたからだ。羞恥心で身も心も焼け焦げそうに熱くなる。

「あ、るふれっど、様ぁ……」

なぜそんなところをそんなに見つめるのか――今夜のアルフレッドは何かが違う。

そんな疑問を抱く間もなく、アルフレッドがズボンをずり下ろす音がして、秘所に硬く熱いものが押し当てられた。

「あっ……」

ぐぐっと劣情に支配された肉塊が押し入ってくる。

「ああっ……」

体内の柔らかさを確認するかのようなゆっくりとした動きだった。

隘路が肉の楔に押し広げられ、アルフレッドの一物と同じ形になっていく。

今まさに征服されているのだと思い知ってしまう。

「あ……あっ……」

圧倒的な質量に内臓が押し上げられ、軋む音を立てている。熱が腹の奥からせり上がってくる。

アルフレッドは最後はソランジュの腰を摑むと、猛る雄の証を根元まで一息に突き入れた。

「んあっ……」

黄金色の目にみるみる涙が溢れて頬を伝う。

「……泣くな」

アルフレッドはその雫《しずく》を吸い取ると、ソランジュの唇を塞ぎながら腰を動かした。

「んっ……んんっ……んふっ……」

喘ぎ声を上げたいのに、口付けられているせいで声の行き場がない。吐き出す息はアルフレッドに奪われ、代わって灼熱の吐息を与えられた。

「んっ……んんっ……!」

喉が焼け焦げてしまいそうになる。赤黒い雄の証が繰り返し出入りするそこも、同じだけの熱を持っていた。

腰と腰が激しくぶつかるごとに、ぐちゅぐちゅと嫌らしい音がして、耳から入る媚薬《びやく》となってソランジュを身悶えさせる。

時折最奥まで深々と貫かれると、体が雷に打たれたようにビクビクとした。視界は揺らぎ火花が散って、もうアルフレッドの顔もわからない。

「んっ……ふっ……んぁぁ……」

隘路を肉の楔で掻き回され、浅く、深くと抜いては埋められるごとに、意識が曖昧なものになっていく。

そこでようやくアルフレッドが唇を離したが、ソランジュはろくに呼吸もできなくなっていた。

「あっ……あっ……アルフレッド様ぁ……」

アルフレッドは無言で再びソランジュに深く口付け、伸ばされた震える細い手を取ると、そのままシーツの上に縫い留めぶるりと身を震わせた。

「くっ……」

狼にも似た唸り声とともに、ソランジュを貫く雄の証が痙攣《けいれん》する。

ソランジュの全身もベッドの上で小刻みに震えていた。限界まで背を弓なりに仰け反らせる。

「あっ……ああっ……やあっ……」

不意にアルフレッドの肉の楔がギリギリまで引き抜かれる。

「あっ……」

次の瞬間には一気に最奥まで押し入れられ、不意打ちの衝撃にソランジュの体はまた仰け反った。

「ああぁっ……」

脳裏が白い光に包まれたかと思うと、わずかに残されていた思考の欠片が弾け飛ぶ。

容赦なく次から次へと注ぎ込まれる熱い飛沫に、内部から焼かれ、全身がビクビクと引き攣る。

死んでしまうのではないかと思った。

すうっと視界が暗くなり、意識が次第に遠のいていく。

「ソランジュ……」

アルフレッドが名を呼んでくれた気がしたが、そのまま眠りの闇に呑まれて確認することはできなかった。


――ソランジュは夢を見ていた。

アルフレッドの呪いの元凶が明かされたのは、『黒狼戦記』第三巻だったように思う。

アルフレッドの父王には長らく子がなかった。何人妃《きさき》を替えても愛妾《あいしょう》を迎えても息子も娘も産まれない。

このままでは血が絶えると思い悩んでいたある日、王は高名な司祭に神託を授けられた。

『明日王宮を出て初めて出会う女が汝《なんじ》の息子を身籠もるであろう。そしてその息子はこの大陸全土を制覇する覇王、あるいは汝をも食らい尽くす破滅の王となる』

王はそれでも子がほしかった。産まれる息子が覇王となることを信じ、翌朝城下町で出くわした女を攫った。

美しい女だった。王が神に感謝を捧げるほどに。

だがしかし、この女はその日結婚式を挙げる予定の花嫁だった。王に誘拐されるまでは幸せ一杯だったであろう。

なのに、王の凶行により愛する男と強引に引き裂かれ、無理矢理妃にされただけではない。王は女を完全に我が物とするべく、女の婚約者をみずからの手で血祭りに上げた。女を助けようとした親兄弟一族どころか、故郷の民を皆殺しにし地を踏み荒らし、帰る場所すら慈悲の欠片もなく滅ぼした。

すべてを奪われた女は涙を流し、恐れ知らずにも王を罵った。

だが、所詮はか弱い女の身。いくら呪いの言葉を吐いたところで、力尽《ず》くで花嫁とされ、寝台に組み伏せられ、精を注ぎ込まれるばかり。

やがて王の子を孕《はら》んだ女は王ともども我が子を呪った。何度も腹の子ごと命を絶とうとしたが、ことごとく王に阻止されてしまう。私を殺してくれと叫んだが、誰も叶《かな》えてはくれなかった。

そうして呪って、呪って、呪い続けて、月満ちて産まれた赤子がアルフレッドだ。

女は難産に苦しみながら、なおも呪いの言葉を吐いた。

『――獣《けだもの》の子よ、汝に災いあれ！　獣《けだもの》の子に相応しく獣《けだもの》となり、すべてを食らい尽くすがいい！』

次の瞬間、母親の股を割くようにして赤子が産まれ、同時に女はカッと憎悪に目を見開いたまま絶命した。

産婆が恐ろしさのあまり腰を抜かしそうになったほどの形相だった。

産婆が目撃したものはそれだけではない。

どうにか心を落ち着けて赤子を抱き上げ、産湯に浸からせようとしたのだが、わずかに開いたその口元を見て、恐怖で凍り付いて赤子を取り落としてしまった。

産まれたばかりだというのに、人の歯どころか紛れもない、狼の牙が生えていたからだ。

『ひっ……ひいいっ』

次の瞬間、床に転がった血塗《まみ》れの赤子は、寝室どころか天まで轟《とどろ》く泣き声を上げた。その声は赤子の愛らしいものではなく、狼の遠吠えに似ていたのだという。

異形の王子が生まれた——産婆から知らせを受け、我が子の誕生を待ち焦がれていた王は一転して恐怖に震え上がった。授けられた神託をあらためて思い出したのだ。

『汝をも食らい尽くす破滅の王となる』

そこで我が子を殺せと命じたが、水に沈めても、火にくべても無傷のまま死なない。歴戦の騎士でも赤子の命を絶つことはできなかった。

赤子に手を掛けようとすると、天が曇り闇に閉ざされ雷が落ち、剣を引き裂いてしまうのだ。

王はやむなく我が子を地下牢に幽閉した。

そして、アルフレッドは日の光を知らぬまま、そこで十二年の時を過ごすことになる。

——王はその後も諦め切れずに次から次へと女に手を出したが、ほとんどの女が孕まず、運良く孕んでも流れてしまう。しかも、死んで産まれた子は皆人の形をしていなかった。

王は女の呪いに違いないと震え上がった。

当時王に仕えていた魔術師も、高名な聖職者も女の呪いを解くことはできなかった。

女はみずからの命どころか、死後の神の御許《みもと》での安息を捨ててまで、魂のすべてを呪いの力に換えて王と我が子を呪ったのだ。

王は毎夜悪夢を見るようになり、やがて血塗れの女の幻覚を見るようになり、現実から逃れようと酒に溺れた。

当然のようにまともな判断ができなくなり、軍事も内政もおろそかになり、国は瞬く間に乱れた。

このままではエイエール王国は内部から崩壊してしまう――そうした危機感を抱いた臣下たちは王を弑《しい》そうと決めた。

しかし、君主を排除するためには暗君だからという大義名分だけではなく、正当性のある後継者を錦《にしき》の御旗とする必要がある。

アルフレッドはその錦の御旗として幽閉先の地下牢から出されたのだ。

折しもその夜は満月。

灯りのない牢獄の中で、漆黒の瞳だけがギラギラと輝いていた――。

「……!!」

ソランジュは長い髪を振り乱しながら飛び起きた。ベッドの上なのだと気付いてほっと胸を撫で下ろす。

「夢……」

いいや、あれは夢ではないと唇を噛み締める。アルフレッドにとって忌まわしい過去の一つだ。

その後起こった惨劇もソランジュはよく知っていた。

額の冷や汗を拭い、どうにか落ち着きを取り戻したところで、肌寒さを覚えて我に返る。

「そうだった。私、アルフレッド様に……」

はっとして窓の外を眺めると、いつの間にか雲が流れてきて、月を覆い隠していた。

それでもぼんやりと月光が差し込んで、赤い痕が散ったソランジュの肌を露わにしてしまう。

「……」

アルフレッドにされたあんなことやそんなことを思い出し、赤面しつつ呪いの発動を止められたことにほっとする。

アルフレッドが血を見た後、あるいは満月の輝く夜には、呪いのせいでその身に魔が引き寄せられて集まり、理性を狂わせ、肉体は耐えがたい劣情に駆られる。この状態を放っておくと魔が魂をも変質させ、目も当てられない事態になる。

この魔を受け止め、散らせるのは女の子宮のみ。だからアルフレッドは女を抱かなければならなかった。

「……っ」

ソランジュはぶるりと身を震わせた。

いくらこの部屋が暖炉で暖められているとはいえ、さすがに一糸纏わぬままだと肌寒い。

寝間着はどこだと室内を見回し、間もなく予想外の事態にその身を強張らせた。

――アルフレッドが隣で寝ている。

事の最中は着衣だったが、激しい行為で暑くなったのか、いつの間にか服を脱ぎ捨てていた。

アルフレッドは今までソランジュを抱き潰すと、ソランジュが意識を失っている間に姿を消していた。

なのに、なぜ今夜はそのままともに眠っているのか。

「……」

心臓がドキドキする。

恐る恐るその寝顔を覗《のぞ》き込むと、それだけでもう胸が一杯になった。

月明かりに照らし出された精悍な美貌は、日中とは真逆に驚くほど安らかに見えた。

推しの寝顔を拝む日が来るなど前世では予想もしていなかった。

アルフレッドのイラストはどれも漆黒の鎧姿か黒衣で、その表情はいつも雄々しく引き締まっていたからだ。

濃く長い睫毛《まつげ》の影が頬に落ちている。

ふと、もう一度触れてみたいと感じた。

恐る恐る手を伸ばす。

指先が頬にかすると、胸の高鳴りが最高潮になった。

さっきは場の勢いからできたことで、やはり素面では無理だと悟る。

心臓が破裂して今度こそ死んでしまいそうだった。

溜め息を吐き諦めて手を引こうとする。同時に、アルフレッドの腕が上がったのでぎょっとした。

「きゃっ！」

肩に手を掛けられそのままぐっと胸に抱き寄せられる。

「あ、アルフレッド様……」

てっきり目を覚ましたのかと思いきや、漆黒の双眸は閉ざされたままだった。

寝ぼけているのだろうか。それとも、アルフレッドも体が冷えて、無意識のうちに暖を求めて人肌に頼ろうとしたのだろうか。

「……」

どちらでもいいと瞼を閉じる。

そっと逞しい胸に耳を寄せると、心臓が力強く脈打っていた。規則正しい寝息がそっとソランジュの金髪を擽《くすぐ》る。

緊張が解けたのもあるのだろう。ほっとして再び意識が眠りの波に呑まれていく。

その夜ソランジュは母が亡くなって以来、初めてなんの憂いもなくぐっすり眠れたのだった。


――もしこの一夜も夢なのだとすれば、これほど幸福な夢ならずっと眠って見ていたい。

ソランジュはそう祈ったものの、月も太陽ももちろん願いを聞き入れてくれることはなく、いつものように夜が明けて朝がやってきた。

「う……ん」

体を起こそうとしたのだが動けない。しかも、まだ真っ暗だったので、まだ夜なのかと一瞬勘違いしそうになった。

「えっ、えっ、えっ」

ようやく事態を把握して慌てふためく。

まだ朝の光が目に入らないほど深く、アルフレッドの胸に包み込まれていたのだ。しかも、体を長い腕でがっちりホールドされていた。

「――起きたのか」

「……！」

すぐそばから声を掛けられ心臓が跳ね上がる。

黒い瞳が睫毛の触れ合いそうな距離から、じっとソランジュを見つめている。

まさか、朝まで一緒に過ごすことになるとは。アルフレッドの意図が掴めず戸惑うのと同時に、ずっとこちらの寝顔を眺めていたのかと焦った。

おかしな寝言は言っていなかったか。涎《よだれ》を垂らしてはいなかったか。醜いのはどうにもならないが、せめてみっともなくないようにしたかった。

「あ、アルフレッド様……」

慌てて起き上がろうとしたのだが、またすぐに胸の中に引き戻されてしまう。

「まだ早い」

「……っ」

たちまち心臓が早鐘を打ち始める。夜も朝もとにかく刺激が強すぎた。

目覚めた正気のアルフレッド相手だと、羞恥心もあって思わず視線を逸らしてしまう。だが、すぐに強引に顎を摑まれ、見つめ合う形にされてしまった。

黒い瞳に真っ直《す》ぐに射貫かれ心臓がまたドキリとする。

「なぜ俺を見ない」

「そ、それは……」

恥ずかしくて答えづらい。

「答えなければもう一度抱くぞ」

「……っ」

さすがに昨日の今日で体力が保《も》たない。目をぎゅっと閉じて白状するしかなかった。

「あ、アルフレッド様のお顔を見ていると……ドキドキして……胸が、苦しくなるんです。だから……」

「……」

答えはない。

恐る恐る目を開けると、不意に腰を攫われ、体を反転させられた。

「きゃっ」

すぐに腕を回して体を抱き寄せられ、今度は背後から抱き締められる姿勢になる。

「これなら俺の顔も見えないだろう」

「え、えっと……」

確かに顔は見えない。

しかし、引き換えにアルフレッドの乾いた唇が髪に触れている。

「お前は温かいな」

長い髪を掻き分け項《うなじ》に口付けられ吸われると、もうそこから蕩《とろ》けそうになった。

「おかげでよく眠れた」

「あっ……」

「……っ」

唇が項から背筋を下りる。

ところが、その熱が背の真ん中にまで来たところでふと止まる。

ソランジュはどうしたのだろうと首を傾げ、はっとした。

奥方に鞭打たれた傷跡を見られているのだ。自分では見えないので気にしようもなかったのだが、血が滲んでも手当てする間もなくまたぶたれていたので、さぞかし醜くなっているに違いなかった。

恥ずかしくて情けなくて思わず顔を覆う。

「もっ……申し訳ございません……」

「なぜ謝る」

熱い唇が今度は傷跡を丹念になぞる。

「あっ……だ、だって、こんなに醜い体で……あっ」

「醜いだと」

アルフレッドはソランジュを抱く腕に力を込めた。

「お前のどこが醜い」

どこがと言われると口籠もるしかない。奥方に、ジュリアンに、アドリエンヌに長年そう言われ続けてきたからとしか。

アルフレッドが「鏡を見たことはないのか」と尋ねる。

「ありません……」

この世界でははっきり映る鏡は貴重品だ。王侯貴族しか所持できない。

一応、伯爵家にもあるにはあったのだが、もちろんソランジュは貸してもらえたことなどなかった。

なお、身だしなみは水鏡で済ませていた。しかし、ソランジュが使える水は濁ったもののみだったので、自分の顔をちゃんと確認できたことはなかった。

「……」

「あ、アルフレッド様？」

アルフレッドはソランジュの黄金の巻き毛に顔を埋めた。

「後で鏡をやる。それで一度顔を見てみろ」

こうしてソランジュは生まれて初めて鏡を見ることになった。

アルフレッドが手渡してくれた鏡は、貴族の令嬢向けのものなのだろう。裏面につる薔薇《ばら》の意匠が彫り込まれた銀製の手鏡だった。

「見てみろ」

ベッドの縁に座らされ、隣のアルフレッドにそう促されたものの、つい躊躇《ちゅうちょ》してしまう。

アルフレッドは醜くないと言ってくれたが、やはり現実を思い知るのは恐ろしい。

それでも恐る恐る鏡を表に返せたのは、アルフレッドが嘘を吐かない人だと知っていたからだった。

「……っ」

鏡に映る女の姿を見て驚きのあまり息を呑む。

緩やかに波打つ長い巻き毛は闇色のアルフレッドと対照的で、朝日の光を紡いだのかと錯覚するほど淡く眩い金髪だ。異母姉に気味が悪いと蔑まれてきた大きな目は、やはり黄金色だが髪より濃く、朝日よりは純金に近い。

煙《けぶ》るような睫毛は長く憂いある影を頬に落とし、鼻は摘《つ》まんだように小さく控えめだ。わずかに開いた唇の薄紅色はシミ一つない白い肌を彩っていた。

それらのパーツが小さな卵形の輪郭に、完璧なバランスで収まっている。

ソランジュは思わず口を押さえた。

溜め息を吐くほど愛らしい、あどけなさを残した美貌だったからではない。

ソランジュが胸に抱いていた、曖昧になりかけていた母の面影に、瞳の色以外はぴったりと重なったからだ。

「お母さん……」

知らず声が震えた。

母子とはいえこれほど似ているとは思わなかったのだ。

隣で見守っていたアルフレッドがわずかに目を見開く。

「お母さん……お母さん……」

黄金色の双眸からポロポロと涙が零《こぼ》れ落ちた。

母が亡くなったのは六歳の頃だったので、もう十一年以上が過ぎていることになる。

どれだけ忘れたくないと願い、記憶に留め置こうとしても、月日の流れとは残酷で次第に顔立ちがおぼろげになっていった。

母との思い出が色鮮やかに蘇《よみがえ》る。

ともに過ごした日々は短かったが、あの頃は母さえいれば幸福だった。配給された一杯だけのスープを分け合い、二人で一枚の布に包まって温め合って眠った。

『ソランジュ、私の太陽、私の天使』

勇気を出してよかったと思う。これからは鏡を見れば母に会えるのだ。

懐かしさのあまり母の記憶を辿《たど》るうちに、死期が近付き、床についた頃のセリフまで思い出し、複雑な思いに駆られる。

『あなたのお父さんに感謝しなくちゃね。こんなに可愛《かわい》い宝物を私に授けてくれたんだから……』

母はたとえ使用人で愛人扱いでも伯爵を愛していたのだろうか。あるいは野垂れ死にしてもおかしくないところを、拾ってもらった恩義はそれほど大きかったのだろうか。

ソランジュにはそれだけがわからなかった。

鏡を膝に置き涙を拭う。それから間もなく今更のように、アルフレッドに見つめられているのに気付いた。

「あっ、もっ、申し訳ございません……」

しまったと先ほどまでの言動を後悔する。

アルフレッドは母の思い出がないどころか呪われている。そんな彼の前で母の名を呼んでしまったのだ。

「なぜ謝る」

「そ、それは……」

「お前はなんでも顔に出るな」

アルフレッドが呟く。

「なるほど。お前は俺が母に呪われているのも知っているのか」

「そ、れは……」

ソランジュが気まずくて答えあぐねる間に、アルフレッドはその体をゆっくりとベッドに押し倒した。

「アルフレッド様……」

黒い瞳が黄金色の瞳を射貫く。

「俺には父も母も必要ない」

言葉とともにソランジュの両手に指を絡め、シーツに縫い留める。

「だが……」

乾いた唇がソランジュのそれに重ねられる。

「……ん」

結局その日「だが……」の続きを聞くことはできなかった。

そして翌日、ソランジュはレジスの訪問を受け、思いがけない交渉を持ちかけられることになる。


レジスが密《ひそ》かに部屋にやってきたのは、与えられた本を読んでいた夕暮れ時のこと。

扉が音もなく開いたと思ったら、注意深く辺りを見回しながら部屋に入ってきた彼は、右手の人差し指を唇に当てた。左手にはカバンを持っている。

「お嬢さん、読書中に失礼します。お話ししたいことがあるのですがよろしいですか」

「は、はい……」

てっきりアルフレッドの命令でまた何か聞かれるのかと思いきや、レジスは「いいえ、違います」

と肩を竦《すく》めた。

「ここから先の話は陛下にも内密にしていただきたいのです」

「……？」

自分のような小娘になんの用だろう。

戸惑いながらもベッドの縁から立ち上がろうとすると、「ああ、いいですよそのままで」と手で制された。

レジスは扉近くで杖を床にコツンと突くと、神秘的な紫の目でソランジュを見つめた。その色は濃く深く何を考えているのかが読み取れない。

「陛下はこのまま王宮にあなたを留め置くようです。というよりは、手放すつもりがないと申しますか……」

「えっ」

「お嬢さんは陛下の極秘事項を知っているだけではない。頼れる身内もおらず一人にしておくのは危険だからとの判断です」

「ほ、本当ですか？」

今後どんな立場になるのかはわからないが、まだアルフレッドのそばにいられる――ソランジュの胸が喜びに満たされた。

だが、続く質問に驚きのあまり息を呑む。

「ところでお嬢さん、『黒狼戦記』をいつ、どこで目にしましたか」

なぜレジスが『黒狼戦記』を知っているのか。

「どうやらあの預言書には陛下について書かれていたようですね。まだ現存しているようならエイエール王国にとってあまりにも危険です。他国の手に渡れば取り返しのつかない事態になる」

「……」

しかし、どうも話がややこしくなっている。

「あ、あの、預言書って……？」

「おや、ということは、ゼナイドについては何も知らないということですか」

レジスはこの世界での『黒狼戦記』について教えてくれた。

「――とまあ、少々変わった女魔術師だったそうです。それもあって伝説になったのでしょうね」

話を聞けば聞くほどソランジュの背筋に次々と冷や汗が流れ落ちる。

恐らくそのゼナイドも転生者で『黒狼戦記』のファンだ。しかも、『黒狼戦記』を書き留めていたとは。恐らくこちらの世界でも読みたい一心で再現したに違いない。

いずれにせよ、ゼナイドのおかげで多少話しやすくなったのも確かだった。

「その、私は実際に『黒狼戦記』を読んだわけではなくて、頭の中に初めから『黒狼戦記』を読んだという記憶があるんです」

それでも前世の概念のないこの世界での説明には苦心する。話せば話すほど我ながらわけがわからなくなっていった。

「……なるほど」

レジスが再び両手で杖を突く。

「お嬢さん、どうやらあなたには預言の才能もあるようですね」

「そうではないんですけど……」

やはり話が通じていないらしい。

「ゼナイドもほぼ同じことを言っていたそうです。初めからこの世界がどう動いていくのか知っていたと」

暗紫色の双眸が探るような、値踏みするような目付きになる。

「どうやらあなたは特殊な血筋のようです。その容姿といい、魔に侵されない肉体といい……」

レジスは語る。

「すでにご存じでしょうが、陛下は呪いを発動させぬよう、女性を抱かなければなりません」

そして、その女はすでに男を知っていなければならないと。

小説にはなかった未知の情報を、ソランジュは息を呑んで聞いていた。

「恐らく純潔の女性では陛下の魔の強さに侵されて一夜で死んでしまう。……魔とはより清らかな者により強力に作用するからです」

娼婦の場合、すでに男を何人も知っているので比較的影響が薄い。

しかし、それでも同じ女を二度、三度と続けて抱くと、次第に子宮が魔を散らせなくなり、逆にいずれ侵されてしまう。なんの対策も取らなければ魂ごと黒い闇の塵《ちり》と化し、散って消滅してしまう可能性が高い。

「商売女などその程度の扱いでよさそうなものですが、なぜか陛下はそうされることを好まないのですよ」

ソランジュにはアルフレッドの気持ちが推し量れる気がした。

恐らく父王と同じように、無関係の女性の運命を狂わせる真似をしたくないのではないか。だから、必然的に一夜限りの女を買うしかなくなる。

「……っ」

ソランジュは思わず口を押さえた。

『黒狼戦記』で最後まで明かされなかった謎がある。

アルフレッドが権力者でありあれほどの美丈夫でありながら、最終巻まで妃どころか愛妾すら迎えなかった理由だ。

特定の相手がいなかったからこそ女性ファンの人気を獲得したのだが、それでも皆どんな美女でも賢女でも望めるのになぜと首を傾げていた。

迎えなかったのではない。迎えられなかったのだ。この世で初めて触れる女である母の呪いを受け、最後の女となるはずの伴侶の愛に触れることができなかった。

アルフレッドの母は愛し愛される幸福を我が子に許さず、憎しみを込めて破滅に追いやりその血を絶とうとした。

レジスの声のトーンが一段下がる。

「ところが、お嬢さんは純潔でありながら魔に侵されなかった」

重い沈黙が室内に落ちた。

「あなたの御母堂は行き場のない流民だったとは思えません。恐らく魔術師か、聖職者か、あるいは……いずれにせよ魔を操れる血を引いている」

レジス曰く、そうした血筋は稀少《きしょう》であるがゆえに特定しやすいという。

「お嬢さん、ご親族に会いたくはありませんか」

「親……族?」

「ええ。あなたの御母堂が失踪したのだとすれば、それほどの血筋の家なら行方を捜しているはず」

思いがけず血縁がいるかもしれないと教えられ、ソランジュは目を瞬かせた。

もしいるならもちろん会ってみたい。

レジスがソランジュの表情を見て薄く笑う。

「……代わりに協力してほしいのですよ。すべては陛下のためです」

レジスはベッドに歩み寄ると、扉を振り返って人の気配を確認した。

これほど用心深い態度を取るとは、よほど他の誰にも聞かれたくないのだろう。

腰を屈めてソランジュに長い耳打ちをする。

ソランジュはその話を聞いていたが、レジスが距離を取るなり目を見開き、「本当ですか?」とレジスを見上げた。

知らず声が震える。

「本当にアルフレッド様の呪いを解けるかもしれないのですか?」

レジスは小さく頷いた。

「ええ、陛下にかけられた呪いは強力です。今まで私がどれほど手を尽くしても不可能でした。しかし、手をこまねいているだけではいずれ陛下を破滅させてしまうかもしれない」

だが、諦めかけていた頃にソランジュという異分子が現れた。

「お嬢さんは解呪の突破口となる可能性が大いにあります」

どうか魔に侵されぬその肉体を分析、研究させてほしい――レジスはそうソランジュに頼んだのだ。

「まず現在の何もしていない状態で血液を採取させてください」

持参のカバンにはそのための医療器具が入っているのだとか。

「満月の夜にはできるだけ陛下と交わってほしいのです。その後も採血します。できれば、それ以外の夜にも。満月の夜と比較する必要があります」

「……」

実験用マウスになった気分だった。というよりは、そのものなのだろう。

レジスは自白魔術や発狂魔術、記憶操作、人格抹消、奴隷化などの物騒な精神魔術を得意とするだけではない。既存の魔術の威力を高め、新たな魔術の開発に勤《いそ》しむマッドサイエンティスト系の研究者でもあったのだ、とソランジュは思い出す。

だが、差し当たっての問題は実験用マウス扱いではなかった。

「そ、その……」

求められた課題の内容に慄いていたのだ。

「協力できればと思うのですが、必ず交わるのは無理かと……」

何せ今までアルフレッドに抱かれたのは半ば成り行きだった。

「アルフレッド様がもし私にその気にならなかったら――」

「――なりますからご安心ください」

レジスはソランジュの訴えをあっさり受け流した。そのまま話を打ち切ってしまう。

「それでは、契約成立ですね」

薄い唇の端を軽く上げ、身を翻す。

「頼みましたよ。こちらもお嬢さんのご親族を必ず捜し当てます」

「は、はい……」

ソランジュは今後に不安を覚えつつも、レジスに提示された条件にふと疑問を覚えて首を傾げた。

「レジス様、なぜこの話が内密なのですか？」

アルフレッドのためなのに、本人に明かしてはならない理由がわからない。

また、解呪のための協力と聞いて、文字通り身も心も捧げる覚悟でいたのに、実際には血液検査程度だったので拍子抜けもしていた。

「……」

レジスが振り向かぬまま足を止める。

「私は陛下には買われておりますが、臣下たちには嫌われておりましてね。何かと疑惑を抱かれる身なのです。陛下が庇《かば》い立てされても変わりません。なら、この件を知る者はできるだけ少ない方がいい」

ソランジュは小説の『黒狼戦記』でもそうだったと思い出す。

元々レジスは放浪の魔術師だったが、エイエール王国に立ち寄った際、アルフレッドに気に入られて専属の魔術師となっている。

だが、若くして老人のような白髪と人を操る精神魔術を胡散《うさん》臭がられ、武力こそ正義だと疑わない軍人たちとはたびたび対立していた。アルフレッドも何度もあの魔術師を追放しろと進言されていたはずだ。

ソランジュはなら仕方がないと頷いた。

「答えづらいことを聞いてしまって申し訳ありません」

「いえいえ、構いませんよ」

レジスは扉を閉めると、廊下を数歩歩いた先でくすりと笑った。

「陛下に許可をいただけるとは思えないだけなんですけどね……」


——その夜、ソランジュは何度も寝返りを打った。

アルフレッドに責められて以来、できる限り部屋の片隅で膝を抱えず、ベッドの上で寝るようにしている。

しかし、やはり貧しさに慣れた身には心地よすぎ、またなぜだか不安にもなって眠れなかった。

「やっぱり駄目……」

この「やっぱり駄目」は眠れないという意味もあったが、アルフレッドと枕を交わすミッションの難易度の高さへの嘆きもあった。

アルフレッドが部屋を訪れない場合には、こちらから行くしかないのか。しかし、元使用人の小娘がいくらなんでも王様相手に不敬だし、それ以上に迷惑ではないかと悶々《もんもん》としていたのだ。

夜風に当たって気分転換しようと窓辺に向かう。

ところが、こんな夜に限って静かで風一つなかった。

かえって大気の冷たさそのものを感じ、ぶるりと身を震わせる。

「寒い……」

すぐにベッドに戻ろうとして、途中、窓の外の闇で何かがきらりとしたのを見てはっとした。剣の切っ先の煌めきだった。

闇に目を凝らし思わずその男の名を呼ぶ。

「アルフレッド様……?」

すでに日付は変わっているのに、一体何をしているのだろう。

もう一度確かめようとしたのだが、雲のヴェールに覆われた月明かりでは頼りない。

アルフレッドは国王であり、王国軍の最高指揮官であり、屈強な肉体の持ち主だ。加えて剣の腕では大陸で並び立つ者がない。

しかも、ここは城壁と衛兵に守られた王宮の敷地内だ。一人歩きをしてもなんの問題もないとわかっているが、なぜか妙な胸騒ぎがしてならなかった。

ソランジュは扉に駆け寄り、思い切って取っ手に手を掛けた。

今まで実質軟禁されていたので、てっきり鍵が掛けられているかと思いきや、軽く軋む音とともにゆっくりと開く。廊下に見張りもいなかった。

唾を飲み込みながら一歩踏み出す。後で咎《とが》められるかもしれなかったが構わなかった。

壁掛けランプが数メートルおきに設置されているが、この世界の燃料はまだ効率が悪く灯りは弱い。あとは窓から差し込む儚い月光だけが頼りだった。

深夜の石造りの廊下は足音が不気味に響き渡る。ソランジュは恐ろしさを堪《こら》えながら、階段を下り、導かれるように外への出入り口を見つけて抜け出した。

敷地内には庭園がいくつか設けられており、王宮裏手にも春や夏には色とりどりの花が咲き誇る花畑があるが、冬の今はすべてが枯れ果てて一部は雲に覆われてひっそりとしている。

そして、アルフレッドは一人でそこに佇《たたず》んでいた。軽装にマントを羽織っただけに見える。同じく眠れなかったのだろうか。

不意に肌を刺す冬の風が薄雲を払い、煌々とした月がアルフレッドをくっきりと照らし出す。

アルフレッドは手に剣を持って天に翳《かざ》していた。恐らく愛剣のレヴァインだ。剣でありながら意思を持ち、みずからあるじを選ぶという魔剣――。

黒い瞳は不吉に黒光りのする刀身に向けられている。

その姿はたった一頭で月を見上げ、遠吠えをする狼さながらに孤独に見えた。

ソランジュははっとして目を瞬かせた。

闇よりも深く黒く、禍々しい霧がアルフレッドに纏わり付き、その身を呑み込まんとして蠢いている。

「……！」

気が付くと無我夢中で飛び出し、広い背に抱き付いていた。その拍子にアルフレッドの手から魔剣が落ちる。

「駄目っ……！　離れてっ……！」

この霧は魔だ。満月の夜だけだと思っていたのになぜ――。

アルフレッドを庇おうと手を広げる。

「あっちへ行ってっ……！　アルフレッド様に近付かないでっ……！」

冬の夜空にソランジュの悲鳴が響き渡る。

同時に、ソランジュに拒絶された魔も甲高い声で絶叫し、取り憑《つ》いていたアルフレッドから離れる。そして、悶え苦しむように全体がぐにゃりと歪んだかと思うと、次の瞬間にはその黒い霧を一瞬で四散させ、跡形もなく消え失せた。

「……っ」

逞しい背に顔を埋める。

心臓が早鐘を打っている。アルフレッドを守れた安堵《あんど》から、足から力が抜け落ちそうになった。

すかさずアルフレッドが振り返り手を伸ばし、ソランジュの華奢な体を支え、胸にもたれさせる。

「ソランジュ、なぜここにいる」

それよりもと四散した魔のあった空間を凝視した。

「お前があの魔を祓《はら》ったのか」

ソランジュはアルフレッドのマントを握り締めた。

「アルフレッド様……あの魔は……いつから取り憑いていたのですか」

アルフレッドの目がソランジュに移る。

「さあな。昨日だったか今日だったか」

「……っ」

つまり、全体的に魔の影響が強まりつつあるということだ。

こんな設定は『黒狼戦記』では書かれていなかったと愕然とする。ようやくレジスが危機感を抱いて研究を急ぐわけがわかった。

やっとの思いで声を出す。

「怖くは……ないんですか」

「……」

アルフレッドは答えの代わりに地に転がるレヴァインを見つめた。

「魔はこの世に生まれ落ちた時からともにあった」

もはや光よりも馴染《なじ》んでいると呟く。

「俺は母の胸の代わりに呪いに抱かれ、乳の代わりに魔を啜《すす》って育ったようなものだからな」

それでも時折今夜のような夜には、レヴァインの剣身にみずからを映し、問い掛けるのだ、とアルフレッドは語る。

「俺は人なのか、魔なのか、それとも──」

ソランジュは堪らずにアルフレッドの胸に縋り付いた。

「──あなたは人間です！」

人間でありたいと願う限り人間でしかないのだと訴える。

「お願い。どうかあなたでいて……」

アルフレッドが母の呪い通りに父王を牙で切り裂いた時のような、あんな恐ろしい異形に二度となってほしくはなかった。

アルフレッドはソランジュを見下ろしていたが、やがて細い背に手を回し、そっと胸に抱き締めて目を閉じた。

「……ああ、そうだな」

また風が吹き月を覆い隠す。

「人の男でなければお前を抱けない」

ソランジュの耳にかかるアルフレッドの吐息は、凍《い》て付く夜気とは対照的に熱かった。

横抱きにされてやってきたアルフレッドの寝室は、思いのほか簡素で贅沢好みの調度品はほとんどなかった。アルフレッドにとっての寝室とは寝るための部屋でしかないのだろう。

いずれにせよ、今は互いを温め合うことができれば十分だった。

そっとベッドに横たえられ、黄金の長い巻き毛を指先に絡め取られる。

「……なぜだろうな」

薄い唇が毛先にそっと触れる。

「お前だけは闇の中でもよく見える」

――まるで光のように。

アルフレッドは続いてソランジュの右手を取り、甲にそっと口付けを落とした。

「あっ……」

外に長くいたのにその唇は熱い。人差し指と中指の先を口に含まれると、ついピクリと反応してしまった。

唇は続いて手首の裏に回り、脈打つ白い肌に赤い痕を残す。

「……っ」

ソランジュが肌を吸われる感覚に耐える間に、アルフレッドは続いてその細腰を抱き寄せ、寝間着の帯をするりと抜いた。

寝間着の合わせ目がはだけ、まろやかな線を描いた肉体が露わになる。

何度も抱かれて快楽を刻み付けられるうちに、ソランジュの肉体はいつしか生娘のそれから、アルフレッドのためだけの女のものへと変化しつつあった。

アルフレッドも寝間着を脱ぎ捨て、逞しい裸身を晒《さら》してソランジュに伸し掛かる。

「ソランジュ」

「……あっ」

わずかに開いた唇に深く口付けられ、舌先で歯茎をなぞられると、鼻に掛かった甘い喘ぎ声が出た。

同時に右胸を大きな手で包み込まれ、指先でその頂を探られる。

「んん……んぁぁ……」

柔らかな肉の塊がアルフレッドの意のままに形を変え、独立した生き物のように揺れる。

両の胸が芯からズクズク疼《うず》いて熱を持ち、その熱が導火線と化した背筋を辿って子宮に伝わっていった。

ソランジュが身悶え、腹の奥にも走るズクズクした感覚を堪える間に、初めは穏やかだったアルフレッドの手の動きが次第に激しくなっていく。

「あっ……あっ……あんっ……んあっ」

時折乳首を指先で捏《こ》ね回されると、背筋がビクリと引き攣った。

それでも、両脇に両手を差し入れるようにして抱き締められ、胸の谷間に顔を埋められた時ほど強烈な感覚ではなかった。

「あっ……」

熱い唇が汗と夜露でしっとりと濡れる乳房を吸う。

「あっ……るふれっど……さまぁ……」

アルフレッドはソランジュの胸をあますところなく味わった。汗ばんだ肌を舌で撫ぜ、ピンと立った薄紅色の乳首を歯で嬲《なぶ》り、両手で根元から掬い上げやわやわと揉み込む。

そして、最後に左胸に耳を押し当てた。激しく脈打つソランジュの心臓の鼓動を聞いている。

ソランジュはアルフレッドがなぜそうするのかがわからなかった。だが、自分がしなければならないことは知っていた。

「……」

そっとアルフレッドの頭を抱き締め、まだ冷たい黒髪にそっと口付ける。

アルフレッドも瞼を閉じその抱擁に身を任せていたが、やがてゆっくりと体を起こすと、ソランジュの頬をそっと撫ぜた。

「――ソランジュ」

名を呼ばれながら膝で脚を割り開かれる。

「あっ……」

逞しい腰が狭間に割り込み、熱い塊がピタリとそこに押し当てられた。

「ああっ……」

ぐぐっと肉壁を掻き分けて入ってくる。

「あああっ……」

隘路を徐々に貫かれる圧迫感に身悶える。

アルフレッドは最後に腰をぐっと押し込むと、おのれの分身をソランジュの体内に深々と埋め込んだ。

「……っ」

熱い息がソランジュの白い喉の奥から押し出される。

体を貫く肉の楔が最奥に当たり、子宮を押し上げられる衝撃に、開いた唇からか細い声が漏れ出た。

「あぁぁ……」

アルフレッドはそんなソランジュの腰を抱え、更にぐぐっと肉の楔を押し込む。

「んあっ……あっ……あぁぁ……」

腰と腰とがぶつかり合い、パンパンと音が上がるたびに、快感の波が腹の奥から全身へと広がっていく。

「んあぁ……」

時折不意に弱い箇所を突かれると、足がビクンと跳ね上がり爪先が小刻みに震えた。

「ひぃっ……」

その震えが収まる隙すら与えられず、今度はぐぐっとそこを押し上げられる。

「ん……あっ」

細い背が仰け反って黄金色の目が見開かれる。透明の雫がみるみる盛り上がり、頬に次々と零れ落ちたが、それでもアルフレッドは動きを止めなかった。

それどころか、更に一層腰を激しく叩き付けてくる。

「あっ……ルフレッド……さ」

名を呼ぼうとした声は激動の快感に散らされ言葉にならなかった。

「あっ……んっ……ああっ」

もう喉が嗄《か》れて喘ぎ声が途切れ途切れになってしまう。

体を強く上下に揺さぶられ、肺を押し上げられ、酸素不足で息苦しい。空気を吸い込む暇すら与えられない。

頭がクラクラしてろくにものを考えられなくなり、もう快感以外を覚えられなくなっていく。

自分が何者かすらわからなくなる。

熱が子宮から背筋を駆け上り脳髄を焼き尽くす。

視界が純白に染まりアルフレッドの熱以外を感じ取れない。

「あ……ああっ……」

アルフレッド様――ソランジュは言葉にならない声でその名を呼んだ。

一方その間、アルフレッドは何度もソランジュの名を呼んだ。

「――ソランジュ」

数え切れないほど口付けながら、低く掠《かす》れた声で何度も、何度も。

「ソランジュ」

今ソランジュを抱いているのだと確かめでもするかのように。

「ソランジュ――」

＊＊＊

王宮地下に設けられた石造りの薄暗い研究室には、最新式の薬品や実験器具が揃えられている。軍事力だけではなく、経済力に秀でたエイエール王国でなければ入手できないものばかりだった。

魔術師レジスはガラスの試験管をランプの灯りに翳し、軽く振った。鮮やかな真紅の液体が軽く揺れる。

「実に美しい血ですね」

そこに手を翳し魔力を注ぎ込む。

ところが、魔力が具現化した暗紫色の霧は、ソランジュの血に触れるが早いか、すぐさま試験管から飛び出て宙でうねり、もがき苦しんで次の瞬間にはぱっと飛び散ってしまった。

霧の色と同じ瞳に感嘆の光が宿る。

「……見事だ。お嬢さん、あなたは素晴らしい」

ソランジュにはその子宮だけではなく、血肉自体に類を見ない聖性がある。だから、魔を源とする魔力やアルフレッドに取り憑こうとする強力な魔をあっさり祓ってしまう。

魔術師も、徳のある教会の司祭も、素質も才能もある者が何年も修行し、技術を体得したところでこの境地には至れない。

「これは教会がお嬢さんを発見すればただではおかないでしょうね」

アルフレッドが彼女を外に出そうとしないのは、そうした理由もあるのだろう。

「まったく、陛下には敵が多い」

クスクス笑いながらかたわらで蒸気を上げる蒸留器の蓋を開ける。血を注ぎ込むとガラスの中で蠢く透明の物体がぐにゃりと歪み、みるみる赤く染まってわずかに大きくなった。

成長したのだ。

徐々に形を取り始めるのを見守る。

薄い唇の端がわずかに上がる。

「お嬢さんが素直で助かりました」

アルフレッドにソランジュを実験材料にしてもいいかと聞いても、決して許可を出そうとしなかった。文字通り血の一滴すら渡そうとしなかった。

先日の廊下でのアルフレッドとの遣《や》り取りを思い出す。

『陛下、すぐにとは申しません。お嬢さんに飽きたら私にいただけませんか』

『……』

『おやおや、私が女性に興味がないのはご存じでしょう？　陛下の呪いを解くためにその血肉を研究してみたいのです』

アルフレッドは足を止めて振り返りすらせずにこう告げた。

『髪一筋たりとも許さん』

それまで何事にも一切感情を見せなかった王が、あれほど強烈な独占欲と執着を見せたのは初めてだった。広い背は無言の殺意で覆われていた。

数々の死と魔を目にしてきたこの自分が後ずさり、恐れ慄いたほどだ。

「……陛下、あなたはお父上にそっくりですよ」

たった一人の女に執着し、攫い、すべてを奪い、閉じ込め、犯し、孕ませたという先代の王に
——。

一方で、ソランジュには邪心が一切ない。いじらしいほどにひたすら一途《いちず》な女性だ。

あのアルフレッドを心から愛しているようで、アルフレッドのためならばなんでもする。なんの見返りも求めようとしない。

恐らく俺のために死ねと命じられれば喜んで死ぬのではないか。もっとも、アルフレッドは決してそのような真似はしないだろうが。

レジスは「お嬢さん、期待していますよ」と蒸留器内で蠢く物体に向かって微笑みかけた。

「どうか私の望みを叶えてください」

＊＊＊

ソランジュの部屋に見知らぬ女性がやってきたのは、王宮暮らしにも慣れてきたある日中のこと。

その中年の女性は侍女頭だと名乗った。

「陛下にあなたの今後の処遇をどうされるか仰《おお》せつかっております——」

ソランジュの心臓がドキリと鳴る。

侍女頭は侯爵家出身のアンナと名乗ると、暖炉前に置かれた椅子に目を向けた。

「どうぞそちらへお掛けください」

ソランジュが恐る恐る腰を下ろしたのち、テーブルを挟んだ向かいの席に腰を下ろす。

「ソランジュ様は貴族の身の回りの世話に慣れていらっしゃるそうですね」

「あっ、はい」

奥方の髪結いまでやっていたので、それだけは特技だと胸を張って言えた。

「そこで、春から陛下の侍女を務めていただくことになりました。ちょうど前任の侍女が老齢を理由に実家に引き下がったところでしたので」

「……」

「ソランジュ様？」

「あっ、いいえ。申し訳ございません。びっくりしてしまって……」

思わず膝に目を落とす。頬がみるみる熱くなった。

推しの——今はもう好きな人の世話ができるなど幸福どころではなかった。それ以上にアルフレッドが魔に取り憑かれそうになっている時、そばにいれば守ることができると思ってほっとする。

しかし、懸念点が一つあった。

「あの……本当に私でいいのでしょうか。私は伯爵の愛人の娘なのですが」

侍女頭のアンナが侯爵家出身であるように、さすがに国王の侍女ともなるとそれなりの身分を求められるはずだ。

アンナは「問題ございません」と頷いた。

「ソランジュ様は認知されていますし、取り潰しになったとはいえ貴族の血筋には違いありませんから。それに、今後は私が後見人になるので問題ございません」

「えっ」

さらりと入った「取り潰し」の単語にぎょっとする。

「あ、あの、取り潰しって……」

「あら、お聞きになっていませんでしたか。嘘偽りの理由で子息を従軍の義務から逃れさせていた罪で、先月あの伯爵家は爵位を剝奪《はくだつ》されたのですよ」

「……」

エイエール王国は徹底した軍事国家であり、成人男子には漏れなく兵役がある。

そして、地位や身分が高くなるほどノブレスオブリージュを求められる。王侯貴族の男子が従軍の義務を怠ろうものなら国家反逆罪にも値すると厳しく責め立てられる。

「で、では、旦那様や奥様たちは……」

「屋敷が接収されたのち、着の身着のままで出ていったそうですよ」

ひたすら財産を食い潰すばかりで、働いたことのないあの一家が今後どうなるのか、ソランジュには想像もつかなかった。

＊＊＊

——アンナはソランジュの部屋から出た足で、王宮敷地内の軍事訓練場に向かった。

訓練場はあえてぬかるみで足場を悪くしてあり、そこで馬上での一騎打ちが行われる。

あちらこちらで騎士と騎士の剣がぶつかり合い、冬の空の下に乾いた金属音が響き渡る。

アルフレッドも漆黒の鎧兜《かぶと》を身に纏って愛馬に跨り、腹心の部下の一人でもある歴戦の騎士と試合を行っていた。

右端と左端、反対側から来た馬と馬がすれ違いざま、騎士がアルフレッドを倒そうと剣を薙《な》ぎ払う。

しかし、アルフレッドはその動きを見切ると、刃が脇腹を切り裂く間際に愛剣を上から振り下ろし、騎士の剣を叩き落とした。

よほどの圧力がかかっていたのか、ギンと双方の剣の鋼が軋み、鈍く重い音とともに馬も地も揺れる。

「……っ」

剣を失ったことでバランスを崩した騎士は、そのまま落馬し急いで起き上がろうとしたが動きが鈍い。ぬかるみに足を取られてもいるようだ。

その間に馬上のアルフレッドが騎士に剣の切っ先を突き付けた。兜を脱ぎ捨て漆黒の双眸で騎士を見据える。

「アダン、腕が鈍《なま》ったな。一撃でやられるとは」

騎士は肩を竦めて両手を挙げた。

「陛下の腕が上がったのですよ。まったく、それ以上強くなられてどうなさるのですか」

「……」

自分に向けられた視線を感じ取ったのだろう。アルフレッドの肩がピクリとしたかと思うと、目が騎士から柵の外に佇むアンナに移る。

「しばらく席を外すぞ」

アルフレッドは軽く馬を走らせると、地に降り立ちアンナの前に立った。

アンナがドレスの裾を摘まみ深々と頭を下げる。

「ソランジュ様に侍女の件をお伝えいたしました」

頭を下げたまま「一つお聞きしたいことが……」と話を切り出す。

「陛下、本当に侍女扱いでよろしかったのでしょうか」

ソランジュを紹介され後見人を頼まれた時、アンナは初め愛妾候補だろうと思っていた。伯爵の愛人の娘では妃となるには身分が低いが、愛妾ならそれで十分だからだ。

愛妾にせよ戦闘狂で戦にしか興味のなかったアルフレッドが、ようやく女性に目が向くようになったのは喜ばしいと歓迎していた。

ところが、愛妾ではなく侍女として受け入れろという。

「……」

アルフレッドは敷地内中央に聳《そび》え立つ王宮を見上げた。

「現在捜査中だが、王宮にまだ鼠《ねずみ》が紛れ込んでいる。それも恐らく中枢にだ」

アンナははっとして顔を上げた。鼠とは間諜の隠語だ。

先の戦でも軍事情報の一部が相手国に漏れており、いくつかの作戦を見破られていたと聞いている。それでもエイエール王国軍の圧倒的優勢は変わらず、勝利を収めはしたものの危機感が残ったと。

更にこないだの満月の夜には別の間諜が取り押さえられ、レジスに魔術で自白させられそうになったところで逃げ出した。その後王宮を抜け出そうとして、追ってきたアルフレッドに手打ちにされている。

ちなみに、ソランジュも当初は極秘情報を把握していたことから、間諜の容疑者として王宮に連れてこられたのだとか。もっともそれは間諜だったからではなく、預言者の素質があったからだということだが。

「いずれにせよ当分はソランジュを外には出せない」

しかし、部屋に軟禁したままではこの女は重要人物ですと宣伝しているようなものだ。かえって間諜に怪しまれ、狙われる恐れがあるので、差し当たって侍女扱いにしたのだと。あくまで一時的な処置だという。

「さようでございましたか……かしこまりました」

アンナはようやく納得し、同時に残念な気分にもなっていた。

今までアルフレッドはどれほどの美姫《びき》の秋波にも一切靡《なび》かず、女など邪魔だとばかりに近付けようともしなかった。

そんな孤高の王にようやく春が来たのかと思っていたのだが――。

「それでは間諜を逮捕後はソランジュ様をどうなさるおつもりでしょう。その、つまり……」

アルフレッドはアンナが何を言いたいのかを悟ったのか、「愛妾にする気はない」と一言だけ答えて身を翻した。

アンナはやはりそうかとがっかりしながら、再び軍事訓練に戻る広い背を見送る。その後間もなくある事実に気付いて思わず口を押さえた。
——愛妾にする気はないと言っていたが、妃にする気はないとは言っていない。

第三章　国王陛下の侍女ですが、マッドサイエンティストの被検体に昇格（?）しました。

春だからか気分が浮き立っている。

――記念すべき王宮勤め初日のその日、ソランジュはドキドキしながらドレスに袖を通した。

ドレスと言っても王宮から配給された侍女用のお仕着せで、貴婦人が宴《うたげ》の席で身に纏うような華美なものではない。濃く鮮やかなロイヤルブルーで、詰め襟で首を見せないようになっている、上品で清楚《せいそ》なデザインだ。

それでも、メイド服しか知らないソランジュの目には、どんなドレスよりも美しく見えた。

髪をひっつめて結い上げたのちくるりと一回転し、おかしいところはないかをチェックする。

「うん、大丈夫」

今からアルフレッドのもとに行くのだから、完璧な身だしなみにしておきたかった。

――昨夜アンナと最終打ち合わせを行い、アルフレッドの日常生活をあらためて頭に叩き込んだ。

平時は夜明けとともに目覚め、朝食を取り、朝八時まで軍事訓練を行う。その後午後三時まで重い昼食を挟んで執務で、以降は日が落ちるまで軍事訓練である。最後に軽く夕食を取って就寝という日程だった。

『黒狼戦記』では地味だったからなのか、日々の暮らしはあまり描かれていなかったが、寝る以外ほとんど自由時間がないのに驚く。軍事訓練に執務にまた軍事訓練だ。そこに時折軍事会議が入る。

ソランジュの仕事はまずアルフレッドを起こし、運んできた朝食を取らせて着替えを手伝う。その後軍事訓練に送り出し、寝室の清掃を行うことになっていた。

「失礼します」

まだ寝ているだろうとは思ったものの、念のためにノックして驚いた。「入れ」と返事があったのだ。

気合いを入れて夜明け前に起きたのに、アルフレッドは更に早く目覚めていたらしい。

恐る恐る扉を開けると、鎖帷子《くさりかたびら》のホックを留めているところだった。

ソランジュにはもうそれだけで重そうに見えるのに、食事後更にあの鋼鉄の鎧兜を重ね着するのだから恐れ入る。

「お、お早いんですね……」

「冬は夜明けの開戦も多いからな。朝には慣れている」

アルフレッドは手早くパンとシチューの朝食を取ると、ベッドに立てかけてあった愛剣レヴァインを手に取った。

「では、八時には戻る」

「はい、行ってらっしゃいませ」

一から十まで事務的な会話だった。

「……」

アルフレッドが数歩歩いたところでふと足を止め、下げられたソランジュの頭に目を留めるまでは。

「どうしましたか？」

手を伸ばして指先で何やら摘まむ。

「羽根だな」

「えっ」

どうやら髪に羽毛がついていたらしい。羽毛布団が原因だろうか。

「もっ、申し訳ございません！」

慌てて二度頭を下げる。

今日だけは完璧にしたかったのに。

恥ずかしくてアルフレッドの顔を見られなかった。

「明日からはちゃんと――」

「……」

くすりと小さく笑い声がした気がした。

「えっ……」

思わず顔を上げる。

だが、薄い唇はすでに引き締められていて、笑みの欠片も見受けられない。

思い起こせば小説内での描写でも、今の今までも、アルフレッドの笑顔を目にしたことはついぞなかった。

なら、きっと聞き間違いだったのだろうと、もう一度頭を下げようとしたところで、後頭部に手を回され止められる。

「アルフレッド様……？」

アルフレッドはソランジュを見下ろしたまま、髪をきつく留めていた櫛《くし》を外した。

腰近くまで伸びた黄金の巻き毛が、朝日の光を受けて煌めきながら流れ落ちる。

「あ、あの……」

アルフレッドは指先にその一房を巻き付けると、ソランジュの瞳から目を逸らさぬまま毛先に口付けた。

「俺の前では下ろしていろ」


相当嬉しかったからだろうか。寝室の清掃は愛の力であっという間に終わってしまった。

アルフレッドの昼食もソランジュが作ることになっているので、とびっきり美味しい料理を仕込もうと国王専用の厨房に向かう。

その間にも今朝知ったばかりの情報を心の中で繰り返していた。

——アルフレッド様は女の人の髪は下ろした方が好き。

実際に接しなければ知り得ない情報だった。

もっとアルフレッドのことを知りたいと思う。一つ知るごとに宝箱にキラキラした宝石を一粒入れるような気持ちになれる。

ところが、思いがけずそんな弾む心に冷水を掛けられることになった。

ちょうどやってきたある人物がソランジュの後ろ姿を見るなり、冷ややかに声をかけてきたから

だ。

「君は新しい侍女か？」

「……！」

ソランジュは振り返ってその場に立ち尽くした。

「あ、あなたは……」

以前アルフレッドが伯爵邸に迎えに来た際、一度だけちらりと見ただけだった。しかし、それだけでも忘れがたい顔だ。

まず、少々癖のある銀の短髪が目に入る。次いで温度の感じられないアイスブルーの冷ややかな瞳。その双眸と眉と鼻と口が完璧なバランスで収まった、寒気すら覚えるほどの中性的な絶世の美貌。

すらりとした痩軀《そうく》に鎖帷子と鎧を身に纏った、優美なその青年の名は高位騎士ドミニク。『黒狼戦記』で女性ファンの人気ランキング第二位を誇っていた。一位はもちろんアルフレッドである。

ちなみに、レジスは胡散臭いところがいまいち受けなかったらしく、十一位というなんとも微妙な順位だった。

ドミニクは長年エイエール王家に仕えてきたレクトゥール公爵家当主で貴族の中の貴族。母親は王家の傍系の血を引くサラブレッドのエリート。

実際に戦うよりも参謀役として戦略、戦術を立てることが多く、頭脳派であるところも人気要素だった。

おまけに二十四歳独身と来たら女心を鷲摑みにしないはずがない。

しかしこの完璧なドミニクには一つだけ欠点があった。

「はっ、初めてお目にかかります。本日よりアルフレッド様の侍女となりましたソランジュと申します」

「……」

何が気に入らなかったのか、形のいい銀の眉根がわずかに寄せられる。

「君、名を尋ねられたら姓まで名乗れ。身分はなんだ」

この質問に答えるのはかなり苦しかった。

「姓は……生家が取り潰しになりましてございません。身分は元貴族の血を引いているとしか……」

「なるほど、その程度の立ち位置で恐れ多くも陛下を〝アルフレッド様〟と呼んでいるのか」

ソランジュははっとして口を押さえた。

前世ではずっとアルフレッド様と呼んできた。アルフレッドにも咎められなかったので、今生でも当たり前のように名前呼びをしてきたが、レジスもアンナも皆陛下と呼んでいる。

不敬だったのだと今更気付いて真っ青になった。

慌てて頭を下げる。

「も、申し訳ございません。改めます」

氷点下よりも更に低い、冷ややかな眼差しがソランジュに向けられる。

「よく国王陛下の侍女に採用されたものだ。君は随分と世間知らずなようだね。田舎出身かい」

「……」

「否定しないということはその通りか。どのような手を使って侍女頭に取り入った。それほど陛下の女になりたかったのか」

そう、このドミニク、自分にもだが他人にもとにかく厳しく、加えて毒舌なのだ。

レジスもその気《け》があるがあくまで皮肉で対象もアルフレッドだけだ。しかし、このドミニクは逆にアルフレッド以外の人間にはたとえ女子ども相手でも容赦がない。

小説ではその性格もなぜか受けて、「虫ケラを見るような横目で睨まれながら、お前は虫ケラどころか生ゴミ以下だと罵られたい」などと評価されていた。

しかし、実際に口撃を受けてみるとかなり辛い。

「答えづらくなるとだんまりか」

「もっ申し訳……。その、決して取り入ったのではなく……。なっ……成り行きで……」

「言い訳は必要ない」

「……」

もう何をどう言えば許されるのかがわからなかった。

ドミニクは馬鹿にしたようにフンと鼻を鳴らすと、頭を下げ続けるソランジュの脇をすり抜けた。

「陛下に近付きたかったのなら無駄な努力だ。あの方はいずれ帝王に相応しい姫君を娶《めと》ることになるだろうからな」

その一言がぐさりとソランジュの胸に刺さった。

自己嫌悪に陥り頭を上げる気力がない。

しかし、途中違和感を覚えて振り返った。

「……あれっ？」

あいにくドミニクの姿はもうなかったが。

国王専用の執務室や寝室、浴室しかないこの階にいるということは、アルフレッドに何か用があったのだろうか。現在軍事訓練中だとドミニクなら知っていそうなのに。

とはいえ、ドミニクはアルフレッドの腹心である。

アルフレッドに頼まれ忘れ物を取りに来るなり、他に用があるなりしたのかもしれない。

何せ二人はまだ十代の頃から主君と臣下の関係なのだ。

雄々しく闇色の髪のアルフレッドと、中性的で月光を紡いだような銀髪のドミニク――この二人の組み合わせも人気があり、少年時代のバディものの番外編を待ち望む読者も多くいた。

あいにく、ソランジュは前世で早死にしてしまい、その上梓《じょうし》を見届けることはできなかったが。

いずれにせよ、それほどアルフレッドに近いところにいるのなら、主君にどこの馬の骨とも知れぬ女が近付くのは気に入らないだろう。

牽制《けんせい》されても仕方がないのだと自分に言い聞かせても、やはり胸の奥に付けられた傷がズキズキと痛んだ。


その日の午後、ソランジュはモヤモヤしつつも、レジス専用だという地下の研究室に向かった。軽食を持ってくるよう頼まれたのだ。

「レジス様、失礼します」

「ああ、どうぞ。適当なところに置いておいてください」

冷たく薄暗い部屋の片隅には、以前なかった木箱がいくつか置かれていた。どの箱にも人一人分ほどの大きな物体が無造作に放り込まれ、見えないよう上から襤褸《ぼろ》布を掛けられている。

うち一箱から糸のようなものが零れ落ちていたので、何気なく引っ張ってみて「……？」と首を傾げた。その長く緩やかに波打つ金髪の一筋は、どう見ても自分の髪だったからだ。

前回来た時抜け落ちて、埃《ほこり》に混じって飛ばされでもしたのだろうか。

それはそれとして箱の中身も妙に気になった。

「レジス様、あの木箱には何が入っているんですか？」

「ああ、あれは実験に使った失敗作ですよ。見苦しいのであぁしています」

はて、何を失敗したのかと首を傾げる。

「ゴミが出たなら持っていきますが……」

「いやあ、お嬢さんには重いでしょうから」

聞けば一箱につき細身の女性一人分くらいの重さがあるので、自分以外の男手が必要になりそうなのだという。

「これを抱えて階段を上るのは大変ですからね。後で下男を呼びますからご心配なく」

なら、自分には無理だなと手伝うのは諦め、軽食を置き「経過はどうですか？」と尋ねた。

「ええ、お嬢さんの血液のおかげでいくつか判明したことがありまして」

あれから解呪の研究を続けているが、先日可能性のある方法を見つけたかもしれないという。

「ほっ、本当ですか……？」

「ええ、ただ、お嬢さんには更に協力していただくことになりそうで」

「構いません。なんでもします！」

思わず身を乗り出して頷くと、その一言にレジスの暗紫色の目が細められた。

「なんでも、ですか？　本当に？」

「はい、アルフレッド……陛下が助かるならなんでも」

「……その一言がほしかった」

レジスは顔を傾けソランジュの目を覗き込んだ。

「やはりお嬢さん本人でなければならないようです。準備が整い次第またお呼びしますから。それまでにも陛下と愛し合うようにして、採血に来てくださいね」

愛し合うようにしろと言われても、一体どうベッドに誘えばいいのか。

ソランジュが思い悩む間に日が暮れ、アルフレッドが三十分ほど遅れて寝室に戻ってきた。

鎖帷子を脱ぎ、ソランジュを見下ろす。

「湯浴《あ》みをする。背を流せ」

「かしこまりました」

ソランジュは着替えを用意し、アルフレッドとともに浴室へ向かった。

石造りの浴室には大きな木製の円形の湯船が置かれ、注がれたばかりのお湯が湯気を立てている。

ソランジュはまずは脱衣だとアルフレッドの前に回った。

「陛下、失礼いたします」

「……」

アルフレッドが黒い眉を顰める。

そして、ソランジュがシャツのボタンを外し、脱がせるのと同時にその顎を摑んだ。

「ソランジュ、なぜ俺の名を呼ばない」

「それは……」

ドミニクに注意されたからとは、告げ口のようで言いづらくて口を噤《つぐ》む。

「今まで申し訳ございませんでした。恐れ多くもお名前を呼んでおりました」

「……」

アルフレッドはソランジュの顎を摑んだまま、「お前はそのままでいい」と言い切った。

「だからソランジュ、俺の名を呼んでみろ」

「で、ですが……んっ……」

開いた口を何を言う間もなく熱い唇で塞がれてしまう。

「……言い訳は必要ない」

ドミニクと同じ言葉とともにまた呼吸を奪われる。

「んんっ……」

手首を摑まれ身動きができない。口内を熱い舌で蹂躙され、息を吐くことすら難しくなっていく。

「……ん……はっ」

その間にアルフレッドはソランジュの背に手を回し、お仕着せのドレスの背のホックを外した。

「あ……ン」

濃厚な官能の予感を覚えて身悶えたが、逞しいアルフレッドから逃れられるはずもない。

「アルフレッドと呼べ」

「あっ……」

ドレスをシュミーズごとずり下ろされ、瞬く間に生まれたままの姿にされてしまう。ぱさりと衣服が石畳に落ちると、身を守るものが何もなくなってしまった。

ふるりとまろび出た乳房を反射的に覆い隠そうとする前に、背と膝裏に手を回され軽々と横抱きにされてしまう。

「きゃっ」

思わずその逞しい肩と首に手を回す。いつの間にかアルフレッドもズボンを脱いでおり、互いに一糸纏わぬ姿なのだと気付いてますます頬が熱くなった。

「エイエールで俺に逆らおうとするのはお前くらいだ」

「そ、んな」

そんなつもりはなかったと身を震わせる。

「も、申し訳ございません。私は……」

アルフレッドは腕の中のソランジュと目を合わせた。

「俺の名を呼んでいいのもお前だけだ」

「……っ」

その視線の強さに息を呑む間に、湯船に連れていかれて中に入れられてしまう。

ざぶんと水音がしたかと思うと、全身が熱い湯に包まれ、伸ばしたアルフレッドの足の上に座らされた。腹に手を回されがっしり固定され、それ以上動けなくなる。

「……っ」

背にアルフレッドの厚い胸板が当たる。

ソランジュは反射的に逃れようとしたのだが、ばしゃりと水音を立てて引き戻されてしまった。筋の浮いた逞しい腕に囲われ捕らえられ、身動きできなくなってしまう。

「……俺から離れるな」

熱の込められた命令が耳元を擽る。

「誰に何を言われたのか知らんが、お前は俺の言葉だけ聞いていればいい」

「で、も……」

「口答えは許さん」

「あっ……」

腹に回されていた手が濡れた肌を這《は》い上り、湯に火照った乳房を鷲掴みにする。

「あっ……」

弾力のある柔肉《やわにく》が上下に揺さぶられ、続いてぎゅっと全方位から押し潰されると、ピンと立った乳首が湯を弾いた。

「ひ……あっ……ンあっ……」

指先でぐりぐりと敏感なそこを責められ、蠟燭《ろうそく》に火が点《とも》ったようにたちまち熱くなる。熱が胸の先から乳房全体に、乳房から腹に下り子宮に凝った蜜を溶かしていく。

更にしっとりとした長い髪を掻き分けられ、薄紅色に染まった首筋に唇を押し当てられる。チュッと音を立てて吸い上げられると、ゾクゾクと震えが子宮から背筋を駆け上った。

相反する感覚に翻弄されはぁはぁと呼吸が乱れる。

「あっ……ダ……メ……もうっ……」

アルフレッドの力強い愛撫に湯がばしゃばしゃと跳ねる。

「もう一度俺の名を呼んでみろ」

硬い指先が柔肉に食い込み赤い痕をつける。

「……っ」

その刺激がますますソランジュの肉体の熱を高めるので、息が上がって名を呼ぶどころではなくなる。

もうわかっているだろうにアルフレッドはなおもソランジュの乳房を苛《さいな》んだ。

「あっ……やっ……んぁっ」

不意に左手が胸から離れ足の間に差し入れられる。

「ひいっ……」

ソランジュは身を捩ったが抵抗にすらならなかった。

蜜口に無骨な指が押し入りソランジュを体ごと縫い留めてしまう。その硬さに柔らかな体がビクリビクリと痙攣したが、アルフレッドは構わず指を押し入れた。

「……っ」

強烈な刺激にトロトロと蜜が隘路を下る。

「あ、あっ……」

ぐりぐりと内壁をなぞられ視界に火花が散る。

「ひっ……」

脳髄にも飛び火して何も考えられなくなっていく。

だから、前触れもなく指がずるりと引き抜かれた時には、いきなり現実に引き戻されて我に返っただけではない。痴態を見せてしまった羞恥心でまた体が熱を持った。

「こ、んやは、も、もう……」

「俺の名を呼ぶまでだ」

ふとアルフレッドの手から力が抜ける。

一瞬解放されたのかと思いきや、腰をぐっと持ち上げられたので目を見開いた。

「あっ……」

蜜口に熱い何かが宛てがわれる。それがいきり立った雄の証だと気付いたその時には、ズブズブと半ばまで貫かれていた。

「あっ……あっ……ひぁっ……」

湯船の中だというのに湯が入ってこない理由は、アルフレッドの一物があまりに大きく硬く、隘路をみっしりと埋めるどころか押し広げ、わずかな隙間も許していないからだ。

その生々しい存在感を体の中で感じ、はっはっと息を吐き出すことしかできなくなる。

「……っ」

最後にズンと最奥に突き入れられる。

ソランジュは死にかけの魚さながらに口をパクパクさせた。

体内は灼熱の肉棒で貫かれ内臓を熱され、外では肩に吹きかけられる熱い息で焼かれ、今にも全身が焦げてしまいそうだ。

更にぐっと背後から抱き寄せられると、もう抵抗の意思も湯に溶けてしまう。

アルフレッドはソランジュがぐったりし、肉体が弛緩したのに気付き、すかさず腰に手を回して支える。

もちろんそれだけではない。

「あっ……」

力を込めて上下に揺すぶり、激しい抽挿を開始した。

「あっ……あっ……んぁぁ……」

ずるりと抜ける寸前まで引き抜かれたかと思うと、今度はぐっと腰に押し当てられ深々と最奥まで貫かれる。

「ひ……いっ……」

あまりに揺さぶられるので頭がクラクラし、時折首がガクリと落ちてしまう。すると、赤黒く生々しい雄の証が自分の体内に出入りするさまが見え、その羞恥心が更なる媚薬となってソランジュの体の熱を高めた。

「――ソランジュ」

名を呼ばれたがもう振り返る気力もない。すると、ぐいと顎を摑まれ強引に口付けられてしまった。

「ん……んっ……」

酸素がほしいくらいなのに吐息を吸い取られて一瞬意識が遠のく。

その間にまた腰を持ち上げられ、アルフレッドと向き合う形にさせられた。

「あ……」

情熱と劣情を宿した黒い瞳がソランジュだけを見つめている。

ソランジュは口を開きアルフレッドの名を呼ぼうとしたが、次の瞬間アルフレッドの腰の上に落とされてしまい目を見開いた。

真下から肉の楔で貫かれようやく吸った息がまた押し出される。

「は……あっ……あっ！」

パクパクと口が動きようやくその名を呼ぶ。

「あ、るふれっど、さまぁ……」

「そうだ、ソランジュ。それでいい」

アルフレッドはソランジュの腰を押さえ、更に奥へと押し入った。

「……っ」

もうもうと立つ湯気と快感で現実感が次第になくなっていく。だが、アルフレッドと一緒なら夢だろうと現実だろうとどちらでもよかった。

「あ……あっ……アルフレッド様……」

それでも、その夜のソランジュの脳裏には、どうしても離れてくれないドミニクの一言があった。

『陛下に近付きたかったのなら無駄な努力だ。あの方はいずれ帝王に相応しい姫君を娶ることになるだろうからな』

ドミニクはアルフレッドの呪いを知らないのだろう。元々側近数人しか知らない極秘事項だ。それゆえいつか愛妾なり、妃なりを娶ると疑いもしない。

だが――。

「……」

今度は自分からアルフレッドに身を寄せる。

「ソランジュ？」

今か今かと解呪を心待ちにしていたが、アルフレッドは呪いが解ければどの女性も愛せるようになる。今はこうしてそばに置いてくれるが、飽きられ、疎まれたらどうすればいいのか。

「……」

アルフレッドを抱き締めようとして、体格差があまりに大きく、自分では力不足なのだとシュンとする。

するとアルフレッドがそっとソランジュを包み込んでくれた。

ずっとこうしていられればいいのにと思う。

頬を擦り寄せ身を預けると、大きな手の平が傷跡のある背を優しく撫でた。

「……お前が甘えてくるのは初めてだな」

更に深く逞しい胸に抱き締められる。繋がったままであるだけに、よりアルフレッドの熱を感じられた。

「ソランジュ」

ソランジュは耳元で名を呼ばれながら瞼を閉じて乞うた。

「今夜は……このままずっと……離さないで……」

アルフレッドが解放され、幸福になれるのならそれでいい。こうして出会えたことすら奇跡で、神様に感謝してもし足りないのだから。

だが、こうして体を重ねている時だけは自分だけを見つめていてほしかった。

「俺に火をつけたな」

漆黒の双眸が強く煌めく。

「……離すものか」

アルフレッドはソランジュを掻き抱き、浴槽の壁にその背を押し付けた。ぐぐっとみずからの分身をより深く押し込む。

「あるっ……」

その夜は以降、ソランジュの声がアルフレッドの名を呼ぶことはなかった。

アルフレッドの熱から解放されたのは翌日の明け方間際のこと。

目覚めるとその寝室のベッドに寝かされていた。

窓際のテーブルに真新しいお仕着せや下着、朝食のパンとチーズ、リンゴが置いてある。アルフレッドが使用人に命じて持ってきてくれたのだろうか。

ありがたくいただき、その後身だしなみを整える。

まずは、採血のためにレジスのもとに行かねばならない。

寝起きだからかますます貧血気味なので少々きついが、アルフレッドの解呪のためなのだと思うと気合いが入った。

「……よし」

活を入れて思い切り扉を開ける。そして次の瞬間、思いがけない人物と鉢合わせになり全身が凍り付いた。

「どっ……ドミニク……様?」

なぜここにドミニクがと尋ねようとして、はっとして口を押さえる。

ドミニクは公爵家当主なのでプライドが高いのか、とにかく階級差から来るマナーに厳しい。以前もアルフレッドの名前呼びで叱られた。

「ドミニク様」などと口にしようものなら、あの絶対零度の眼差しと口撃で滅多刺しに惨殺されるに違いなかった。

慌てて「レクトゥール公爵閣下」と言い直し、ドレスの裾を摘まんで頭を下げる。

「おはようございます。アルフ……陛下に何かご用でしょうか」

ドミニクも目を見開いてその場で硬直していたのだが、ソランジュの挨拶で我に返ったのか、すぐにあのアイスブルーの双眸でソランジュを睨め付けた。

「君がなぜここにいる」

「……っ」

一瞬言葉に詰まる。

昨夜から今朝にかけてアルフレッドに抱き潰され、意識を失っていましたと打ち明けられるはずもない。今度は「やはり陛下目当てか。この女狐《めぎつね》が」と罵られそうだ。怖い。

ドミニクは覇王に相応しいとは思えない、没落モブ令嬢がアルフレッドに近付くことすら気に入らないのだろう。

ならばもう苦肉の策として誤魔化すしかなかった。

「お、お掃除をしておりました」

一応嘘ではない。部屋を出る前にベッドメイキングし直し、辺りを軽く整理整頓してきたのだから。

「これほど早い時間にか」

「……」

どうも怪しまれているらしい。

しかし、それを言うならドミニクもだ。こんな早朝になぜアルフレッドの寝室に来たのか。

「はい、陛下はもう軍事訓練に出られましたので、清掃をしても問題ないと判断いたしました。レクトゥール公爵閣下はなんのご用でしょうか。私でよければご伝言を承ります」

するとドミニクは「……いいや、いい」と視線を逸らし、身を翻して引き返そうとしたが、途中、何に気付いたのか頭を下げたままのソランジュの項を食い入るように凝視した。

「……?」

何事かとソランジュが頭を上げると、あの絶対零度の眼差しで睨み付けられている。

「あ、あの……」

そして、「……この女狐が」と吐き捨てられた。

容赦ない一言に全身が凍り付く。

一体何が気に障ったのかと尋ねる間もなく、ドミニクはそのまま大股で廊下を通り抜け、階下に続く階段を軍靴の足音を立てて下りていった。

「……？　……？　……？」

ソランジュは首を傾げるしかなかった。

昨夜アルフレッドに項につけられた赤い痕が頭を下げたことで露わになり、それをドミニクに見られたのだと侍女仲間に指摘されるまで気付かなかった。


「――なるほど、それで約束の日時に来られなかったんですか」

レジスは苦笑しながら血で満たされたビーカーを薬品棚にしまった。

この世界には注射器などないので、メスで肘の裏付近を軽く切って、流れ落ちる真紅の鮮血をビーカーで受け止める。

奥方に折檻されて慣れていたので痛みは我慢できるが、毎度それなりの量を取られるので近頃少々貧血気味だった。

「遅くなって申し訳ございません。公爵閣下に怪しいと思われたのか、今までずっと後をつけられて……」

とにかく、本当にアルフレッドの寝室の掃除をしていても、昼食を作っていても、衣装を整理していても、はっと気付くと近くの物陰にドミニクがいて、さり気なくこちらの行動を監視しているのだ。

いつになったら目が外れるのかと耐えるうちに、もう三日が経ってしまっていた。

「これ、絶対に私がスパイだって思われていますよね……」

王宮に間諜が潜り込んでいるのだとは、ソランジュもアルフレッドから注意されていた。何か怪しい動きをした人物がいれば知らせろと。

まさか、再び容疑者扱いされてしまうとはと落ち込む。

つい一時間ほど前ようやく監視の目から逃れられたのは、ドミニクがアルフレッドに呼び出されたからだ。もしかすると今後も監視される羽目になるのかと慄く。やりづらいどころの話ではなかった。

「お嬢さんは災難に遭いやすいんですねえ」

レジスはどこか楽しそうだった。

「まあ、古今東西色仕掛けや美人局《つつもたせ》は一番手っ取り早い間諜方法ですからね。しかし、公爵閣下でしたら陛下がそのようなつまらない罠《わな》に引っかかる方でないとご存じのはずですが」

ドミニクは父親の死で十八歳の時にレクトゥール家当主となって以降、参謀役としてアルフレッドに忠実に仕え、アルフレッドの人となりをよく知っている。

「なのになぜ……。それにまあ、お嬢さんと話していれば、間諜ではないとすぐにわかりますよ」

「えっ、どうしてですか」

「顔に出るので何を考えているのか一目瞭然ですから」

「……」

レジスはそれにしてもと、複雑な心境に駆られているソランジュの顔を見つめた。

「閣下がそのような行動を取っていましたか……」

レジスは手当てを終えると「もういいですよ」とソランジュに退室を促した。

「次の満月の採血を楽しみにしていますよ」

レジスに挨拶を済ませ、地下室から階上に続く階段を上がる途中、数秒間くらりとして額を押さえた。

「いけない、いけない……」

やはり貧血の症状が現れている。

自分を叱咤《しった》しようやく地上階に辿り着き、水でも飲んで落ち着こうと国王専用の厨房に向かう。

しかし途中、「ソランジュと言ったな」と不意に石柱の陰から声を掛けられた。

「……公爵閣下？」

ドミニクだった。

日差しの弱い冬でも曇りのない銀髪がよく目立つ。

「今地下室から上がってきたな」

「そ、それは……」

「誰と会い、何をしていた。吐くんだ」

不意に肩を掴まれ息を呑む。

「お、お食事を運んだだけです」

「嘘を吐くな。私を誰だと思っている。女の浅知恵などすぐに見抜ける」

「……っ」

アイスブルーの瞳はいつも以上に冷酷で、一切の温情が見受けられなかった。

「わ、たしは……」

実験に協力していると口を割ってはならない――レジスの注意を思い出し、ソランジュはふらつきながらも力を振り絞った。

「お、離し、くださいっ……！」

思いがけない抵抗に驚いたのか、ドミニクの手が一瞬離れる。同時に、また貧血の症状に襲われ視界が暗くなった。

「あっ……」

体勢を崩して後ろに倒れる。

そのままであれば背、あるいは後頭部を打ち付け、大怪我をしていただろう。

しかし、ちょうどその方向からやってきた人物が、すかさずソランジュに駆け寄りその広い胸で受け止めた。

「……」

ソランジュは意識を失いそうな中で、助けてくれたその人物を見上げた。

「あ、るふれっど、様……？」

「――陛下、その娘は危険です！」

アルフレッドを呼ぶ声がドミニクのそれに掻き消される。

「地下室にはあの魔術師の研究室があるはず。君たちは何をしていた!?」

だが、アルフレッドはドミニクには構わず、ソランジュのぐったりした体を抱き上げると、身を翻すが早いか「俺の専属医を呼べ」と命じた。

「陛下！」

漆黒の瞳がドミニクを見据える。

「聞こえなかったのか。医師を呼べと言っている」

「……っ」

ドミニクはぐっと唇を悔しそうに噛み締めた。それでも胸に手を当て「……かしこまりました」と唸るように返す。最後にアルフレッドの腕の中のソランジュをギリリと睨み付け、このままでは済まさないとばかりに荒々しい音を立てて廊下を歩いていった。

ソランジュはドミニクの足音を遠くに聞きながら、視界が次第に暗くなっていくのを感じていた。アルフレッドが口を動かし何か言っていたが、もうその声を聞き取ることはできなかった。


パチパチと何かが弾ける音が聞こえる。

「……ん」

やっとの思いで重い瞼を開けると、そこは医務室付属の部屋で、先ほどの音は暖炉の火の音だった。

その暖炉を塞ぐようにして、ベッド近くの椅子に長身の黒衣の男が腰掛けている。

男がアルフレッドなのだと気付き、ソランジュは慌てて起き上がろうとしたが、すぐにベッドに押さえ付けられてしまった。

「もうしばらく寝ていろ」

当分侍女の仕事はしなくてもいいと告げられ、ソランジュは「でも……」と口を開いた。

「命令だ」

「……」

　そう言われるともう何も言えなくなってしまう。

　窓の外は真っ暗だが、アルフレッドが寝間着でないということは、もう日付が変わって夜明け近くなのだろう。まさかとは思うが、寝ずの看病をしていたわけではあるまい。

　アルフレッドは手を伸ばしてソランジュの頭を撫でた。

「貧血だそうだ。栄養を取って寝ていれば回復するから案ずるな」

「あ、あの……」

　まさか、わざわざ見舞いに来てくれたのだろうか。それ以前になぜ地下の研究室に行っていたのか問い質さないのか。

「今はゆっくりしていろ」

「……」

　気遣ってくれているのだと知って涙が出そうになった。

「申し訳、ございません……」

「なぜ謝る」

「その……」

「いいから寝ていろ」

　アルフレッドはこの部屋から出ていくつもりはないようで、足と腕を組んで窓の外に目を向けている。

　ソランジュはアルフレッドがなぜそんな行動を取るのかをよく知っていた。

「夜明けを、待っているんですか……?」

漆黒の双眸がソランジュに向けられる。

「お前は俺のことをなんでも知っているな」

「……そんなこと、ありませんよ」

アルフレッドの体温も、手の大きさも、優しさも小説には何も書かれていなかった。

「知らないこと、たくさんあります。本当にたくさん……」

「……もう何も言うな」

アルフレッドの手がソランジュの髪に埋められる。

ソランジュはその温《ぬく》もりを感じながら目を閉じた。

——アルフレッドが時折こうして夜明けを待つ理由。

それは地下牢に幽閉されながらも、まだなんとか人の形と精神を保っていた頃、幼い王子を哀れんだ番人が聞かせた伝説にあった。

この世界のこの時代の世界地図にはエイエール王国や『白鹿の女王』の舞台である小国ルードのあるフェサード大陸、フェサード大陸南西に位置するカイルアン大陸、北西のアスローン島群しか描かれていない。

東洋はまだ何者も到達したことのない伝説でしかなかったのだ。

番人は誰から聞いたのか、その伝説をアルフレッドに語り聞かせた。

このフェサード大陸の日の昇る方角——東の果てには海があり、海の果てには決して日の落ちない、闇のない、光に溢れた東洋の国がある。

闇しか知らなかったアルフレッドは、闇のない国を想像できなかった。だからこそ彼方《かなた》にあるその国に焦がれた。

アルフレッドがフェサード大陸を制覇しようとしている理由の一つは、その国に行くためではないかとソランジュは考えていた。

「アルフレッド様の夢……きっと叶いますよ」

ソランジュは小説『黒狼戦記』のラストシーンを思い出していた。


――小説のアルフレッドはありとあらゆる敵国との戦で連戦連勝。負け知らずでエイエール王国を拡大していった。

ところが最終巻で本編の『白鹿の女王』の少女ヒロイン、ルード王国のイルマ女王が盟主となった、対エイエール王国を目的とした小国十二ヶ国の同盟、「森林同盟」にその野心を阻まれることとなる。

森林同盟は加入国の王家すべてが森林に住まう獣の意匠を紋章としている。

東のオデッサ王国なら双頭の鷲、西のヴェルス王国なら山猫、南のレンディ王国なら羽のある蛇、北のルード王国なら白鹿と。同盟国全員の天敵となるエイエール国王アルフレッド――黒狼を追い出そうという趣旨なのだろう。

弱小国の寄せ集めといえども十二ヶ国ともなると、兵数ではエイエール王国に匹敵、あるいはそれ以上。戦の規模は作品中で最大のものとなった。

エイエール王国軍と同盟軍は夏、フェサード大陸中央にあるイオシア平原で激突し、以降一ヶ月近くに亘《わた》る戦いを繰り広げた。

森林同盟側も必死だったのだろう。正規軍による戦いだけではなく、ゲリラ戦に奇襲と手段を選ばなかった。

それでも騎士や兵士の練度、武器の数や精度では勝っていたからか、長引きはしたもののじりじりとエイエール王国軍が押していった。

ところが、エイエール王国軍が決定的な勝利を収める直前にアルフレッドに異変が起こる。

戦況が常時緊張していたので手が離せず、戦で血の穢《けが》れを受けても、満月になっても女を抱けなかったからだろう。身に巣食う呪いが魔を寄せ集め、纏わり付き、徐々に意識を乗っ取られそうになった。

意識を乗っ取られてしまえば次は肉体を、最終的には自身が魔と化し、あの闇の凝った化け物になるしかない。

『俺が俺でなくなることだけは決して許さん……！』

アルフレッドは正気を保つために最後の精神力を振り絞ると、魔剣レヴァインを手に陣営を抜け出しイオシア平原へ向かった。

地平線に向かって跪き、レヴァインの鞘《さや》を抜き、鈍く光る刃を首に押し当てる。

その直後に彼方から日が顔を覗かせなければ、迷わず剣を引いていただろう。

だが、徐々に天を、地を照らし出す黄金の光がアルフレッドを止めた。

『アルフレッドはその光を食い入るように見つめたまま動かなかった』

この一文で『黒狼戦記』は終わる。

結末はあなた次第だと、謎に答えを与えず終わるいわゆるリドルストーリーで、アルフレッドがそのまま命を絶ったのか、絶たずに化け物と化したのか、それ以外の結末があったのかは最後まで提示されていない。

最終刊発売当時の反響は真っ二つに分かれた。「敵役のアルフレッドはここで死んだのに、作者は書きたくなかったからこんな曖昧な結末にした」、「死んだなら死んだと書くはずだ。結局生きているからこう終わったんだろう」と。

ソランジュの前世も死ぬまでどちらだったのかと頭を抱えたものだ。どんな形でもいいから生きていてほしいとひたすら願った。

だが、こうして現実のアルフレッドと触れ合う今となってはこう思う。

どちらにしろ、アルフレッドは生きたかったはずだ。生きて、日の昇る東の国を目指したかったのだと。

なら、その夢をソランジュは叶えたかった。

呪いさえ解ければアルフレッドは自由になれる。黒馬を駆ってどこまでも行けるだろう。そのためならなんでもするつもりだった。

アルフレッドの黒い瞳がソランジュを見つめる。

「……お前がそう言うと本当にそうなる気がするな」

その後は夜が明けるのを二人で待った。

淡い夜明けの光はソランジュの髪と同じ色をしていた。

＊＊＊

ソランジュが倒れた後アルフレッドはドミニクの訴えを聞き、当然地下の研究室も念のために捜索した。だが、レジスはその頃にはもう、ソランジュの血で密かに造っていた出来損ないたちを焼却処分していた。

しかし、出来損ないの髪が一筋落ちていたのをアルフレッドは見逃さなかった。

レジスはソランジュに何をしたと問い質されたものの、研究室を案内しただけですとのらりくらりと躱《かわ》した。

しかし、ソランジュが貧血で倒れたのもあって、さすがに見逃すわけにはいかないと判断したのだろう。容疑がはっきりするまで当分囚人塔に幽閉処分となったのだ。

――鉄格子の扉が軋む音を立てて閉められる。

「しばらくここで大人しくしていろ」

「はいはい、かしこまりました」

レジスは自分を連行した騎士たちの背をひらひらと手を振って見送った。

この囚人塔に来るのはソランジュに自白魔術をかけ損ねて以来か。

なんにせよ当分はのんびりできそうだと、杖を壁に立てかけ粗末なベッドに寝転がった。

「最近こき使われていましたからねえ」

間諜容疑者たちに自白魔術を片端からかけ、魔力不足になっていたところだったので、この幽閉はちょうどよかった。

それにしても、ソランジュの口の堅さには驚いた。

採血による貧血から回復してのち、アルフレッドに原因を問い質されたらしいが、決して口を割ろうとしなかったのだという。「レジス様は何もしていない」と庇いすらしたらしい。

あの王相手に一歩も引かないとは随分と意志が強い。それだけ愛も深いということだろう。

「いい傾向ですね」

薄い唇の端が上がる。

生みの母の憎悪による呪いを解くにはまず、それを上回る強い絆《きずな》と愛の力がなければならない。

それゆえにソランジュとアルフレッドには深く思い合ってもらわなければならなかった。でなければ解呪の代償になり得ない。

「もうデータは大体取れましたし、あとはタイミングだけですねえ」

さて、いつがいいかと首を捻っていると、何やら外の下の方がガヤガヤ騒がしい。どうやら客人が大勢訪れたらしい。

ここ数ヶ月のアルフレッドの予定を脳裏に浮かべ、「ああ、なるほど」と手を打つ。

「新任の枢機卿《きょう》ご一行ですか」

エイエール王国の国教であるクラルテル教の聖職者には、教皇を頂点に枢機卿、大司教、司教……と階級があり、中でも教皇の補佐役である枢機卿は次期教皇候補でもある。

新任の枢機卿は初のエイエール王国出身で、教皇領に向かう前に国王に挨拶に来ると聞いていた。

なお、後日教皇もこの王宮を訪れると聞いている。目的はいくつかあるだろうが、最も大きいものはこれだろうとレジスは踏んでいた。

クスクスと笑い、王宮側の壁に目を向ける。

「さて、陛下。今回持ち込まれる縁談をどうお断りされるのでしょうねえ？　何せ教皇猊下《げいか》肝煎りですよ？」

第四章　マッドサイエンティストの被検体ですが、国王陛下の婚約者に昇格しました。

この数日は青空が続いている。

ソランジュは箒《ほうき》を掃く手を止めて窓の外を見上げた。

中庭にあるアーモンドの木の薄紅色の花が目に鮮やかだ。

しかし、ソランジュの心は少々曇り空状態だ。

アルフレッドに叱られでもしたのだろうか。貧血で倒れて以来、ドミニクはしつこく身辺を探ろうとしない。

あるいは、見えないところから調べているのかもしれないが、ソランジュとしては気にならなければそれでよかった。

問題はレジスがいまだに四人塔に収容されていることだ。自分が知らぬ存ぜぬを通したせいか、尋問の対象がレジス中心となってしまっている。

しかもそのレジスも何も吐かないようで、ずっと幽閉状態だ。ソランジュがどれほどアルフレッドに頼んでも、レジスの解放だけは頑として許してくれないのが辛い。

ソランジュとしては一刻も早くレジスに研究を進めてもらい、アルフレッドの呪いを解いてほしいのに。

おまけに、今日から一週間は王宮敷地内であっても外には出られず、出入りできるところはアルフレッドの居住階のみ。侍女の仕事に専念しろと言われている。

先日の夕方から新任の枢機卿、シプリアン一行が王宮にやってきているからだ。

アルフレッド曰く、レジスが説明していた通りにソランジュには魔祓いの素質があり、現在教会はその素質がある者を喉から手が出るほどほしがっているのだとか。ソランジュが魔祓いをできると知れば、どんな手段を取っても獲得にかかろうとするだろうと。

なぜなら現状、教会で魔祓いができる聖職者は数えるほどしかいないからなのだという。数十年前までは数多いた魔祓いの血筋の者はもうほとんど死に絶えてしまったのだそうだ。

確かに神の教えを説き、聖なる者を自称し、魔を敵だと公言する教会が、人手不足で魔祓いができないとは言いにくいだろう。

ソランジュはアルフレッドのそばにいたかったので、今更教会で魔祓いとしてこき使われたくはなかった。

どう考えてもブラック企業並みに働かされるに決まっている。タイムカードなど存在すらせずサービス残業だらけに違いない。

なら、アルフレッドの侍女でいる方が一億倍よかった。

どうレジスを解放したものかと思案しつつ、今度は汚れたマントを洗おうと浴室に向かう。

ところが廊下を歩いている途中で、窓の外から「あいたっ！」と老人の悲鳴が聞こえた。

「……？」

窓から顔を出して見下ろしてはっとする。

中庭のアーモンドの木の下で、老人が倒れたまま動けなくなっている。隣には歩行用の杖が転がっていた。

「大変……！」

転んで骨折でもしたのだろうか。

急いで階段を駆け下りようとして、外に出てはいけなかったのだと思い出す。そこで、階下に向かって「誰かー！」と叫んだのだが返事はない。

枢機卿一行の接待に忙しいのだろうか。

もう一度窓から老人を見下ろしたのだが、誰かが助けに来る気配もない。

苦渋の決断で中庭に出るしかなかった。後で叱られるだろうが仕方ない。

「お爺《じい》さん、大丈夫ですか⁉」

息せき切って駆け寄り、声を掛けると老人が「うう……」と呻く。

「立てますか？　痛いところ、苦しいところはありませんか⁉」

「ああ、大丈夫ですよ……。その、腰が痛くなって転んで……。年を取ったせいか最近多くなりまして……」

ひとまずほっと胸を撫で下ろした。

「肩をお貸ししましょうか？」

「すみませんね。お願いします」

老人を抱き起こし、アーモンドの木の下に座らせる。

「やれやれ、助かった。ありがとうございます。天気がよかったのでつい一人歩きをしたくなって」

老人は極上のウールの緋色《ひいろ》のローブを身に纏っていた。身なりがいいので貴族なのだろう。なのに、どう見ても使用人のソランジュに対し腰が低い。

「……あら？」

その長く白い鬚《ひげ》と優しい茶色の目に既視感を覚える。記憶を探りようやく同じ顔を思い出してはっとした。

「ま、まさか、神父様ですか？」

老人が驚いたように顔を上げる。そして、まじまじとソランジュを見つめたのち、これまたあっと声を上げた。

「その黄金色の瞳は……もしかしてソランジュさん？　なぜ王宮に？」

伯爵家で使用人として労働を強いられていた頃、伯爵に面倒臭がられても必ず日曜日に屋敷を訪れミサをあげ、ソランジュとその母にも優しくしてくれたシプリアン神父だった。

母亡き後奥方に遺体をその辺に捨ててこいと吐き捨てられ、悲しみと途方に暮れていたソランジュに声を掛け、葬儀を引き受けてくれたのもシプリアンである。

ソランジュが十歳になるまでは、訪れるたびに自分の弁当のパンを分けてくれた。

翌年王都に帰ることになったからと、ソランジュの待遇を改善してくれるよう、伯爵や奥方を説得してもくれていたようだ。あいにくその努力は徒労に終わったが、ソランジュは神父の無私の優しさをよく覚えていた。

「えっ、どうして神父様がここに……」

次に、再び緋色のローブが目に入る。

よく見るとローブと言ってもただのローブではない。更に、胸にクラルテル教の象徴である黄金の五芒星のペンダントが掛けられている。

「まっ……まさかっ……枢機卿様って神父様だったんですか⁉」

昔は教会での階級は一番下だと聞いていたのに。

シプリアンは気まずそうに苦笑した。

「私は在野で貧しき者に教えを説く神父でいたかったんですけどね。実家の血筋と身分がそれを許してくれませんでした」

シプリアンはエイエール王国のゴー侯爵家の次男で、幼い頃から聖職者になるべく教育されてきたのだそうだ。この国では長男は家を継いで軍人となり、次男は聖職者、三男以降はまた軍人になる慣習があるからだ。

シプリアンは当初は王都の中央教会で司祭の階級を与えられ、三十歳前後まで幹部としてその運営を担ってきたが、高位聖職者の腐敗ぶりにうんざりしていたらしい。

「酒を飲むわ、女性を抱くわ、裏金を懐に入れるわで、このままでは自分も腐ってしまうと危機感を抱きましてね」

地位も身分も家もすべて捨て、正しい教えを説く旅に出たのだという。その途中、地方の廃教会を発見し、復興のために生涯を捧げようと決めた。

「その地方が伯爵領だったんですね……」

シプリアンは小さく頷き話を続けた。

「できれば彼《か》の地で骨を埋《うず》めたかったのですが。六年前実家を継いだ兄が病に倒れましてね。遺言が〝中央教会に戻れ〟だったのですよ」

シプリアンが放浪の旅に出たのち、彼の兄は、家出をするなど随分立派な令弟様をお持ちだと中央教会にチクチク嫌味を言われ、肩身の狭い思いをしていたのだとか。

その兄の最後の頼みを無下にもできずに王都に戻ることになった。以降、順調に出世し今に至るのだとか。

「ソランジュさんはなぜここに？」

ずっとソランジュを心配していたのだと語る。王都に移動後もたびたび手紙を送っていたのだとか。

「えっ、そうだったんですか。私、全然受け取っていなくて……」

恐らく伯爵に握り潰されていたのだろう。

シプリアンは溜め息を吐いた。

「ああ、なるほど。そういうことですか。まったく、あの伯爵はなぜそうも人を虐げたがるのでしょうね」

ソランジュは申し訳なく思いつつ、これまでの経緯を説明しようとした。

「その……成り行きと申しますか……」

まさか、間諜容疑者としてしょっ引かれたのが始まりだったとは言いづらい。

「伯爵家が取り潰しになった後、こちらで侍女として雇ってもらったんです。アルフ……陛下が手配してくださって」

「なんと。あの家が取り潰しに。仕方がない。神の思《おぼ》し召しですね」

「あはは……」

神ではなくアルフレッドの思し召しなのだが。

ともあれ、旧知のシプリアンと再会できたのは嬉しかった。

シプリアンも同じ思いだったらしく、ソランジュの無事と現在の厚遇について聞き、「天国のお母様も安心してくれたでしょう」と喜んでくれた。「よっこらしょ」と掛け声とともに腰を上げる。

「そろそろ戻らなければ従者が心配します。ソランジュさん、会えて嬉しかったですよ。何か困ったことがあったらいつでも声を掛けてくださいね」

「はい！　ありがとうございます！」

ソランジュは頭を下げ、シプリアンが立ち去るのを見送った。

さて、帰ろうかと身を翻したところで、いきなりレジスが目の前にいたので、度肝を抜かれて一瞬腰を抜かしそうになる。

「――お嬢さんは枢機卿とお知り合いですか。これは意外な交友関係でしたね」

「え、ええっ⁉」

数歩後ずさり囚人塔とレジスの顔を交互に見る。

「れ、れ、れ、レジス様⁉　幽閉されていたんじゃ……。まさか脱獄したんですか⁉」

レジスは唇に人差し指を当てて「しーっ」と辺りを見回した。

「蛇の道は蛇と申しまして。すぐに戻りますから内緒にしておいてください」

「……」

もはや胡散臭さがトレードマークのレジスだ。この程度のことで驚いていては心臓が保たない。

ソランジュは息を整えて「かしこまりました……」と頭を下げた。

「でも、どうしてこんなところに？」

「一つ二つ聞きたいことがありまして。お嬢さんの御母堂の瞳の色はエメラルドグリーンでしたね」

「は、はい」

「伯爵はブルーグレー。先祖にも黄金色の瞳の持ち主はいない」

「そうです。それが何か……」

「……」

レジスは顎に手を当て何かを考え込んでいる。

「実は、お嬢さんと同じ色の瞳の持ち主が見つかりましてね。正確には持ち主だった、でしょうか」

レジスの言葉が何を意味するのかがわからなかった。

「お嬢さん、伯爵はあなたの父親ではないのでは？」

「……っ」

今まで考えもしなかった指摘に目を見開く。

「で、でも、お母さんは……」

不意に脳裏を亡き母の言葉が過る。

『あなたのお父さんに感謝しなくちゃね。こんなに可愛い宝物を私に授けてくれたんだから……』

思わず口を押さえた。

母は「あなたのお父さん」と言っていたが、それが伯爵だとは言及していない。そして、伯爵を「旦那様」以外の呼び方をしたことはなかった。つまり――。

「じゃあ……私は……誰の娘なんですか？」

自分の誕生日と母が伯爵に引き取られた日を計算すると、伯爵の娘ではない可能性も大いにあると気付く。

しかし、ずっと伯爵の庶子だと思い込んできただけに、今更事実を受け入れることが難しかった。

「現在、確定のために内偵を進めています。しかしまだ――」

そこでレジスの言葉が止まる。

「そこに誰かいるのか？」

「おい、お前は向こうに回れ」

どうやら衛兵が見回りに来たらしい。

「はっきりし次第お知らせしますよ」

レジスはそう言い残すが早いか、やってきた衛兵と反対方向に向かった。そちらからも別の衛兵が来ているはずだが、ソランジュにレジスの心配をする心の余裕はもうなかった。

その場に呆然と立ち尽くす。

「ん？　娘さん、あんた、陛下付きの侍女じゃないか。外に出ちゃ駄目だって言われているだろ？ほら、送るから戻るよ」

衛兵に声を掛けられても、肩を叩かれても気付かなかった。

――あの元伯爵が実父ではないかもしれない。

ソランジュはいつかジュリアンに吐き捨てられた言葉を思い出していた。

『はっ、兄妹だと？　お前は使用人の娘だろう。第一、僕とお前のどこが似ている』

ジュリアンは敏感に感じ取っていたのだろうか。確かに、異母姉だと思い込んでいたアドリエンヌとも、顔立ちも髪の色も瞳の色も体型もまったく似たところがなかった。

なら、一体自分は誰の血を引いているのだろう。

思い起こしてみれば母の正体すら知らなかったのだと気付いて愕然とする。

本人からは記憶喪失だと聞いていたが、振り返れば本当にすべてを忘れてしまったのか、何か知っているのではないかと思う場面が何度もあった。

もし記憶があったのだとすれば、なぜ娘にすらそう打ち明けず、ずっと身元を隠していたのか。

なぜ奴隷のような扱いを受けながらもあの屋敷に留《とど》まっていたのか。あるいは真実記憶を失っていたのだとすれば、なぜそのような目に遭ったのか。

どれも「なぜ」の答えにいい想像はできなかった。

もしかすると両親は、あるいは父は、母は、罪を犯して逃れようとしていたのではないか。

なら、娘の自分にすら何も打ち明けられなかったのも理解できる。

いずれにせよ、真の父の名は近い将来レジスが突き止めるだろう。もちろん母の氏素性も、一体何から逃げ続けていたのかも。

だが、ソランジュは両親が何者だったのかを知るのが恐ろしくなっていた。

「――ソランジュ」

名を呼ばれ我に返る。

裸身のアルフレッドが月明かりを背に、こちらに覆い被さって目を覗き込んでいた。軍神の彫像を思わせる見事な肉体に一瞬、見惚《みと》れる。

ここは代々のエイエール国王の寝室だ。

同じく一糸纏わぬ姿にもかかわらず、肌寒さをまったく感じないのは、一度枕を交わした後だからだろう。肌がしっとりと濡れて火照っている。

それほど魔に取り憑かれたアルフレッドの行為は激しく熱い。

最中にはすべてを忘れることができる。だが、こうして終わって自我を取り戻すと、また両親についてつらつら考えてしまう。

「どうした。今宵《こよい》は気もそぞろだな」

アルフレッドは乳房に張り付いていた、ソランジュの長い黄金の巻き毛を指に絡めた。

申し訳なくなり思わず目を逸らす。

「もっ、申し訳ございません……。身を清めてまいります」

一体、なんのためにアルフレッドのそばにいるのかと、情けなくなり胸を覆ってベッドから出ようとする。しかし、すぐに手首を取られて引き戻されてしまった。

「きゃっ」

「気に食わんな」

シーツに縫い留められるように両の手首を押さえ付けられ、意志の強い漆黒の眼差しに射竦められ息を呑む。

「一体何を考えていた」

「そ、それは……」

アルフレッドは閉じられていたソランジュの足を強引に膝で割り、みずからの腰を割り込ませながらもう一度問うた。

「答えろ」

「あ……あっ……」

もう何度も精を放たれぬかるんだそこに、ぬるりとした硬い肉の楔の先を押し当てられ、更なる嵐の予感にぶるりと身を震わせる。

「……んぁあっ」

再びぐぐっと一気に押し入られると、喉の奥から途切れ途切れの吐息とともに、胸に溜め込んでいた不安が押し出された。

「こ、わい……ああっ……」

「何が怖い」

アルフレッドが腰を進めながら尋ねる。

「わ……たし……は……あっ……誰、な、のか……ああっ……」

今までそうだと思い込んできたものを覆されただけで、名も知らぬ父に疑惑を抱いてしまう自分も嫌だった。

万が一両親、あるいは父、または母が罪人だった場合、そんな二人の娘がアルフレッドのそばにいていいのかとも考えてしまう。

アルフレッドにはレジスに両親の身元の調査を頼んでいるとは打ち明けていない。だが、母が身元不明の上に記憶喪失で、そのまま亡くなってしまったということは、スパイ疑惑を抱かれた時点で知られている。

アルフレッドはソランジュがそのことを気にしていると捉えたのだろうか。最後にズンと強い一突きを子宮口に加えると、涙目で仰け反るソランジュの唇を塞ぎ、か細い喘ぎ声と吐息を貪った。

「ん……ん」

唇を離し、熱い眼差しを黄金色の瞳に注ぎ込む。

「ソランジュ、お前は俺の女だ」

ぐぐっと弱い箇所を抉る。

「あっ……んぁあ……」

雄の証を根元までずるりと引き抜き、また女体に深々と埋め込む。

「……俺だけの女だ」

「んあっ……」

繰り返し腰を打ち付けられるたび淫らな水音が響きベッドが軋む。室内の空気が肉体から放たれる湿気で満たされむっと気温を上げていく。

圧倒的な力で揺さぶられ、ソランジュはもうなす術もなかった。

「お前がどこの誰から生まれようとそれだけは変わらない」

「……っ」

快感と貫かれる衝撃で意識が朦朧《もうろう》としながらも、その言葉だけは認識できてまた涙が出た。

「あっ……あるふ……れっど……さまぁ……あぁっ……」

また最奥に突き入れられ、こじ開けられる強烈な感覚とともに、ふっと意識が遠くなる。直後に放たれた熱い飛沫が体を内側から焼き尽くす。

「……」

ソランジュはほうと息を吐いた。ようやく終わったと思ったのだ。

アルフレッドとの交わりはいつも激しい。一秒一秒で与えられる快楽が強烈すぎて、他に何も考えられなくなってしまうのだ。自分が自分でなくなるようで、時折ふと恐ろしくなることがある。

だが、今夜はその恐ろしさを感じる前に、再びアルフレッドの分身が、体内でムクムクと質量を増してきたので目を見開いた。

さすがに今夜は無理だと訴えようとしたが、もう遅い。

「アルフレッ……」

名を呼ぼうとした次の瞬間、再び激しく腰を叩き付けられて思考が弾け飛んだ。

最奥をゴリッと抉られ言葉にならない声を上げる。

「……っ」

アルフレッドは貪欲にも更に奥を目指して腰を進めた。

「ひっ……あっ……んあっ」

もうこれ以上は入らないと思っていたのに、アルフレッドの腰がより深く沈められる感覚に、全身がブルブルと小刻みに震える。

白濁と蜜が入り混じった液体が、繋がった箇所から漏れ出て、ぐちゅぐちゅと淫らな音を立てる。

「あっ……やっ……んあっ……」

再び身も心もアルフレッドの熱に染められるのを感じ、ソランジュはいやいやと首を横に振った。

「も……う……わ、たしっ……」

「……お前は俺の女だと言っただろう」

「この髪の一筋まで俺のものだ」との一言は、夢だったのか、現《うつつ》だったのか。

いずれにせよ、繰り返される絶頂とその一言がソランジュの心を軽くしてくれた。父と母が何者であろうと自分は自分で、母に愛されていたのには変わりないのだから、それでいいと思えるようになった。

間もなくシプリアン枢機卿に続いて教皇が王宮にやってきた際、アルフレッドに縁談が持ち込まれたとドミニクから聞くまでは。


教皇が王宮を訪れたのは、それから一週間後のこと。

ソランジュも大多数のエイエール国民と同じくクラルテル教の教徒である。

それだけに教皇庁から現教皇アレクサンドル二世が訪れ、シプリアンと合流して一週間ほど滞在し、その後教皇領へともに向かうと聞いた時には、ぜひそれまでに教皇の顔を拝みたいと楽しみにしていた。

何せクラルテル教トップに君臨する神の代理人なのだ。さぞかし高邁《こうまい》な精神の人物に違いないと期待していた。

しかし、教会関係者に関わるなと止められているので、残念ながら直に会いに行くことはできない。

ならばと教皇が王宮を訪れたその日、掃除の名目でアルフレッド専用の浴室に入り、こっそり窓の外に顔を出してみた。教皇が宿泊する予定の客間のある階を覗こうとしたのだ。ここからなら中庭越しで、多少遠いがなんとか見える。

さて、もう二、三分で教皇がやってくるはずだ。

今か今かと待っていると、なぜか「いやーんもうっ」と女の鼻に掛かった甲高い声が聞こえた。

「……？」

アーチ型にくりぬかれた窓の向こうを、純白のローブを身に纏い、カロッタを被った老人が通り掛かる。顔も体もたるんだ老人だった。顔が妙にテカテカツヤツヤしている。

やっと来てくれたかと思ったら、その両側に女性を侍《はべ》らせていたのでぎょっとする。更に、信じがたい光景を目にしてしまった。

「教皇様のエッチ！　誰か見ていたらどうするのお」

「構わん、構わん。ここは教皇庁ではない。ほら、お前もこっちに来なさい」

なんと、真っ昼間からヘラヘラと女性に触りまくりである。女性たちは胸元が開いた服装からして夜のお仕事従事者に見える。

まさか、あの狒々爺《ひひじじい》が教皇なのか。そんな馬鹿なと硬直していると、「やれやれ、お盛んですねえ」と、背後から聞き慣れた声がした。

恐る恐る振り返るとレジスが背後に立ち、手を翳して教皇と愛人一行を観察している。もはやその神出鬼没っぷりにも慣れつつあった。

「れ、レジス様、また脱獄したんですか？　前は捕まらなかったんですか？」

レジスはそれなりにひどい目に遭わされたのか、最後の問いには答えず「一時保釈です」と肩を竦めた。

「間諜探しにまた駆り出されましてね。陛下は間諜が教皇滞在中に動くと睨んでいるようです。機密情報がわんさか王宮内を飛び交いますからねえ」

ということは、自白魔術の腕を期待されているということなのだろう。

だが、ソランジュには間諜についてよりも、今はそれ以上に聞きたいことがあった。キャアキャア騒ぐ教皇一行に目を向ける。

「あ、あの……」

「お嬢さんのお父上の身元調査についてはまだ確認に少々時間がかかります」

「そちらの件ではなくて……」

レジスがソランジュの視線を追って教皇に目をやり、「ああ」と薄い唇の端を歪める。

「あの方は間違いなく教皇猊下ですよ。なかなかご立派な方でしょう」

レジスは自分以上の立場にある、興味のある者にしか皮肉を言わない。今まではアルフレッドだけだったのに、こうした物言いをするということは、教皇に同じだけの強い関心があるということだ。

一方、ソランジュは聖職者への幻想を完膚なきまでに破壊され、ショックでその場に立ち尽くすしかなかった。

以前、シプリアンが教会上層部の腐敗を嘆いていたが、まさかトップにある教皇その人が女に骨抜きにされているとは。

レジスがソランジュの心を読んだかのようにまた嘲笑《あざわら》う。

「ご安心ください。ああ見えて娼婦たちに心は許していません。ほら、目が笑っていないでしょう。あくまで遊びでしかありませんよ」

「えっ……」

ソランジュにはそこまではわからない。

「レジス様は教皇様をご存じなのですか？」

「それはもう、魔術師なら知らずにはいられないでしょうね。恥を思い起こさせてくれる張本人ですから」

「それってどういう……」

「おや、お嬢さんは歴史をご存じない？」

「……申し訳ございません。今勉強中なんです」

アルフレッドはソランジュが文字こそ読めるが学がないと知ると、語学、歴史、文学のそれぞれの家庭教師、おまけにマナー講師も付けてくれた。皆ソランジュに無理のないペースで教えてくれるので、今のところ楽しく身に付けることができている。

おかげで立ち振る舞いや会話が洗練され、ようやく令嬢らしくなってきたのではないかと、我ながらちょっと嬉しくもなっていた。

歴史の授業の単元は現在のところ現代史には程遠い。だから、アレクサンドル二世が何をしたのかもよく知らなかった。

レジスの唇の端が笑みではない形に歪む。

「あの教皇は魔女狩りで名をあげたのですよ。その功績で教皇の座を得ています」

「えっ……」

「魔女狩り」などという物騒な単語に息を呑む。

レジスは馬鹿騒ぎをする教皇をじっと見つめた。

「まあ、いずれ知ることですからね……。お嬢さん、我々魔術師がなぜ一国に雇われている身であっても、その存在を重臣以外に秘匿されがちなのかご存じですか」

「稀少な能力者だから他国からの引き抜きを防いでいるんじゃ……」

小説『黒狼戦記』にはそう書いてあった。

レジスの濃紫色の瞳が細められる。

「それもありますが、教会によく思われていないからですよ。元々魔術師も魔女狩りに遭っていましたから」

「……？　……？　……？」

ソランジュは魔術師と魔女の違いがよくわからずに目を瞬かせた。

レジスが「簡単です」と簡潔に説明してくれる。

「魔を操る、あるいは祓う者で教会に敵対する者が魔女、そうではない者が魔術師と定義されています」

アレクサンドル二世がまだ壮年だった二、三十年前は最も魔女狩りが盛んな時期だった。

「二、三十年前って……」

以前アルフレッドから聞いた話を思い出してはっとする。魔祓いの血筋が絶えた時期と一致していないか。

レジスが小さく頷く。

「その通りです。魔を操る、あるいは魔祓いの能力者の多くは魔女として狩られたのですよ」

「どうして……」

「クラルテル教会に逆らったからです」

唯一神を崇《あが》める一神教クラルテル教が当時の国王の都合で国教とされたのは百年前。女魔術師ゼナイドの死後あたりからか。それまでは光の女神ルクスが崇拝されていた。

「ですが、魔術師や魔祓いたちはほとんどが改宗を拒みました」

特に魔祓いの一族は自身を光の女神ルクスの子孫だと称し、魔を祓えるのもルクスの聖なる光をその身に宿しているからで、それゆえクラルテル教には迎合できないと反発したのだ。

クラルテル教は五、六十年前はその力が稀少なこともあり、魔祓いたちを説得しようと試みたが叶わなかった。やがて、ならば敵だと見なすとばかりに迫害に転じたのだ。力ある者ゆえに将来教会にとっての危険因子になると判断したのだろう。

「最後の魔女狩りを主導したのがアレクサンドル二世猊下です。最も凄惨な迫害だったと聞いております」

「迫害って……」

レジスは肩を竦めた。

「投獄、拷問、処刑、追放、なんでもありですね」

もちろん、ろくな裁判などなかったと。

「魔祓いたちの一切の財産は没収され、女子どもまで根絶やしにされたと聞いております。まさに、一人残らず」

「ひどい……」

「魔術師もその迫害に巻き込まれることになりまして。ですがまあ、処世術なんでしょうね。死んでは何にもならないとルクスへの信仰を棄教したんです」

要するに恥とは裏切り者ということか。確かに教会側から見ても心証は悪いに違いない。

「しかし、そうして魔祓いを根絶やしにしたばかりに、現在教会は魔祓いができずに人手不足になっているんですけどね」

ほんの数十年前にそうした血なまぐさい事件があったのか。

迫害された魔祓いたちの無念さを思うと胸が痛み、同時にはっとしてレジスの横顔を凝視した。

――まさか。

「おっとお嬢さん、まだ調査中だと申し上げたはずですよ」

レジスは人差し指を口に当てた。


レジスが「それでは」と立ち去ったのち、ソランジュはしばし呆然としていたが、奥方たちに叩き込まれた使用人根性に促されるまま、のろのろと風呂掃除に取りかかった。

まだ自分が魔祓いの一族の生き残りだと確定したわけではない。

だが、もしそうなのだとすれば、万が一クラルテル教会に知られれば、どんな目に遭わされるのかわからない。

それ以上に、アルフレッドも魔女を匿《かくま》っていたと知られれば、まずい立場に追い込まれるのではないか。ただでさえ呪われた身という秘密を抱えているのに。

モップを用具入れに戻しながら、「まだ決まったわけじゃないわ」と呟く。だが、声にどうしても力が入らなかった。

その後もやはり使用人根性に駆られ、アルフレッドの寝室、廊下、階下に続く階段を掃除していたのだが、どれだけ一心不乱に階段を拭いても、頭から「魔女」の単語が離れてくれない。

階段を上がってきたドミニクに、「そこをどいてくれないか」と言われなければ、磨《す》り減るまで磨いていたに違いなかった。

「もっ、申し訳ございません」

雑巾を手に飛び退《の》く。

「陛下に何かご用でしょうか？　今夜は教皇様と枢機卿様との晩餐《ばんさん》会のため、お酒が入るので遅くまで戻ってこられないと思うのですが」

「……」

絶対零度の眼差しがソランジュを射貫く。

「陛下にではなく君に用がある」

「わ、私にですか？」

「ああ、そうだ。教皇猊下から陛下に縁談が持ち込まれていることはもう知っているか」

初耳だった。

それだけに動揺してしまう。ドミニクに悟られまいとして表情を取り繕い、「そうだったんですか」と答えたが、声がわずかに震えてしまった。

「相手は誰か知っているかい」

知るはずがない。アルフレッドから何も聞かされていないのだから。

ドミニクが壁に背をつけ、腕を組んで告げる。

「教皇庁の教会官吏、ベルナルドーネ殿のご令嬢ベアトリーチェ様さ」

「……」

と言われても、ソランジュは自国の王侯貴族すら知らない者が多いのに、外国の、それも教皇庁の官吏の名など知るはずもなかった。

「また知らないのかい？」

ドミニクが呆れたように肩を竦める。

「ベアトリーチェ様はアレクサンドル二世猊下のご令嬢さ」

「えっ……？　ええっ……？」

ベルナルドーネの娘が教皇の娘とはどういうことなのか。父親が二人いるなど有り得ない。

ドミニクは「まったく、これだから世間知らずは……」と溜め息を吐いた。

「ベアトリーチェ様の母上、レジーナ様はベルナルドーネ殿の奥方である前に、教皇猊下の愛人なのさ」

つまり、レジーナは未婚の頃から現教皇の愛人で、おまけにその娘ベアトリーチェまで産んでいる。

教皇は体裁を整えるために教会に逆らえない立場の男――ベルナルドーネと結婚させ、白い関係を保たせ、レジーナを自分の愛人のままでいさせているのだろう。

ドミニクが当たり前のように語っているのは、すでに高位聖職者が愛人の子を認知すること自体が、暗黙の了解になっているからだと思われる。

女色厳禁のクラルテル教の聖職者、しかもヒエラルキートップがと思うと、いくら上層部が腐敗していると聞いても、教徒としては失望どころではなかった。

しかし、差し当たっての問題はソランジュを始めとする一般人の感覚ではない。

教皇は現在大陸最強を誇るエイエール王国と繋がりを持ち、その内政にまで影響を及ぼそうと躍起になっている。だからこそ、実の娘を王妃にすべく縁談を持ち込んだのだろう。

同時にエイエール王国にとっても、大陸西方世界の思想を左右するクラルテル教の中枢関係者と、縁を結ぶことにはメリットが大きいと思われる。

対してソランジュは、自分がアルフレッドにこれ以上与えられるものを思い付かなかった。それどころか、デメリットになりそうな血筋かもしれないのだ。

だが、それ以前にアルフレッドは呪われた身であり、現在のところ、継続的にとなると女はソランジュしか抱けない体だ。ソランジュ以外の女は魔に侵され死んでしまう。

結婚となれば寝所の問題を素通りできないはずだ。一体、ベアトリーチェとの縁談をアルフレッドはどうするつもりなのか。

様々な問題の答えが出ずに、ソランジュが混乱し、その場に立ち尽くす間にドミニクが冷酷に告げる。

「ベアトリーチェ様はご自分が教皇猊下のご息女だとすでにご存じであり、お父上を誇りに思い、それゆえにご自身にも妥協を許さない苛烈な方だと聞いている」

夫となる男には愛妾の一人も許さないとも宣言しているそうだ。「つまり」とドミニクが押し込むように告げる。

「――ソランジュ、君は邪魔だ」

「……っ」

「理解できる頭があるのなら、とっとと立ち去るんだな」

ソランジュはふと、ドミニクの服装が正装の軍服であるのに気付く。今夜の晩餐会にドミニクも出席する予定なのだろう。

だが、その男性にしては優美すぎる後ろ姿も気にならなくなるほど、ソランジュは打ちひしがれて呆然とするしかなかった。

＊＊＊

――近衛騎士団団長アダンはアルフレッドに仕えて九年になる。

能力さえあれば家柄、身分を問わずに召し上げ、戦場に送り込むこの王のおかげで、弱小貧乏貴族の八男、かつ武術と馬術の腕しかなかった自分にはもったいない地位をいただいていた。

王とともに前線で剣を振るったこと数知れず。昨年紹介された令嬢と結婚もし、想像以上に充実した人生を送れている。

差し当たっての懸念は近頃エイエール王国に間諜が潜り込み、軍事情報が敵国に漏れているということか。

アルフレッドが即位して以来なかった事態だった。

また、王がいまだに独り身であるのも気になる。やはり、臣下としては尊い血を絶やしてほしくはなかった。

しかし――。

ちらりと今夜の晩餐会に招待された顔ぶれを見る。

国王アルフレッドを始めとして、高位騎士にしてレクトゥール公爵ドミニク、自分、他腹心の臣下十名が石造りの食堂の長卓を囲んでいる。そして、主賓の教皇アレクサンドル二世、枢機卿シプリアンが客人席に鎮座していた。

アダンはみずからを戦以外に能がないと自覚している。それでも、教皇が開催を望んだと聞いた時点で、今夜の晩餐会の目的くらいは理解していた。

事前情報通り教皇は自分と愛人の娘、ベアトリーチェをアルフレッドに嫁がせるつもりだ。

今夜シプリアンや自分たちを証人として、その口約束を取り付けるつもりなのだろう。

だが、アダンはベアトリーチェとの結婚は反対だった。

クラルテル教会教皇庁は信仰の世界だけではなく、政治の世界にまで影響を及ぼそうとしている。

現教皇は特に俗世への野心が強い。

ベアトリーチェが妃となったが最後、積極的にエイエール王国の統治に関与しようとするだろう。

それでは王は教皇なのかアルフレッドなのか、わからなくなってしまう。

果たしてアルフレッドはどんな答えを出すつもりなのか――。

「それでは乾杯」

山海の珍味がずらりと並べられたテーブルを前に、アルフレッドがワインの注《つ》がれた盃《さかずき》を掲げる。

アルフレッドに続き教皇、枢機卿、臣下らもまた「乾杯！」とワインを飲み干した。

各人が様々な思惑を抱く中晩餐会が始まる。

口火を切ったのは教皇だった。不遜な、それでいておもねるような奇妙な笑みを浮かべている。

「国王陛下、この場でなんですがお話がございまして」

「奇遇だな。俺もだ」

アルフレッドは新たな赤ワインを陶器の杯に注がせ、一息に呷《あお》り、あらためて教皇を見据えながら口を開いた。

「――妃にすると決めた女がいる」

皆予想外の発言に呆気に取られた。場数を踏んでいるはずの教皇もぽかんと口を開けている。

ドミニクなどはアイスブルーの目を限界まで見開き、食い入るようにアルフレッドを凝視していた。いつもは何があっても顔色一つ変えないのに、今夜は信じられないと顔に書いてある。

アルフレッドはその間に畳みかけるように言葉を続けた。

「式は来年。その際シプリアン枢機卿殿を借りたいので予定を知っておきたい」

代々のエイエール国王の結婚式は王都の中央教会で執り行われる。そこで初のエイエール王国出身の枢機卿に司祭役を任せたいと。

晩餐会の席が静まり返る中、初めに我に返ったのは恐らくアダンだった。

先手必勝――そんな言葉が脳裏に浮かんだ。

アルフレッドはすでにこの結婚を決定事項として話している。そして、教皇に話を振っているように見えて、実はシプリアンに認めろと迫っている。

アレクサンドル二世は表向きには魔女狩りの実績を評価され、教皇の座に就いたことになっている。しかし、実は裏金を使って教皇選挙《コンクラーヴェ》に当選したと噂《うわさ》されており、発言力のある保守派の聖職者たちからは白い目で見られていた。

枢機卿は対照的に一切見返りを求めなかったゆえに、逆に聖職者として評価されている。高潔な言動が感動を呼んでおり民衆にも人気が高い。

教皇がそんなシプリアンを枢機卿に任命したのは、彼を側近とすることでイメージと人気、名声を取り込むつもりだったからだろう。それだけにシプリアンを手放せず、その意思を無視できない。

アルフレッドはすべてを見越して今夜の晩餐会にシプリアンも招いたらしかった。

「……ふむ」

シプリアンが白い鬚を弄《いじ》りつつ首を傾げる。

「陛下、ご婚約者はどちらのご令嬢でしょう」

「バルテルミ侯爵家ゆかりの娘だ」

エイエール王国の王侯貴族の令嬢は結婚までは両親、両親がいない場合は親族や後見人の庇護《ひご》下に置かれ、名を伏せられる習慣がある。それまでは「○○家令嬢」、あるいは愛称で呼ばれる。結婚することで女はようやく名を得て一人前になるということなのだろう。

一方、アダンは確か侍女頭がバルテルミ侯爵家出身だと思い出していた。彼女の親族の令嬢、あるいは後見する娘がアルフレッドの結婚相手らしい。

そして、シプリアンはバルテルミ家に悪い印象はないようだ。「ほうほう、なるほど」と頷いている。

「バルテルミ侯爵家ですか。私の部下に彼の家出身の助祭がおりますが、よく働いてくれ、二心のない人物です。教皇猊下、素晴らしい縁組みだと思いませんか」

シプリアンは教皇が俗世に進出しようとしているのをよく思っていない。神のものは神に、王のものは王に返せという考えだ。

アルフレッドはシプリアンのそうした思想を把握してもいたのだろう。

シプリアンは注目を浴びる中愛想のいい笑みを浮かべ、「冬は勘弁してほしいですな。腰に来ますので」と笑った。

――枢機卿が公の場でアルフレッドの結婚を認めた。

ドミニクを除く十一人の腹心の臣下が溜め息を吐く。

アダンは緊張が解け、どっと脱力するのを感じながら、給仕係の女中に命じて盃に赤ワインを注がせた。

やはり政治的な思惑のある遣り取りは苦手だ。戦場で命がけで剣を振るう方がよほど気楽である。

「陛下も隅に置けない。きっと美しく優しいご令嬢なのでしょうね」

「いやあ、結婚式が楽しみですね。長生きはしてみるものです」

「僕の弟も来年結婚するんですよ。陛下と同じ年になるとは名誉なことだ」

皆口々に祝いの言葉を述べる。こうなると教皇も不義の子である娘との縁談など持ち出せない。

アルフレッドがそこで「ところで」と今度は教皇に話を振る。

「お話とはなんだったかな」

「そ、それは……」

シプリアンがここで助け船を出した。教皇の面子も立てようとしたのだろう。

「そういえば、官吏のベルナルドーネ殿のご令嬢が十八歳を迎えたそうですね。花の盛りだと思うのですが、結婚は決まったのでしょうか？」

「いいや、まだ……」

「ふむ……」

シプリアンは何を思ったのか、ぐるりとアルフレッドの腹心の臣下十二人の顔ぶれを見回した。

「皆様、すでにご結婚はされていますかな」

アダンは二十八歳と遅かったが、本来エイエール王国の軍人は結婚が早い。いつ戦で命を落とすのかもわからないので、ほとんどは二十歳前には結婚し、なるべく早く子を儲《もう》けようとするのだ。

それゆえにすでに十一人は結婚していたが、一人だけまだ婚約者もいない臣下がいた。

全員の視線が一斉にドミニクの優美な美貌に向けられる。

「ああ、そういえばドミニク殿はお母上が王家の傍系でしたね。いかがでしょう、陛下。官吏殿のご令嬢とレクトゥール公爵閣下との縁談を進められては？」

アダンはなるほど、これは名案だと内心膝を打つ。

ドミニクは十二人の腹心の中で最も身分が高い。エイエール王国公爵なら教皇の娘の嫁ぎ先としては十分だ。更にドミニクは戦略、戦術立案は得意だが、政治にはほとんど関わっていない。

つまり、縁談を進めようとした教皇の面子は立てられるし、エイエール王国としても教皇庁との関係を強化しつつも、国政に口を出される可能性はぐっと低くなる。

まさに相互利益となる縁談だった。

しかし、当の本人のドミニクの顔色がみるみる青くなる。

狼狽《ろうばい》するドミニクを目にしたのは初めてだった。

「わ、私は……」

＊＊＊

アルフレッドが晩餐会を終わらせ寝室に戻ったのは午後十時頃のこと。

ソランジュはいつも通り「お帰りなさいませ」と頭を下げ、正装の上下の黒衣を脱がせた。代わって部屋着のローブを着せながら尋ねる。

「湯浴みはどういたしますか？」

「軽く汗を流す。湯船は必要ない」

背を流すので浴室までついてこいと命じられる。

「かしこまりました」

ソランジュはそう答えると、しばし躊躇したものの、やはり祝いの言葉を述べるべきだろうと頭を下げた。

「ご結婚が内定したとお聞きしました。おめでとうございます」

「……」

アルフレッドがわずかに眉を顰める。

「誰に聞いた」

「あっ、その……皆がそう言っていて……」

ドミニクから予告されていたのもあったがこれも嘘ではない。

掃除を手伝ってくれた女中が「ねえねえ、ソランジュさん、もう聞いた⁉ 陛下、ついに結婚が決まったんですって！」と興奮気味に教えてくれたのだ。まだ晩餐会の最中だったと思うので、使用人間で噂の広まる早さにドン引きした。

アルフレッドが腰帯を結びながら呆れたように呟く。

「女はこの手の話には敏《さと》いな。だが、お前が祝いの言葉も何もないだろう」

最後の不可解な一言に首を傾げる。

アルフレッドはこの結婚を祝ってほしくないのだろうか。もしかするとベアトリーチェを気に入っていないのかもしれない。

いずれにせよ結婚は否定しなかったので、ソランジュの胸の奥がズキリと痛んだ。だが、ぐっと堪えてこれから自分に何ができるのかを考える。

いくら婚約したと言っても今日や明日式を挙げるわけではないだろう。何せ国王の婚姻なのだから、挙式にも披露宴にも準備には相当時間がかかるはずだ。

それまでにレジスと相談してアルフレッドの呪いを解いておきたかった。解呪できればアルフレッドはなんの憂いもなくベアトリーチェと結婚できる。

「式はいつ頃でしょうか」

「王家の掟に則り来年春だ」

一年近くあるのでよかったと胸を撫で下ろす。大分研究は進んであと一歩だと聞いているので、さすがにその頃までにはレジスも解呪法を見つけているだろう。

問題は呪いを解いた後の自分の身の振り方だ。ベアトリーチェは夫となる男には、愛妾を許さないと宣言しているらしいので、もうアルフレッドのそばにはいられない。何よりもアルフレッドの栄光に続く、二人の仲の妨げになりたくなかった。

魔を祓う以外にできることといえば使用人仕事だけ。またどこかの家で働こうと考えていると、アルフレッドがよくわからない説明をしだした。

「アンナにお前の相談に乗るよう命じておいた。来年までによく話し合っておくといい」

「……？　私がですか？」

一体何を相談するというのか。

「花嫁衣装にしろ宝石にしろお前にも好みがあるだろう。俺は女の持ち物はよくわからんからアンナに任せておいた」

「あっ、あのっ……」

王侯貴族が囲っていた女に飽き、臣下に下げ渡すのはよくある話だと聞いている。まさか、アルフレッドは厄介払いに他の男と結婚させるつもりなのか。それくらいなら伯爵邸に戻って使用人扱いされた方が一億倍ましだった。

「で、きません」

いくらアルフレッドの命令でもそれだけは聞けない。

アルフレッドの手がピタリと止まり、身を翻しソランジュの顎を掴む。漆黒の双眸の奥で苛立ちの炎が燃えていた。

「何が気に食わん」

身が竦んだものの、それでも譲るわけにはいかなかった。

「言うんだ」

「わ、私は……」

今までアルフレッドに抱かれ、優しくされ、何度告げたいと感じても、身分違いで分不相応だと呑み込んできた言葉を、血を吐く思いで吐き出す。

「私は、アルフレッド様を愛しています……」

アルフレッド以外の男に触れられたくない。

「だ、から、他の男の人と結婚するなんてできません。申し訳ございません……」

せめて遠くから思うくらいは許してほしかった。

アルフレッドはわずかに目を見開きソランジュを見下ろしていたが、やがて「……俺が誰と結婚すると聞いた」と尋ねた。

「えっ、ベアトリーチェ様じゃ……」

よく考えてみればあの女中は「結婚が決まった」としか言っていなかった。だから、てっきりベアトリーチェだと思い込んでいたのだ。

「じゃあ、アルフレッド様の結婚相手って……」

混乱するソランジュの細腰をアルフレッドが攫う。

「きゃっ」

軽々と抱き上げられるが早いか、ベッドに下ろされ伸し掛かられる。

「話し合う必要があるようだな」

再び顎を摑まれ強制的に視線を合わせられる。

「俺を見ろ」

ソランジュが何よりも愛する黒い瞳がすぐそばにあった。その奥に燃え上がる怒りではない、情熱の炎に目を奪われる。

アルフレッドはシーツに散った長い黄金の巻き毛の先を指に絡めた。そっと愛《いと》おしげに口付けながら言葉を紡ぐ。

「俺の妃となる女はソランジュ、お前だ」

「……っ」

信じがたい一言に息を吞む。

そして、ベアトリーチェの結婚相手はドミニクに決定したのだという。エイエール王国と教皇庁の同意で纏まったと。

何もかもが一から十までわけがわからなかった。

「えっ……？　ドミニク様がベアトリーチェ様と……？」

その後アルフレッドから聞かされたドミニクとのゴタゴタは以下のような内容だった。

アルフレッドがソランジュとの結婚を宣言。それをシプリアンが承諾し、実質教皇庁お墨付きとなった後で、では、ベアトリーチェはどうすると新たな問題が持ち上がったのだという。

そこで、唯一独身だったドミニクを相手にどうかという話になった。

「あっ、そういえばドミニク様、婚約者もいませんでしたよね」

縁談は雨あられと持ち込まれているのに、片端から断っていると聞いた。

「その点は俺やアダンと同じだったんだがな」

アルフレッドの場合は呪われているという秘密があり、どれほど好条件の相手だろうと断らざるを得なかった。女よりも家庭よりも戦という性格だったのも多分にあるが。

近衛騎士団長アダンは長兄の結婚がなかなか決まらなかった。なのに、八男が先に結婚するのは……と長年遠慮していたから独身だったのだという。その長兄が遅い結婚をするが早いか、待ちかねていたように下七人の弟は次々に妻を娶り、現在兄弟に独身は一人もいない。

こうして十二人の腹心で残された未婚者はドミニク一人になった。

今まではドミニクも「主君である陛下もご結婚されていないので、側近、しかも最年少である私が縁談などおこがましい」との言い訳が使えた。しかし、アルフレッドも結婚が決まった今、もうその手は通用しなくなる。

ところで、ソランジュは『黒狼戦記』のドミニクが結婚に積極的でないのは、理想が高いからだと思い込んでいた。

名門公爵家当主で軍師として有能。しかもあれほどの美貌なのだから、妻に求めるものも多くなるのだろうと。

だが、理想が高いだけにしては妙なところがあった。

浮いた噂が一つもないどころか、女遊びもまったくしない。部下に娼館に誘われても断る。健康な成人男子にしてはストイックすぎる。

とはいえ、ソランジュはもう小説に書かれていたことがすべてではないと実感している。だから、アルフレッドと同じくドミニクにも何か事情があるのだろうとは察していた。

「ま、まさか……」

別のある可能性が脳裏に閃《ひらめ》き、アルフレッドを見上げながら頬を覆う。

ソランジュの表情からアルフレッドも察したのだろう。「男色家ではないようだぞ」と先手を打たれてしまった。

「そ、そうなんですか……」

どれだけ自分は顔に出やすい性格なのだと少々落ち込んでしまった。

「決まった男妾もいなければ、男娼を買った話も聞いたことがない」

ちなみに、クラルテル教は同性愛を禁じている。明るみに出れば破門されることも有り得る。ゆえに、同性愛者でも隠し通し、表向きは女と結婚することが多かった。

こうした場合、無理矢理世継ぎを儲け、即座に仮面夫婦になることが多い。女の同性愛者の場合も同じだ。

いずれにせよ、同性愛傾向が未婚の理由でもないということである。

「じゃあ、どうして……」

ドミニクはレクトゥール公爵家唯一の直系で、その優れた血を残す義務があるはずだ。血筋にプライドがあるのなら、真っ先に結婚し、子を儲けることが何よりも貢献になるはずなのに。

アルフレッドがソランジュの長い黄金の巻き毛を指先で弄《もてあそ》びながら語る。

「今回の縁談も初めは渋っていた」

「私にはもったいない」と謙遜していたが、教皇、シプリアン、自分を除く十一人の腹心の部下たちの圧力に負けたのか、やがて俯いて「……かしこまりました」と婚約を承諾した。

『この身に余る光栄でございます……』

身に余る光栄どころか、奈落の底に突き落とされたような空気を、シプリアンも感じ取ったのだろう。「誰か思う女性の方がいらっしゃるのですか？」とドミニクにも助け船を出した。

だが、ドミニクは「……いいえ」と答えたのだという。

『そのような女性は……おりません』

アルフレッドは「いるならいるでどうにでもしてやったんだがな」と呟いた。それくらいの力はあるからと。だが、いないのならどうしようもない。

こうしてレクトゥール公爵家当主ドミニクと、教会官吏ベルナルドーネの息女ベアトリーチェとの婚約が結ばれることとなったのだ。

「そんなことがあったんですか……」

ソランジュには政治がわからない。だから、今回のアルフレッドとドミニクの婚約劇についても、その事情を完全に把握しているとは言えない。

だが、一つだけ判明していることがあった。

自分がアルフレッドの婚約者になったという事実だ。

「え……ええっ」

今更再度仰天してアルフレッドを見上げる。アルフレッドが生涯の伴侶に選んでくれた、その歓喜が徐々に胸に込み上げてくる。

だが――。

「で、でも……」

「なぜ〝でも〟などと言う」

「そ、れは……」

現状両親ともに身元不明。しかも、父親は教会から敵視される魔祓いだったかもしれないのに。そんな女がアルフレッドに相応しいのかと素直に浮かれられない。

「あ、アルフレッド様、私は」

アルフレッドに迷惑だけはかけたくない。

ソランジュは衝動的に両親について打ち明けようとしたが、その言葉ごと強引に唇を奪われてしまった。

「ん……んっ……」

吹き込まれる吐息に喉が焼け焦げそうになり身悶える間に、シーツに両手首を縫い留められてしまう。

長い、長い口付けが終わる頃には、アルフレッドから与えられる熱で、思考までもが蕩けそうになっていた。

恋情と劣情の炎の燃え上がる黒い瞳がソランジュを射貫く。

「先ほど俺を愛していると、お前はそう言ったな」

ソランジュの両手に絡められた指にぐっと力が込められた。

「なら、なぜ俺の妃になるのを躊躇《ためら》う」

確かにばっちりと愛を打ち明けてしまっている。あんなに大胆になれることは二度とない気がした。

「あ、あれは……」

出生への後ろめたさと告白した気恥ずかしさが、心の中でないまぜになり目を逸らす。だが、またすぐに頰を押さえられ上向かされてしまった。

「俺が望むものはお前だ。お前の父でも母でもない」

誤魔化しが一切ない、真摯な眼差しを注ぎ込まれ息を吞む。

アルフレッドが「ソランジュ」と囁《ささや》くように名を呼んだ。

「……お前といると心が安らぐ」

呪われた身で魔に侵される半生であっても、今まで安らぎを求めたことなどなかった。なのに、一度知ってしまうと手放せなくなったと呟く。

「お前のいない明日が考えられなくなった」

ソランジュのいない世界など想像するだけで恐ろしい――それは初めて聞くありのままのアルフレッドの恐れの感情だった。

戦にも、呪いにも、魔にも、小説『黒狼戦記』のラストシーンでみずから命を絶とうとした時すら、一切の恐怖を見せなかったのに。

アルフレッドの手に力が込められる。

「……どうか俺から離れないでくれ」

すべてをかなぐり捨てた、一生を懸けての懇願だった。そんな思いをどうして拒絶できるだろうか。

「わ、私は……私は……」

なのに、実の父の身元への不安が答えを躊躇わせる。今すぐにでもアルフレッドの胸に飛び込みたいのに。

アルフレッドはソランジュの迷いを見て取ったのか、「なら、はいと言わせるまでだ」とその黒い瞳を煌めかせた。

「俺はお前以外の女はいらない」

ローブを脱ぎ捨て裸身になる。

「お前しか抱きたくはない」

「あっ……」

驚く間もなく体を反転させられる。

俯《うつぶ》せにされお仕着せの背後のボタンを次々外され、シュミーズをずり落とされ、鞭で打たれた傷跡の残る背に唇を押し当てられる。

「んんっ……」

体がビクリと大きく震える。

そのまま背筋をなぞられると熱い息が喉の奥から漏れ出た。腹の奥がたちまち熱を持ち隘路を潤わせる。

「――ソランジュ」

「あ……あっ……」

俯せのまま生まれたままの姿にされ、髪を掻き分けられ、項を強く吸われながら思う。

自分もアルフレッドから離れたくないが、それが許される身の上なのか。

しかしそうしたぐるぐる回る悩みも迷いも、背後から閉ざされた足の狭間を割られ、わずかに潤んだ蜜口に肉の楔を押し当てられると、その灼熱に解かされていってしまった。

「んっ……あ……あぁっ……」

思わず両目をぎゅっと閉じ、両手でシーツを摑む。

「……っ」

アルフレッドの分身がゆっくり、ゆっくりと隘路に押し入ってくる。ソランジュが自分のものだと思い知らせるかのように。

最奥まで徹底的にじっくりと征服される生々しい感触に、頰をシーツに押し当てながら耐え切れずに喘ぐ。

「あっ……あ……あぁっ……あ、つい……」

アルフレッドの心の熱と同じだけの熱さである気がした。

このまま身も心も燃やし尽くされて、何も考えられなくなって、白い灰になってしまえばいいのに――そんなソランジュの願いが叶えられることはもちろんなかった。

繫がったまま腹に手を回され、そのまま力任せに腰の上に抱き起こされ、アルフレッドの裸身の胸筋に剝き出しの白く細い背が密着する。

アルフレッドの心臓の力強く脈打つ鼓動と情熱を体で感じ、ソランジュはぶるりと身を震わせた。

「んあぁっ……」

蜜口から最奥にかけて垂直に貫かれることで、その衝撃に脳髄にまでキンと電流が走る。子宮口を押し上げられ、それ以上声を出せなくなる。

「……っ」

もう何も考えられなくなり、途切れ途切れの息を吐き出すことしかできなくなる。アルフレッドの腕の中でぶるりと背を仰け反らせる。行き場をなくした豊かに実った乳房がふるふると上下に揺れた。

アルフレッドはそんなソランジュの胸と腹に回した腕に力を込め、背後から抱き寄せた。振り返らせて涙の零れ落ちた頬に口付け、耳に口付け、華奢な肩に顎を乗せてあらためて強く抱き締め、最後に溜め息を吐くようにこう呟く。

「愛している」

そして「お前だけを愛している」と繰り返す。

「……っ」

ソランジュはすべてを忘れてアルフレッドのその言葉だけを聞いていた。

愛している――。

第五章　国王陛下の婚約者ですが、魔女の娘に昇格（？）しました。

旅人曰く、エイエール王国で最も美しい季節は春ではなく初夏なのだそうだ。あちらこちらに自生するマロニエの花が咲き誇るからだと。

あいにく満開前に教皇領に戻ることになるが、アレクサンドル二世はそれを残念だとはまったく思わなかった。むしろ、エイエール王国の繁栄を象徴する花など忌々しい。

「どいつもこいつもこの儂《わし》を馬鹿にしおって……」

座り心地のよい長椅子にどかりと腰掛け、先ほど持ってこさせたばかりのワインを呷る。

贅を凝らした客間の絨毯の上には、もう何本もの空になった酒瓶が転がっていた。

扉に向かって「おい、女はまだか」と怒鳴る。廊下で常時待機中の従僕代わりの助祭が「も、もう少し時間がかかるかと……」と怯えた声で答えた。

「まったく、気分が悪い」

あの小賢《こざか》しい若僧の国王にしてやられたことにもだが、それ以上にシプリアンに苛立ちが募っていた。

初めてシプリアンを目障りだと感じたのは、魔女狩りを主導していた数十年前だったか。

当時彼は在野の神父を名乗り階級すらなかった。なのに、魔女狩りに真っ向から反対し、抗議してきたのである。

『信仰とは押し付けるものではない。信徒みずから望み、受け入れなければ意味がない。魔女狩りは聖戦ではなく単なる迫害であり虐殺だ。慈愛を説いた主は決してこのような真似は望まないはずだ！』

それどころか、光の女神ルクスを崇める異教徒どもを庇いすらした。

異教徒の間でもシプリアンの噂が広まりその手を借りて国外に逃れる、または表向きクラルテル教に改宗し、命を救われた者も多いと聞く。

なのに、当時の教皇や教皇庁がシプリアンを罪に問えなかったのは、エイエール王国の貴族出身だったのが大きい。エイエール王国は寄付金の額が大きく、敵に回すのは避けたいという事情があった。

とはいえ、シプリアンが在野の神父のままでいたのなら、どれもたいした問題ではなかった。

ところが何を思ったのか、魔女狩りから十年後エイエール王国の中央教会に舞い戻っただけではない。あの温厚な微笑みを浮かべたまま、それまでとは打って変わって積極的に、貪欲に出世を求め、実現していったのだ。

今は亡き兄に頭を下げられたから中央教会に帰ったとのことだったが、アレクサンドル二世はそんな説明をまったく信じていない。人はみずからの強い意思がなければ生き方そのものを変えようとしないからだ。

シプリアンが何を考えているのかがわからないことが、アレクサンドル二世には不気味でならない。

それでも、枢機卿に任命したのはその人気を取り込もうとしたからだけではない。シプリアンはもう八十歳近く。自分より二十歳年上である。

現時点でどれだけ力があろうと、敵にならないうちに天に召されると踏んでいた。

「なのになんだ。ピンピンしとるじゃないか」

最近足腰が弱ってきたなどと抜かしているが、老化のせいというよりは仕事のしすぎが原因の一時的なものだと思われる。

なぜならシプリアンは昨年徒歩で八〇〇キロの聖地巡礼を完遂しているからだ。更に先月のミサの準備中には、聖体拝領に使用する未開封のワイン樽《だる》を、一人で軽々抱え上げたとも聞いていた。

「ええい、くそっ」

間もなく新たなワインの瓶も空になり、酒を持ってこいと命令しようとしたところで、扉がゆっくりと音もなく開けられる。

「失礼いたします」

ようやく頼んでおいた娼婦二人がやってきたらしい。

「おっ……」

思わずゴクリと唾を飲む。

娼婦らしく赤紫のドレスを身に纏った金髪の女だった。

だが、注目したのは髪ではない。絶世の美貌だった。紅の引かれた唇がなんとも艶《なま》めかしい。対照的なアイスブルーの瞳には品があり、とても娼婦だとは思えなかった。

貴族の血を引いているのかもしれない。零落した貴族の令嬢が身を落とすのはよくある話だ。

「なんと……。ふん、あの若僧もなかなか気が利くじゃないか」

大柄なところもアレクサンドル二世好みである。初心な生娘よりも派手で迫力のある大人の女がいい。

たちまち機嫌が直り、「ほら、来なさい」と娼婦の手を取る。

早速隣に座らせ肩を抱き寄せたところで、注文の内容を思い起こして首を傾げた。「金髪の娼婦を二人」と頼んだはずだ。

美女二人に奉仕させるのが好きなのに。

「ん？　もう一人の娼婦はどこだ？」

「上のお部屋にご用意しております」

今からこの娼婦が連れていってくれるという。

「ふむ。この部屋にも飽きたところだ」

アレクサンドル二世はなんの疑問もなく立ち上がり、隣に並んだ娼婦の腰に手を回した。

「ほれ、案内しなさい」

夕暮れ時の石造りの廊下も酒を飲んだからか肌寒く感じない。

「寒くはございませんか。外套《がいとう》を用意しますが」

「ああ、いい。いい。どうせこれから暑くなるからな」

それにしてもこの娼婦、若い女にしては随分低い声だ。声だけなら男と間違えそうである。客に付き合わされる間に酒焼けでもしたのだろうか。

何気なく理由を聞いてみると、娼婦は喉元に手を当てて艶《あで》やかに笑った。

「不愉快でしたら申し訳ございません。昔、声帯を薬で焼いたんですの。……高すぎる声は必要ないと言われまして」

「必要ない……？」

低い声を使った特殊なプレイ専門の娼婦なのだろうか。それならそれで今夜が楽しみだった。

アレクサンドル二世は娼婦に連れられ、どこに続いているのかも知らぬまま階段を上っていった。

大分歩かされたので息が切れる。

「おい、まだか」

「もうすぐですから」

宥《なだ》められ連れてこられた階は一際廊下も窓も広く、特別な場所であることが窺《うかが》えた。

「ほうほう、こんなところもあったのか。ん……？」

気が付くとつい先ほどまで隣にいた女が姿を消している。

準備のために先に寝室に行ったのだろうか。

その寝室は一体どこだと辺りを見回していると、曲がり角から薄紅色のドレスを身に纏った、咲いたばかりのマロニエの花を思わせる女が現れた。

「おおっ……」

もう一人の大柄な娼婦とは対照的な可憐《かれん》な女だった。アルコールで危うく揺れる視界の中、輪郭のぶれる横顔しか見えないのにもう美しいとわかる。

女というよりはまだ少女と言った方がいいか。年の頃十七、八歳で、ほっそりとした肢体とそれに見合わぬ豊かな胸、腰まで伸びた朝日を紡いだような淡い、眩い黄金の巻き毛に目を奪われる。

好みから外れるが金髪だし十分守備範囲内。今宵は派手系と清楚系、二人の美女を侍らせようとワクワクした。

「これ、そこの女」

女が驚いて立ち止まる。

「教皇……様？　なぜここに？」

「寝室はどこだ。案内しなさい」

女は困ったように辺りを見回していたが、やがて「かしこまりました」と頷き、おずおずとアレクサンドル二世の隣に立った。

「ええっと、教皇様の宿泊されているお部屋ですよね？　迷われたんですか？」

「ん？　何を言っておる」

細腰に手を回しむにむにと指先で柔肌を嬲る。

「……っ」

女は目を見開いて硬直し、「や、止めてください」と蚊の鳴くような声で懇願した。気が強いタイプではないようだ。

「これが仕事だろう」

ついでに手を伸ばし、胸を揉もうとしたところで、女が悲鳴を上げて飛び退いた。

「なっ……何をなさるんですか！」

しかし、その拒絶もアレクサンドル二世にはプレイの一環だとしか捉えられなかった。

「なるほど、なるほど、そういう趣旨か。たまにはいいだろう」

ずかずかと怯える女に近付き壁際に追い詰める。

ふと視線をずらすと近くの扉がわずかに開いており、隙間からベッドらしきものが見える。

なるほどここかと足で蹴り開け、女の手首を摑んで連れ込んだ。

「いやあっ……！」

高い声の悲鳴に嗜虐《しぎゃく》心をゾクゾクとそそられる。なるほど、これは世にも男にも慣れた大人の女では味わえない。

「いい声だ。ベッドの上ではもっといい声で鳴くのだろうなあ」

女は必死に抵抗し、手足をバタつかせていたが、所詮女は非力だ。ベッドに押し倒して伸し掛かり、喉元をぐっと押さえると、首を絞められると思ったのか怯えて身を竦ませた。

「……っ」

「いい加減大人しくしなさい。演技は初めの五分だけでいい」

可愛い顔を拝んでやろうと顔を近付ける。

「どれどれ、どんな目の色をしている？　茶か？　緑か？　紫か？」

乱れた髪を払って顎を摑み、涙で潤んだその瞳を見て息を吞んだ。

黄金をそのまま瞳の形に削り取ったのかと錯覚する純金色。この世のどの色よりも気高い、至高の光の色だったからだ。

「なっ……」

驚愕のあまり弾かれたように身を起こす。ベッドに手をつき尻で後ずさる。

「――なぜお前があの男と同じ目をしている⁉」

アレクサンドル二世は光を体現したその瞳を見たことがあった。

忘れるはずがない。忘れたいのに忘れられない。今でも時折思い出し悪夢に魘《うな》されるほどなのだ。

教皇にまで上り詰めた身に唯一恐怖を味わわせたあの男――。


――魔女狩りの最中のことだった。

当時大司教だったアレクサンドル二世は罠を仕掛け、魔祓いの一族、ガラティア家の長《おさ》の男を捕らえ、魔女狩りの本拠地である教皇領の教会に連れてこさせた。

ガラティア家は古くより続く一族で、女神ルクスの直系の子孫だと名乗り、実際その能力に並び立つ者はいなかった。特に当時の長の力は歴代の中でも際立っており、見るだけで魔を祓う破邪の目の持ち主だと聞いていた。

アレクサンドル二世はこの男――イアサントを支配下に置きたかった。ガラティア家はエイエール南方に広大な領地を所有し、すべての魔祓いを束ね、率いている。イアサントが従いさえすれば南エイエールと魔祓いを教会の管轄下に置けると踏んだのだ。

『面を上げよ』

両手首を後ろ手に縛られ、その場に跪かされたイアサントは、ゆっくり顔を上げ、敵意に満ちた目でアレクサンドル二世を睨め付けた。

二十代半ばの美しい男だった。長身痩軀でロイヤルブルーの衣装と山吹色のマントがよく似合っている。

癖のない金髪は長く背まで伸びており、一つに束ねられている。男も髪を長く伸ばすのはガラテイア家の伝統だと聞いていた。髪にも光の女神ルクスの聖なる光が宿るからだと。

瞳の色もまた黄金色で見栄えがし、寵臣《ちょうしん》として囲いたいほどだ。アレクサンドル二世は内心それも悪くないと頷いた。

『これ、そのように睨むでない。悪いようにはしない。儂に仕えんか』

『なんだと……？』

『よいか。世の流れというものがある。あのような邪神を信じる者はもはや魔祓いくらいだ。そんな邪神のために身を滅ぼすなど愚かとは思わんか』

『……』

次の瞬間、射殺さんばかりの視線に貫かれ、弾かれるように椅子から立ち上がり、後ずさる。本当に、視線だけで殺されると震え上がったのだ。

イアサントの瞳の奥に黄金の怒りの炎が燃え上がる。

『貴様、祀《まつ》る神は違えども、聖職者でありながら数多の民草に手を掛け、大地に血を流し穢したな』

続けて「私には見える」と唸る。

『人々の憎悪が、怨念が凝り魔となり貴様に取り憑き、破滅させる未来が。あるいは、貴様自身が魔と化したのか？』

『儂が魔だと⁉』

何を血迷ったことをと反論しようとして、背中に悪寒を覚えて振り返り、目を見開いた。

一切光のない、暗黒そのものの闇が渦巻いている。更に震え上がることになったのは、その闇の中に無数の人の目が浮いており、一斉に自身を見据えていたからだ。

通常、魔術師や魔祓いのような異能の才がない者には魔は見えない。

だが、唯一の例外がある。

悪行を繰り返すなどして、魂が闇に染まり魔に近くなったがゆえに魔に取り憑かれた者には、その姿が形を取って見えるのだ。

『ば、馬鹿な……』

声なき声が脳裏にこだまする。

『改宗すると言ったのに、なぜ私だけではなく妻や息子まで殺した。それほど私の屋敷がほしかったのか……』

これは魔女だと断罪し財産を奪った異教徒。

『大司教殿、なぜ私を捨てたのですか。あなたに長年忠実にお仕えしたのに……』

これは汚れ仕事を任せ、その罪が教皇庁に曝《あば》かれようとしたので、口封じに暗殺した部下の司祭の声。

『大司教様、何度もお手紙を出したのに、どうして僕の村の教会を潰したんですか。神父様もシスターも皆優しかったのに。僕の居場所はあそこしかなかったのに……』

これは過疎地なので寄付金が見込めないからと、取り潰した教会に預けられていた病身の孤児の声だ。

『ひっ……ひいいっ』

腰を抜かしてその場に座り込む。

イアサントは「やはり気付いていなかったのか」と更に視線を強くする。

『貴様が死後向かうのは天国でも地獄でもない。その凝った闇に呑まれることになる』

『……っ』

アレクサンドル二世は耐え切れずに悲鳴を上げた。

『ひいいいぃぃぃっ……。誰か、誰かぁーっ‼』

すぐさま教会直属の騎士が駆け付けてくる。

『大司教様、どうなさいました⁉』

アレクサンドル二世はそこでようやく我に返って背後を見上げた。

大司教ともあろう者が魔に取り憑かれていると知られれば、今後教皇を狙うどころではない。自身が裁かれることも有り得る。

しかし、すでにあの魔はどこにも見当たらず、清く貧しくをモットーとする教会には相応しからぬ、金枠に縁取られた豪勢なフレスコ画の天井があるばかりだった。

あれは幻だったのか。そうだ、そうに違いないと自分に言い聞かせる。

魔に取り憑かれてなどいないし、闇の中に手に掛けた人々の目など見ていない。恨み言ももちろん聞いていない。

すべては幻だったのだ。

『肩をお貸しします』

騎士に支えられながら「……殺せ」と命じる。

『は？　今なんと……』

『――あの男を殺せ！　あの忌々しい目玉をくりぬき、火刑に処すのだ‼　すぐにだ‼』

この命令にはさすがの騎士たちも戸惑っている。

なぜなら、魔女だと認定された異教徒は、結果が決まっていても一応一週間はかけて裁判を受け、その上で火刑に処されることがほとんどだったからだ。

裁判すらなくおまけに拷問した上で殺すなど有り得なかった。しかも、相手は異教徒と言っても南エイエールの領主、つまり貴族なので、扱いは慎重にすべきなのに。

『儂の命令が聞けんのか‼　すぐに殺せ‼』

ヒステリー状態となったアレクサンドル二世には誰も逆らえない。

騎士たちは戸惑いながらもイアサントを立たせた。

部屋を出ていく直前イアサントが振り返り、再びアレクサンドル二世を睨み付ける。拷問と死への恐れはその黄金の双眸には欠片も見受けられなかった。

『私の言葉を生涯覚えているがいい』

『……っ』

最後の呪いは確かにアレクサンドル二世の心に深く刻み込まれた。

彼は以降、徹底的にガラティア一族、及び魔祓いを虐殺した。女子どもでも容赦しなかった。

信念ではなく恐怖に駆られての強行だった。

『ガラティア一族の血を一滴でも引く者はすべて殺せ‼』

その命令は残酷に、徹底的に遂行されていったが、たった一人追っ手を逃れた女がいた。

レリア・ド・ガラティア――イアサントの年若い新妻だ。レリア自身もガラティア一族であり、イアサントの従妹でもあった。

レリアはイアサントが前もって逃がしていたらしく、エイエール王国内のどこにも発見できなかった。国外逃亡の可能性もなければ、異教徒どもの保護に熱心だった、シプリアンに助けを求めた形跡もない。

いずれにせよ、非力な女一人で何ができるというわけでもない。さすがに失踪して五年も経つとアレクサンドル二世も諦めざるを得なかった。どうせ野垂れ死にしていると自分を納得させた。

ガラティア一族も魔祓いも根絶やしにした。だから、もう何も恐れることはない。

だが、心に打ち込まれた呪いの楔は抜けることはなく、教皇となってからもたびたび苦しめられた――。

「――ま、まさか、まさかお前は」

ベッドから身を起こし、驚いたように目を見開いている、黄金色の瞳の女を見る。

「きょ、教皇様？　どうなさいました？　だ、大丈夫ですか？」

善良で心優しい女なのだろう。あのような目に遭ったというのに、震えながらもこちらを気遣ってすらいる。

だが、アレクサンドル二世は女の内面などどうでもよかった。

――レリアはイアサントと結婚してまだ間もなかった。しかし、とっくに初夜は済ませていただろう。そして、その一夜で身籠もっていてもなんら不思議ではない。

恐怖が確信に変わったその時、ドカドカと複数の軍靴を鳴らす音がしたかと思うと、扉が開け放たれ複数の騎士が押し入ってきた。

「何者だ！　国王陛下の寝室で何をしている！」

その兵士の狭間を割って漆黒の鎧の男——国王が現れる。

国王はまず女に目を向け、すぐさま駆け寄り手を差し伸べる。

「ソランジュ、何があった」

女もまた腕を伸ばしてアルフレッドに抱き付いた。

「きょ、教皇様が……」

「……」

女を抱き締めながら国王が振り返る。

漆黒の双眸がアレクサンドル二世の目を射貫いた。

「ひっ……」

剣の刃よりも鋭い冷酷な視線だった。イアサントに睨め付けられた時と同じ、殺されると錯覚するほどの——。

それはアレクサンドル二世が人生で二度目に覚えた真の恐怖だった。

後ずさりしすぎたからかベッドから転げ落ち、したたかに腰を打ち付ける。痛みに呻きながら這いつくばる。

教皇とは思えぬ醜態を晒してしまったが、それどころではなかった。

ようやく痛みが治まってくると、羞恥心よりも先に再び恐怖が襲ってくる。

なぜ国王がこの女を守っているのか。それも掌中の珠《たま》のように。

まさかと女を再び凝視する。

この女がバルテルミ家ゆかりの国王の婚約者だというのか。

なぜ、どうしてあのイアサントの娘がバルテルミ家を後ろ盾にできた。いまだに魘される悪夢をもたらしたあの男と同じ目を持つ者が――。

いずれにせよ、これだけはわかっていた。

「ま、魔女だ」

怯えて国王に縋り付く女を指差す。

「その女は魔女だ!! すぐさま捕らえよ!! 火刑に処してしまえ!!」

騎士たちは国王に戸惑った視線を向けた。

「……」

一方、国王は女の背を優しく撫で頬にキスすると、騎士の一人に「侍女頭のアンナを呼べ」と命じた。侍女頭が慌ててやってくると、不安そうな女を外に連れていかせる。

そして、国王は女の細い背を見送るが早いか、つかつかと部屋を横切り、腕を組んでアレクサンドル二世の目の前に立った。

「ひっ……」

「随分飲んだようだな」

国王はただでさえ長身なのに、こうして見上げることになると、到底敵わないと思わせられる凄みがあった。実際に戦場で刃を交わし、命の遣り取りをした者でなければ出し得ない凄みだ。

「な、何をしている! は、早くあの魔女を……!」

言い終える前に胸倉を摑まれる。

「う、ぐっ……」

更にそのまま腕一本で高々と持ち上げられ足をバタつかせた。

「な、何をす……」

先ほどの射殺さんばかりの視線から一変し、感情の感じられない冷え冷えとしたその黒い目にまた息を呑む。

「――教皇猊下がご乱心ゆえ、少々眠っていただいた方がいいだろう」

直後に、急所に国王の拳がめり込んだ。衝撃で脳天がぐらぐら揺れる。

アレクサンドル二世は意識が遠のくのを感じながら、国王がらしくもない慇懃《いんぎん》無礼《ぶれい》な敬語を使うのを聞いていた。

「エイエールの気候に慣れられず、心身ともに不調となられたに違いない。お気の毒に。このまま滞在していただくのも猊下のご健康に悪い。三日後と言わず早々に教皇領に帰っていただくことにしよう――」


――二日酔いなのか頭がズキズキする。

アレクサンドル二世は額を押さえながらベッドから体を起こした。

日がすでに高く昇っているところからして、もう昼近くになっているのだと思われた。

「ううむ……」

昨夜この客間で酒を呷ったところまでは覚えていたが、その後何があったのかを思い出せない。

やけに喉が渇いていたので、枕元の呼び鈴を鳴らすと、すぐに女中がやってきた。

「何かご用でしょうか」

「水を持ってこい」

「かしこまりました」

三分も経たずに扉が叩かれる。だが、盆を手に現れたのは先ほどの女中ではなかった。

「教皇猊下、おはようございます。お加減はいかがでしょうか」

見知った青年である。

心配して来てくれたのか。

「いいとは言えんが、そのうち治るだろう」

それにしても、頭だけではなくなぜか腹も痛む。手渡された水を飲みながら、昨夜の記憶を手繰り寄せてはっとした。

陶器の盃を持つ手がブルブルと震える。

「そうだ……そうだった」

国王がガラティアの長の娘と婚約したのだ。

「冗談ではない……！」

現国王は前国王の方針を受け継ぎ、多額の寄付金を続けてはいるが、クラルテル教会に好意的とは言いがたい。現に教皇の自分が舐《な》められ、手玉に取られてしまっている。

更にその国王が妃にと望む女が、この手で滅ぼした魔祓いの一族の生き残り。

アレクサンドル二世は今後有り得る事態を予想し震え上がった。

あの女が国王に何を吹き込むのか知れたものではない。エイエール王国の国力をもって復讐されるかもしれない――その恐怖はアレクサンドル二世から再び理性を失わせた。

コップを手から滑らせ、頭を抱えてガタガタと震える。

「あ、あの女は魔女なのだ！　魔女が王妃になるなど……！」

しかし、国王がその程度でイアサントの娘を手放すとも思えない。昨夜目にした優しく背を撫でるワンシーンで、あの女をどれほど寵愛しているのかわかってしまった。魔女だと糾弾すれば今度は国王から復讐の刃を向けられる。

エイエール王国の寄付金は莫大《ばくだい》なので、破門をチラつかせて思い通りにすることも難しい。それ以前に破門にも枢機卿の賛同と手続きがいる。シプリアンがいる限り叶うはずもない。

まさに八方塞がりの状況だった。

神の代理人の地位に上り詰めれば神のように崇め奉られ、すべてを支配下に置けるはずだった。なのに、大司教時代よりずっと不自由だ。どこから何を間違ってこんな状況に陥ってしまったのか。

「猊下、落ち着いてください」

青年が宥めながらベッドの縁に腰を下ろす。

「猊下、その件についてお聞きしたく参上しました。ソランジュ様が魔女とはどういうことでしょう？」

過去の悪行を突き付けられ、精神が不安定になっていたからか、アレクサンドル二世はすべてを青年に打ち明けてしまった。

青年は顎に手を当てていたが、やがて「なんということだ」と嘆き、アレクサンドル二世の耳元にこう囁いた。

「陛下には一点の曇りもあってはなりません。……完璧でなければならない。魔女がその妃に相応しいはずがない」

形のいい唇の端がわずかに上がる。

「私に策がございます。結婚を控えた女が心変わりし、失踪するのはよくある話ですよ」

＊＊＊

――まさか、教皇に襲われるとは思わなかった。

ソランジュはアルフレッドの腕の中で震えながら、その広く厚い胸に顔を埋めていた。

教皇は今朝教皇領の教皇庁に旅立った。なのに、まだあの夜を思い出すと震えが止まらない。

老いていても男の力はあれほど強いのだと思い知らされた。

「ソランジュ」

アルフレッドがソランジュの背に手を回す。

全身を包み込まれるとようやく気持ちが落ち着いてきた。

二人でベッドの中にいるのに、アルフレッドは何もせずにそっと抱き締め、ひたすら「大丈夫だ」と宥めてくれた。

アルフレッドの妃となる身なのに、この程度で動揺するとはと情けなくなってしまう。

だが、それ以上に気になっていることがあった。

「教皇様は……私を魔女だとおっしゃっていました」

なぜ自分を見るなり錯乱し、ああ口走ったのかわからない。だが、腐っても聖職者である。魔祓いをそうだと見抜けるのかもしれなかった。

「アルフレッド様、このままではご迷惑をかけてしまいます。今からでも婚約破棄を……」

アルフレッドはソランジュの背に回した腕に力を込めた。

「俺はお前が何者でも構わないと言ったはずだ」

——以前アルフレッドに求婚された際、ソランジュは罪悪感に苛まれて隠し切れず、レジスの件は伏せて両親、あるいは父母のいずれかが魔女だったかもしれないと打ち明けた。

しかし、アルフレッドに「断る理由にならん」と一蹴されてしまったのだ。

アルフレッドはアルフレッドで、ソランジュに類を見ない力があると知ったのち、魔祓いについて調査させたのだという。

その結果からソランジュは数十年前魔女狩りに遭った魔祓いの末裔《まつえい》ではないかと思い至ったのだとか。だから覚悟し、そのために準備していたとも。

『お前との結婚はすでに枢機卿に許可を取っている』

なんでも晩餐会後密かにシプリアンを呼び出し、教皇にはまだ内密にと念を押した上で、ソランジュと結婚するとはっきり告げたのだとか。

シプリアンは「なんと、ソランジュさんが……」と大層驚いていたらしいが、洗礼を施したかつての幼子が王妃になるとは光栄だと喜んでくれたそうだ。自分が第二の後見人になるとも申し出てくれたのだという。

ゆえに、バルテルミ侯爵家とシプリアン枢機卿——つまりは俗世と教会関係の有力者二名から後見を得たソランジュは、現在国内のどの貴族の姫君よりも強い立場にあると。

『神父様、いいえ、枢機卿様が……?』

『枢機卿が洗礼を施したとなれば、教皇も反対できない』

こうして完全に外堀を埋められた形になり、更に「愛している」と繰り返し耳元で囁かれて、脳がすっかり茹《ゆ》だったソランジュは「……はい。アルフレッド様の妻にしてください」と答えるしかなかった——。

——アルフレッドが腕の中にいるソランジュの存在を確かめるかのように髪に頬を埋める。

「それ以前にお前はクラルテル教徒だろう。生みの親が魔女だったところで、お前自身はそうではないという証拠だ」

洗礼を受けた者を魔女扱いはできない。

「だから案ずるな」

「……」

アルフレッドの胸に抱かれ、力強い心臓の鼓動の音を聞いているのに、不安を払拭し切れない自分がもどかしい。

なぜだろうかと首を傾げて、襲われた夜、教皇が乱入してきたのは立ち入り禁止になっていた国王専用階であったからだと気付いた。

衛兵の騎士が見張りに付いていたはずなのに。いくら相手が教皇でも、アルフレッドが命令を解除しない限り、その侵入を止めようとしたはず。

それほど臣下の騎士たちのアルフレッドに対する忠誠は厚い。教皇よりも、神よりも、アルフレッドを信じているのだ。

一体どういうことだと混乱していると、アルフレッドが「明日の午後、安全のためにお前の部屋を移す」と告げた。当分侍女頭のアンナと同じ部屋にいろという。この件については誰にも言うなと念押しされた。

「どうして……」

「内通者がお前を狙っている可能性がある」

逮捕まではアンナとともに大人しくしていろと命じられ、思わずアルフレッドの胸から顔を上げる。

「内通者……一体誰なのですか？」

この様子だとすでに逮捕できる証拠は握っているのだろう。現在捕獲のタイミングを見計らっているところなのか。

それにしても、軍事情報などの機密ならともかくとして、なぜモブの自分まで狙われるのかがさっぱりわからなかった。

「まだ言えん」

「えっ、どうして……」

なぜだと尋ねようとして、このすぐ顔に出る性格上、内通者が誰なのかを教えてもらうと、内通者に会うとどうしても意識してしまい隠し切れず、怪しまれるからだとすぐに悟る。そうなると逮捕するのにも支障が出てしまう。

我ながら情けなくがっくりしつつも、「かしこまりました……」と頷く。

ということは、アルフレッドと過ごすのも当分お預けだ。残念に思いながらポスンと逞しい胸に再び顔を埋める。

「明日の正午まではアルフレッド様のお世話をしてもよろしいのでしょうか？」

「ああ、構わん」

ソランジュはぱっと顔を輝かせた。

思いがけない事件に巻き込まれ、鬱々《うつうつ》としていた心がたちまち晴れていく。

引っ越す前にうんと美味しい昼食を作り、アルフレッドに食べさせたかったのだ。

「ありがとうございます。明日のご飯、楽しみにしていてくださいね」

アルフレッドが優しく背を撫でてくれると、ようやく訪れた眠気に徐々に意識を奪われていく。

大きな手の平の温かさを感じながら、早く間諜が捕まり、平和な毎日が戻ってくるといいと思う。

その夜はアルフレッドと二人、窓から差し込む月の光を浴びながら、枕を交わさない穏やかな眠りについた。


――今日の軍事訓練は午後まで長引くと聞いていたが、そろそろ昼休憩に入る頃だろう。

ソランジュは用意した昼食をバスケットに詰めて訓練場に向かった。

「おっ、ソランジュさん、陛下に何か持ってきたのかい？」

「はい。今どちらにいらっしゃいますか？」

「馬に水を飲ませに行っているんじゃないかな」

ということは井戸の近くだろう。

早速向かってその付近を探していると、不意に背後から「その籠はなんだ」と声を掛けられた。

聞き覚えのある掠れた声にビクリとして振り返る。

「レクトゥール公爵閣下……」

鎖帷子姿のドミニクだった。同じく馬に水を飲ませに来たのか、白馬の手綱を握っている。

アイスブルーの視線が凍り付いて冷たくなく、射貫くように鋭くなければ、まさしく白馬の王子様に見えたに違いない。

「何をしに来た」

「へ、陛下に昼食をお届けに参りました」

ソランジュは後ずさりたくなったが、それではまた怪しまれてしまう。堂々としていればいいのだと自分に言い聞かせた。

だが、ドミニクが近くの木に馬を繋ぎ、こちらに向かってきた時にはさすがに怯《ひる》んでしまった。

「中を見せろ」

「……っ」

一瞬躊躇ったものの何も後ろめたいことはない。蓋を開けてみせるとドミニクの銀色の眉がわずかに顰められた。

「なんだこれは」

「ぱ、パウンドケーキです」

「なぜ陛下の昼食をこんな女子どもが好むようなものにした」

ドミニクは塩気が強い肉類がアルフレッドの好みなのだと主張した。

「なぜ用意しなかった」

「い、一応おかずのサラミと卵は用意してあります」

「これでは少なすぎる」

だが、タンパク質だけでは体が保たないし、頭も働かない。

この世界では栄養学がまだ成立していないので、腹さえ満たされていればいいと思うのかもしれないが、やはり運動量が多い以上糖質もより多く必要だと思われた。

また、昼食を作り続ける中で気付いたのだが、アルフレッドは砂糖を振りかけたナッツ類やドライフルーツをよく摘まむ。意外だが実は甘いものが好きなのではないか。

「だから、ナッツ類とレーズンを入れたケーキを二種類作ったんです」

だが、ドミニクの言い分も蔑《ないがし》ろにする気はなかった。

少年時代にアルフレッドに忠誠を誓い、ずっと腹心の一人として仕えてきたのだ。その気遣いを尊重しなければならない。

「でも、ありがとうございます。今度からもう少し肉類も増やそうと思います」

「……」

ドミニクがなぜか拳を握り締める。

「閣下？」

それ以上何も言わず「ならいい」と馬の手綱を解《ほど》く。

大人しく引いてくれるとは思わなかったので、ソランジュは少々驚いた。

「あ、あのどちらへ……」

「私も昼食だ」

それ以上何も言えずにドミニクの背を見送る。

ソランジュはそこでもしやと口に手を当てた。

アルフレッドからは公式の発表はまだ先だと聞いていたが、腹心たちの間ではすでにアルフレッドの相手が自分なのだと知られているのかもしれない。

今までは侍女扱いだったが、さすがに国王の婚約者ともなると、手出ししにくいのだろうか。

だが、ドミニクは立場が変わったからといって、それまでの信条と態度を変える人格だとも思えなかった。『黒狼戦記』ではそれほど誇り高い騎士だったのだ。

ではなぜと考えて二度はっとする。

「まさか……公爵閣下も転生者なのかしら」

十分有り得るし、転生前のドミニクもアルフレッドを推していたのだとしてもおかしくない。『黒狼戦記』のアルフレッドには男性ファンも多かったのだ。

もしかすると他にも前世の記憶がある者がいるのではないか。

いずれにせよ、ドミニクが転生者ならこれまでの行動も頷ける。ファンは推しのことならなんでも知りたいものだし、その寝室周辺をうろうろすることも……あるのだろうか？

やはりドミニクらしくなくしっくりこなかった。

「……」

一度レジスに相談しようかと考えながら、ソランジュは再びアルフレッドの姿を探した。

間もなく見慣れたその広い背を、木陰近くに見つけて声を上げる。

「アルフレッド様！」

ソランジュはアルフレッドに歩み寄り、手にしていたバスケットを手渡した。

「お代わりもあるので、足りなかったらおっしゃってくださいね」

アルフレッドは唇の端を上げてソランジュの頭を撫でた。

「すっかりお前に餌付けされたな」

それはどの料理も美味しかったということか。

多幸感で胸が一杯になる。

ソランジュはアルフレッドの手の温もりを感じながら、瞼を閉じた。


いよいよ引っ越し当日の朝、ソランジュは迎えに来たアンナとともに使用人用の裏口から外に出た。もちろん、何人もの護衛の騎士に取り囲まれ、守られている。

「アンナ様のお部屋、どんなところか楽しみです」

「お恥ずかしいのですが、この年にして結構な少女趣味でして。どこもかしこも小花柄なんですよ。人形もたくさん飾っているのですが、笑わないでくださいね」

「えっ、可愛い！　私も人形好きです！」

キャッキャウフフと女子トークで盛り上がっていると、後からやってきた騎士の一人が「侍女頭殿」とアンナに声を掛けた。手に革袋に入れた荷物を持っている。

「こちらも一緒に運べばよかったでしょうか」

アンナは振り返って荷物に目を向け、「ええ、そうですね」と頷いた。

ほんの数秒だった。

再びソランジュに目をやろうとして、ぎょっとして見開く。

つい先ほどまで隣にいたはずなのにどこにもいない。

慌てて辺りを見回したが、やはりソランジュの姿はなかった。じわりと嫌な汗が滲む。

「――ソランジュ様⁉」

名を呼んだが返事はない。

護衛の騎士たちに「ソランジュ様はどちらへ⁉」と聞いたが、皆同じく動揺して顔を真っ青にしていた。

「わ、わかりません」

そんな馬鹿な。これほど多くの人の目がある中で失踪するなど不可能だ。騎士たちが一斉に捜索を始めたが、ソランジュを見つけることはできなかった。

年若い騎士の一人がアンナのもとにやってきて、「俺、見ました」と額の脂汗を拭いながら打ち明ける。

「ソランジュ様の足下が一瞬ぱっと光ったかと思うと、もういなくなっていたんです……」

アンナは目撃者の騎士とともにすぐさまアルフレッドのもとに走った。だが、説明を求められても一瞬で姿を消したとしか答えられない。

「あれだけ護衛がいる中で誘拐できるはずがないのです！　もちろん、逃げ出すことも！」

アルフレッドはアンナと騎士たちを信用しているので、話自体は疑ってはいないようだが、不可解すぎる事件に珍しく顔を顰《しか》めていた。

途中、アルフレッドの隣で黙って話を聞いていたレジスが、「現場に連れていってくれませんか」

と申し出る。

「陛下、ご同行をお願いします」

「……なるほど。魔術師関連か」

アンナと騎士は二人を連れて急ぎ現場に戻った。

「ここです」

最後にソランジュを確認した騎士が石畳の上を指差す。

レジスはその場に跪くと、杖でトンと足下を突いた。

ヴンと大気が揺らぐような音がしたかと思うと、レジスの一つに束ねられた長い白髪が舞い上がり、続いて瞬く間に青白く光る魔法陣が描かれる。

「間に合ってよかった。もう数分も経てばこの痕跡も消えていたでしょう」

「やはり魔術師か」

レジスは小さく頷き腰を上げた。

「恐らく転移魔術かと」

転移魔術とは魔力で空間と空間を入れ換え、物体を瞬間移動させる魔術だと説明する。

「ソランジュには魔術は効かないのではなかったのか」

「この魔術は私の精神魔術と違い、対象者に直に干渉するのではなく、空間に干渉するのでお嬢さんも対抗できなかったのだと思います」

しかしと顎に手を当てる。

「転移魔術の最後の使い手は十年前に死んだはず」

魔術師も万能ではない。それぞれ専門分野がある。

レジスなら精神魔術、『黒狼戦記』を書いたゼナイドなら預言。中でも転移魔術は素質と才能と膨大な魔力が必要とされ、しかも代償が大きいので使い手が特に少ないと言われていると。

「死んだその魔術師もせいぜい手紙の遣り取りくらいしかできなかったと聞いています」

空間と空間を入れ換えることで、手紙を一瞬で遣り取りできるので、某国で通信役として使われていたとか。

「あの、レジス様、代償とは……」

アンナが恐る恐る尋ねる。

「まあ、生命力や寿命、体の一部ということが多いですね。私の場合は生命力です。自然の理《ことわり》に逆らって魔を操り、術を行使するのですから当然です」

さらりとした口調だった。レジスは微笑みすら浮かべていた。

「ですから魔術師は私のような白髪が多いのですよ。それなりの報酬をいただかなければやっていられない商売です」

再び魔法陣の痕跡に目を向ける。

「この魔術師の魔力の匂いを私は知りません。ということはまだ若い、名の知られていない魔術師か……」

しかしとまた微笑みを浮かべる。

「人間一人を移動させるとなると、代償は相当なものになるはず。この魔術師は有名になる前に死んでいるでしょうね。残念なことです。いずれにせよ」

アルフレッドを振り返る。

「私の出番ということでよろしいでしょうか？」

アルフレッドは即座に頷き命を下した。

「レクトゥール公爵を自白させろ」

＊＊＊

ソランジュはウキウキしていた。

アンナとは今では年の離れた友人のような関係になっている。ソランジュと同じ年の娘もいるそうで、今度紹介してくれると聞いて楽しみだった。

「そうだ、アンナ様。午後の休憩時間にお茶しませんか？　私、パウンドケーキをたくさん焼いたんです。何種類か作ってみたので、アンナ様はどの味がお好みか教えてもらえませんか。アルフレッド様はクルミとアーモンドをたっぷり入れたものがすごく好きで――」

笑って横を向いたのだがアンナがいない。

「あら？」

どこに行ったのかと辺りを見回しぎょっとした。

「こ、ここってどこなの？」

どこかの古い教会の聖堂らしいが、エイエール王国の建築様式ではない。しかも、寒い。

「……」

背中を冷や汗が流れ落ちていく。

まさか、異世界転生の次は異世界転移なのか。これ以上は勘弁してほしいし、アルフレッドがいる世界でなければ嫌なのに。

「誰か……誰かいませんか！」

恐怖から逃れようと人を探し、ずらりと並ぶ信徒向けの長椅子の間に何者かが俯せに倒れ、荒い息を吐いているのを見つける。

「だ、大丈夫⁉」

年の頃十歳前後の、オレンジのローブを身に纏った白髪の少年だった。そばにはレジスが持っているものとよく似た杖が落ちている。

抱き起こし、吐血しているのに気付き絶句する。

「うう……」

ひどく苦しそうだ。

早く手当てをしなければと思うのに、どこが悪いのかがわからない。

「あら？」

少年の愛らしい顔をまじまじと見つめる。

レジスと同じ白髪の子ども――脳裏に前世で読んだ『黒狼戦記』の記憶が蘇る。

「えっ……どうしてこの子がここに？」

それは小説なら登場はまだずっと先になるはずの登場人物の一人だった。

しかも、エイエール王国人であるはずなのに、なぜこんな外国らしきところにいるのか。

この少年の名はリュカ。

小説の『黒狼戦記』では四巻で初めて登場した。確か当時十二歳だったはずだ。

リュカは裕福な毛織物商人の息子だったものの、六歳の頃に自宅に雷が落ちて火事になり、その際両親はリュカを庇って亡くなっている。

だが、リュカと五歳年下の妹のララは生き延びた。

両親を亡くしたことへの悲しみと死への恐怖、何より妹を守らなければとの責任感がきっかけとなったのだろうか。リュカは炎の中で魔術師として覚醒し、ほとんど本能的に生まれて初めての転移魔術を発動させ、妹ともども屋敷の外へ逃れることができたのだ。

しかし、いくら子どもでも二人分の転移でかかった負荷は大きく、もとは褐色だったリュカの髪は真っ白になってしまった。

その後、悪辣《あくらつ》な親族たちに両親の遺産を奪われ、教会の孤児院にララとまとめて捨てられている。

リュカは唯一残った家族のララに、もっといい暮らしをさせてやりたかった。もっといい教育を受けさせてやりたかった。もっといい未来を与えてやりたかった。

そこで、十二歳にして辺境で演習中のアルフレッドに接触を試み、みずから転移魔術の技能を売り込んだのだ。

幼いながらも覚悟を決めたリュカをアルフレッドは気に入り、レジスともどもお抱え魔術師として厚遇することになる。そして、通信役として重宝するようになった。

自分がアルフレッドと出会ったことで、物語の筋書きはまったく違ったものになってしまっているが、数年も早く登場することになるとはと、ソランジュは目を見開いた。

いや、それよりももっと深刻な事態になっている。

「……まさかあなた、私に転移魔術を使ったの？」

まだ体の小さい子どもにとっては相当な負担になっているはず。

アルフレッドならこんな無茶を決してさせない。貴重な人材を使い潰す真似は絶対にしない。自分の行動こそ大胆だが、他者の扱いについては慎重なのだから。

なら、どこの誰がなんのために、アルフレッドよりも早くリュカを見出《みいだ》し、操っているのか。

しかし、今はそんなことよりもまずは手当てだった。

「だっ、誰か、誰かいませんかーっ‼」

リュカを抱き締めて叫ぶ。エメラルドグリーンのドレスが血に染まったが構わなかった。

「子どもが倒れているんです‼」

「……ううっ」

胸の中のリュカがうっすらと目を開ける。あどけないシルバーグレーの瞳は焦点が合っていなかった。

「お願いします……。お願い、します……。ララを……妹を殺さないで……」

弱々しい言葉にはっとする。

妹を殺さないで――まさか、人質に取られているのか。一体何者に？

リュカが再び目を閉じ意識を失う。

ソランジュがしっかりしてと励まそうとした次の瞬間、背後の観音開きの扉が音を立てて開け放たれ、十人以上の騎士たちが押し入ってきた。

「──不審者だ！」

「ここが聖セディナ教会と知っての不法侵入か⁉」

聖セディナ教会と聞いてぎょっとする。エイエールから最も近い教皇領、クローチェの有名な教会ではないか。おまけに、クローチェは現教皇アレクサンドル二世の出身地だったはずだ。

「どうしてそんなところに……」

呆然とする間にリュカと引き離され、たちまち後ろ手に手首を縛られ拘束されてしまう。

「痛っ……」

「引っ立てろ！」

わけがわからぬまま連行される中でも、リュカが気にかかり振り返る。

「お願いです！　あの子の手当てをしてあげてください！」

「ええい、うるさい！」

ぐいと引っ張られ手首に荒縄が食い込む。

事態を把握できぬ間に引っ立てられた先は、日の光の決して差し込まない地下牢だった。

ようやく手首の荒縄は解かれたものの、冷たい石造りの床の上に放り投げられる。

「……っ」

「当分大人しくしていろ」

騎士たちが立ち去るのを見送り、痛みを堪えて起き上がる。

何もないがらんとした牢獄だった。長年放置されていたのかかび臭く冷たく湿気《しけ》ている。

ムショ送りになったのはこれで二度目だが、待遇には天と地ほどの差がある。王宮の囚人塔は清潔で、ベッドもあったのだから。

これからどうなるのかがまったく予想できない。光のない真っ暗な中にいると、尚更不安が募った。

一縷《いちる》の望みを懸けて鉄格子を揺すってみたがびくともしない。それでも諦めずに前後左右に力をウヌヌと込めていると、何者かが階段を下りる足音が聞こえてきた。足音はこちらに徐々に近付いてくる。

間もなくその人物が持つランプの灯りが辺りを照らし出す。薄闇の中で血走った目が爛々《らんらん》と光っていた。

「……ようやく捕らえたぞ、この魔女め」

アレクサンドル二世だった。

まさか、教皇に誘拐されたのか。

わけがわからず「なぜ」と口走る。鉄格子を握る手に知らず力がこもった。

「あの子に……リュカ君に命令したのもあなたなんですか!?」

そうであるなら決して許せなかった。子どもを使い捨てにするなど、教皇以前に人間の所業ではない。

アレクサンドル二世はソランジュの問いには答えず、「……やはり同じ目だ」と唸った。

「イアサントめ、復讐のために生まれ変わったのか……。儂を殺すために何度も、何度も……!」

ソランジュは教皇が何を言いたいのか理解できずに戸惑った。

「イアサント……?」

アレクサンドル二世は足下に目を落とし、何やらブツブツ呟いている。

「いいや、儂は今度こそ勝利するのだ。貴様の肉体も魂も粉々になるまで踏み躙ってやる」

「……っ」

本気だとわかるその一言に背筋がぞっとした。鉄格子から手を離して後ずさる。

アレクサンドル二世が再び顔を上げる。その目は正気と狂気の狭間でぐらぐら揺れていた。

「おお、そうだ。そうすればよかった」

牢獄に歩み寄り鉄格子に片手を掛ける。

「魔祓いの男に貴様を犯させる」

「な、にを言って……」

「新たな魔祓いを孕む母体となるのだ。なに殺しはしない。儂を脅かした償いとして今後はせいぜい教会の役に立ってもらおう」

恐ろしさで声が出てこない。

アレクサンドル二世はそんなソランジュを見て満足げに頷くと、今度はけたたましく笑い声を響かせながら地下牢を出ていった。

それから間もなく騎士たちがやってきたかと思うと、また後ろ手に拘束され牢獄から連れ出される。

「や……めてっ！」

必死に暴れたが、鍛え抜かれた騎士たちの前では抵抗にもならなかった。

連行された先はやはり鉄格子のある部屋で、中には枕とクッション付きの清潔なベッドや長椅子、テーブルなどの家具があった。室内はいくつものランプで明るい。高貴な囚人用の牢獄なのだと思われた。

しかし、牢獄であるのには変わりない。

「きゃっ！」

今度は荒縄を解かれぬままベッドに放り投げられる。

「ここで大人しくしていろ」

「……っ」

鉄格子の扉が軋む音を立てて閉ざされるのを絶望的な思いで見つめる。

アレクサンドル二世は魔祓いの男に自分を犯させると言っていた。しかも、新たな魔祓いを孕ませるつもりだとも。

ざっと肌が粟立つ。

アルフレッド以外の男に抱かれるなど冗談ではない。

なんとか体を起こし、荒縄を解こうとするができない。それどころか体勢を崩してベッドに俯せに倒れ込んでしまった。

「……っ」

不安と恐怖で涙が滲みシーツにシミを作る。

「アルフレッド様ぁ……」

声もなく泣き続けているとふと、優しく背を撫でてくれた、愛する人の手の大きさを思い出した。

その温もりの思い出がソランジュに勇気を与える。

「……っ」

諦めてはいけないと力を振り絞ってまた体を起こす。

「……神様、感謝します」

あの晩秋の夜前世の記憶を思い出していなければ、すべてを諦め伯爵邸で死んだように生きていっただろうから。

今は違う。自分を必要としてくれるアルフレッドのために前を向きたかった。

必死にどう逃げ出すのかを考える。

チャンスがあるのだとすれば、魔祓いの男が来たその時だろう。確実に鍵を開けることになるだろうから、その時突進し、体当たりして抜け出す。

「……よし」

小さく頷き男が来るのを待つ。

それからどれだけの時が過ぎたのだろうか。コツコツと廊下から足音が聞こえてきた。

いつでも走り出せるようにベッドの縁から腰を浮かせる。

間もなく鉄格子の向こうに現れたのは、山吹色のローブに身を包み、同じ色のカロットを頭に乗せた、三十代半ばほどの司教だった。どうやらこの司教が教皇の宛てがった男らしい。

長身痩軀で癖のあるアッシュブロンドの短髪、琥珀色の瞳で、顔立ちの整った知的な印象の男だったが好意を抱けるはずもなかった。

それにしてもまた教会関係者かとげんなりする。いくら教皇の命令とはいえ、女を犯せと命じられ、言われるままに犯しに来るなど、同様に狂っているとしか思えなかった。

いずれにせよ、やるべきことはただ一つ。

司教が鍵を開けるのと同時に立ち上がる。一気に走り出し体当たりを仕掛ける。

しかし、いくら神に祈るばかりの日々でも相手は男性。ソランジュの攻撃は呆気なく男に抱き留められ、封じられてしまった。

そのまま抱き上げられ、ベッドに横たえられる。

ソランジュは足をバタつかせた。

「はっ……放してっ……！」

男は手を差し出しソランジュの口を押さえる――のではなく、人差し指を立てて「どうぞお静かに」と告げた。

「えっ……」

思いがけない対応に目を丸くする。

「ご安心ください。あなたを傷付けるつもりはございません。……できるはずがない」

「……」

どう見ても教皇の配下の司教なのに。

男は辺りに誰もいないことを確認し、懐からナイフを取り出すと、ソランジュを拘束する荒縄を切ってくれた。

「あ、あの……」

戸惑うソランジュの前に回り、跪いて「おお……」と絶句し、両手を組んで神に祈る。ただし、その神はクラルテル教の唯一神ではなく、かつて魔祓いが崇めていたという光の女神だった。

「女神ルクスよ、感謝いたします。ああ……ようやく使命を果たせる」

男の目はソランジュ自身ではなく、黄金色の瞳に向けられていた。

男は呆気に取られるソランジュの手を取り、「私は司教のナタンと申します」と名乗った。

「ガラティア一族の遠縁にして、あなたのお父上、イアサント様の乳兄弟であり、側近だった者です」

衝撃的な告白にソランジュはぽかんと口を開いた。

「い、今なんて……」

そういえば教皇も自分を見て、「イアサント」と言っていた気がする。

「ソランジュ様、あなたのお父上は滅ぼされた魔祓いの一族、ガラティア家の長イアサント様なのですよ」

「……」

理解が追い付かずにひたすら目を瞬かせる。ナタンは溜め息を吐いてソランジュの手を離した。

「そうか。ご存じないのですね。レリア様はあなたの身の安全だけを考えていらっしゃった……」

「ま、待ってください」

混乱しつつも説明を求める。

「どうして司教様が、私がその人たちの娘だとわかるんですか?」

「その黄金色の瞳です。女神ルクスも同じ色をしていたと言い伝えられています」

ガラティア家にまれに見られる瞳の色で、力が強い者ほど純金色に近くなり、イアサントがまさにそうだったのだと。

「あなたのお母上、レリア様は魔祓いではなく、預言の才を持って生まれました」

イアサントと結婚したばかりのレリアは、ある夜夢で女神ルクスよりお告げを受けた。ガラティア一族と魔祓いの逃れられない滅亡と、すでに腹にイアサントとの娘が宿っていることも。

「ソランジュ様と私は何があろうと生き延びる――それが運命だと告げられ、実際に間もなく魔女狩りが実行されました……」

イアサントはレリアより預言の内容を伝えられ覚悟を決めた。

「イアサント様はレリア様を逃がすため、私に表向きはクラルテル教に改宗し、一族を裏切るよう命じられました」

イアサントは自分をアレクサンドル二世に売れば、間違いなく功績を認められ、重用されるとナタンに告げた。アレクサンドル二世は卑怯《ひきょう》者や裏切り者を好むからと。

『これが最後の命令……いや、頼みだな。ナタン、お前に汚れ役を押し付けることになってすまない』

そして、できれば苦労することになるであろう娘を、将来助けてやってほしいとも頼んだ。

「あっ……」

ソランジュは思わず口を押さえた。

「お母さんが死んだ後迎えに来てくれたお爺さんは、司教様が手配してくださった方だったんですか？」

ナタンが頷く。

「ええ、そうです。レリア様より連絡を受けまして」

レリアが娘と生きていたと知った時、ナタンは号泣したと打ち明けた。

「逃げたきり行方をくらましてしまわれて、もう亡くなったものと覚悟していたんです。すぐにソランジュ様だけでもお連れするつもりでしたが、伯爵があなたを認知していたのでできませんでした。……申し訳ございません」

だが、ナタンはソランジュの身元を隠すには、これは最良の手段ではないかと考えた。誰もイアサントの娘だとは疑わなくなる。

なお、その後何度か伯爵と交渉し、ソランジュを身請けしたいと申し込んだのだが、伯爵はのらりくらりと躱し、値段をつり上げるばかりだったのだとか。

その最中にソランジュがアルフレッドに連れていかれてしまった。

「どうなることかと思いましたが、まさかあなたが陛下の婚約者になられていたとは」

さすがのレリアも預言できなかったとナタンは嘆息した。

「すべては女神ルクスのお導きです」

「あっ……あのっ……」

思わず口を挟む。

「はい、なんでしょう？」

「父と母は……どんな人だったんですか？」

どのように出会い、愛し合い、結婚に至ったのか。

「お二人ともお優しい方でしたよ」

ナタンは目を細め、懐かしそうに思い出を語ってくれた。

「イアサント様とレリア様は従兄妹同士だったんです」

レリアは赤ん坊の頃に両親を亡くしたので、ガラティア家本家に引き取られ、イアサントと一緒に育てられた。二人には六歳の年の差があったが、すぐに仲良くなったのだという。

「レリア様は本当に愛らしい方で、まあ、私たち側近の子息にも大人気でしてね。ですが、イアサント様以外と遊ぼうとしませんでした」

イアサントもレリアを大層可愛がった。

初め実の兄妹のようだった二人の関係は、成長するにつれ次第に変化し、レリアが年頃の娘になる頃には、ごく自然に愛し合うようになった。

「というよりは、ずっとお互いしか目に入っていなかったんでしょうね……」

ナタンはいまだに忘れられない光景があると語った。

まだレリアが幼かった頃、イアサントはよくレリアを抱き上げ、屋敷の庭園の中央にあるオークの大木の下で、高い高いをしていたのだという。子どものレリアはキャッキャと笑って喜んでいた。

そんな二人が青年と少女となったある日のこと。何気なく庭園を通り掛かったナタンは、イアサントが昔のようにレリアを高く掲げ、笑いながら求婚するシーンに出くわした。

『私の小さな姫君、結婚してくれるかい？』

レリアは輝くような笑顔でこう答えた。

『ええ、もちろんよ、私の王子様！』

ソランジュはナタンの眩《まぶ》しそうな顔を見て、ナタンも母に恋していたのだろうと感じた。同時に誰よりも父を尊敬してもいたのだろう。

「……教えてくれてありがとうございます」

胸に手を当て両親の記憶を噛み締める。

「父と母は幸せだったんですね」

そんな二人の娘であることが、涙が出るほど嬉しくてならなかった。

その後も思う存分両親について教えてもらった。語っても、語っても語り尽くせないのはわかっていた。

だから、ナタンがふと口を噤み、「ここから脱出しましょう」と告げても、特に驚かずに頷くことができたのだった。

「ですが、どうやって……」

「今は見張りの騎士が多く不可能です。ですが、間もなく聖人セディナを祝う祭が開かれます」

警備が確実に手薄になるのでその日を狙うと。

「……わかりました」

ソランジュは力強く頷いた。

今すぐにでもアルフレッドのもとに帰らなければならなかった。

聖セディナ祭は、生涯を徒歩での巡礼の旅に捧げ、クローチェの地で異教徒に捕らえられ棄教を迫られたものの、信仰を捨てずに斬首された聖人セディナを祝う祭だ。

この日クローチェに暮らす人々は老いも若きも男も女も皆巡礼者の仮装をし、聖セディナの木像を乗せた山車《だし》を引き、賛美歌を歌いながら街の中を練り歩く。

「こちらの衣装をどうぞ」

ソランジュはナタンから男児向けの衣装を受け取った。純白のローブにケープと帽子で、これなら長い髪も体型も隠せる。帽子を深く被れば目も見えないだろう。

「脱出までは男装でお願いします」

「わ、わかりました」

確かに男装した方が身元はバレにくい。

それにしてもと着替えながらちらりとナタンに目を向ける。

ナタンはソランジュと反対に女装していた。女性向けの巡礼用の仮装——襟付きの簡素な焦げ茶のドレスに純白のケープ、頭巾を被って念入りに化粧までしている。

よく見ると若干オネエっぽさは残っているものの、驚くべきことに黙っていればちょっと上品な人妻に見えた。

長身痩軀なので目立つといえば目立つのかもしれないが、エイエール王国は大柄の女性も珍しくはないので、女と言い張れば裸に剝かれない限り通じそうな気がする。

ふとドミニクの顔を思い浮かべる。

アルフレッドや騎士団長アダンは体型からしても顔立ちからしても女装は無理だ。どれだけ着飾ろうが特殊メイクで頑張ろうが一発でバレるに決まっている。

しかし、ナタンでここまでのレベルならドミニクだとまさしく完璧な美女になるのではないか。

脳内であの銀髪を背中まで伸ばし、ドレスを着せて化粧を施して目を見開く。

「えっ……」

——似合いすぎるどころではない。むしろいつもの高位騎士の平服よりしっくりくる。

「さあ、ソランジュ様、参りましょう」

ナタンに声を掛けられて、こんな時に何を考えているのだと首を横に振る。

「は、はい」

ナタンが言っていた通り今日は警備が手薄で、地上階に続く出入り口前には、騎士が二人しかいなかった。しかも、ナタンが前もって酒を飲ませたのか泥酔している。

ナタンとソランジュが出ていっても、「楽しんでこいよ〜」とひらひら手を振るばかりだった。

聖職者たちは皆祭で出払っているのだろうか。ナタンは人気のない廊下を足早に歩きながら、ソランジュにあらためてクローチェからの脱出方法について説明した。

「クローチェはラビアン山脈麓《ふもと》にある城郭都市です」

西、南、北の城郭門は教会騎士たちに、東はラビアン山脈に守られている。ラビアン山脈は教皇領、エイエールを始めとする多くの国に跨っているが、この山を越えるのは困難だとされていた。

つまりは天然の城郭となっている。

「南門から数キロのところに馬を用意してあります。そこまで歩かせることになりますが申し訳ございません」

「あっ、あのっ」

思わず口を挟む。

「教皇様のもとにリュカ君という男の子がいませんか」

できることなら一緒に連れていきたかった。あのまま力を酷使されては近いうちに死んでしまう。

ところが、ナタンは首を傾げるばかりだった。

「リュカ？　そのような少年はおりませんが」

最もアレクサンドル二世の信頼を得、公私すべてを把握していると自負しているが、リュカの名は聞いたこともないと。

「そんな……」

教皇ではないのなら一体誰が妹のララを人質に取り、リュカを操っているのだろう。

いずれにせよ、エイエールの王都に到着次第、アルフレッドに報告しなければならなかった。

ナタンとソランジュは聖セディナ教会を出ると、街中を行進する仮装行列に加わった。南門前まで来たところで抜け出す手はずになっている。

「ソランジュ様、今です」

ナタンに声を掛けられ二人でさり気なく行列を離れる。

今日街中はコスプレ巡礼者だらけなので不自然ではない。

だが、この順調すぎる状況が不自然だと気付いた時にはもう遅かった。

ナタンが南門前で立ち尽くす。

大勢の騎士が何かを探しながら城門を守っている。恐らく教皇が逃亡に気付いたのだろう。

「……この分ですと西門も北門も封鎖されていそうですね」

となると、ラビアン山脈側の東門しかない。だが、徒歩であの高山を越えるなど不可能だ。

「次点の計画です。船に乗り川を下りましょう」

「は、はい！」

ナタンとともに身を翻しぎょっとする。

何人もの教会騎士たちが立ちはだかっていたからだ。

「お前たち、帽子を取れ。まずそちらのガキからだ」

「……っ」

瞳の色を確認されれば捕まってしまう。

ソランジュがその場に立ち尽くしていると、ナタンがソランジュを守ろうと背後に庇った。

「ソランジュ様、お逃げください」

「えっ、でもっ……」

ナタンは腰からすらりとスモールソードを引き抜いた。

「実戦は何年ぶりでしょうね」

腕は鈍っていないはずだと呟く。

「――早く！」

ソランジュはナタンの声に弾かれるように走り出した。

西門も北門も騎士たちが警備しているだろう。つまり、残された脱出口は東門だけ。

しかし、東門の向こう側にはラビアン山脈が聳え立っている。男でも遭難死が多いと聞くのに女の足で越えられるはずがない。

それでも、もうそこしか考えられずに東門に向かって走る。

その間にも騎士たちは一切手を緩めず、確実にソランジュを追い込んでいった。

「いたぞ！　あそこだ！　捕らえろ！」

「……っ」

ついに東門前まで追い詰められる。

東門は無情にも巨大で分厚い鉄扉で閉鎖されており、ソランジュの力ではびくともしなかった。

「お願いっ……！　開いてっ……！」

拳を力一杯叩き付ける。指の骨に鈍い痛みが走ったが、何度も、何度も繰り返す。

「ガキ……いやその声、お前は手配中の女だな」

息を呑んで振り返ると五、六人の騎士が迫ってきた。

野太い手が伸ばされる。

「……っ」

もう後がないとわかっているのに、鉄扉に背をつけ、後ずさろうとしたその時のことだった。

開くはずのない鉄扉が軋む音を立てて開かれたのだ。

「えっ……」

思わず振り返る。

一刻も早く会いたいと思っていた、その人の黒い瞳がすぐそばにあった。

「あ……るふれっど様……？」

アルフレッドは馬の上からソランジュを見下ろし、次いで驚愕に目を見開く教会騎士たちを眼光鋭く睨め付けた。

「……祭の会場はここでよかったか」

教会騎士たちは全員息を呑むと、武装したアルフレッドと開け放たれた鉄扉を交互に凝視し、最

後に低い声でこう呻いた。

「そ、んな馬鹿な」

東門向こうには一年中雪に覆われたラビアン山脈が聳え立ち、このクローチェを難攻不落の城郭都市としていたのに。

まさか、今まで誰も成し遂げられなかったラビアン越えを達成したというのか。信じられないし、信じたくはなかった。

アルフレッドに続き近衛騎士団長アダンがやってきて、ラビアン山脈を振り返り「やあやあ」とわざとらしく肩を竦める。その鎧の肩には雪が積もっていた。

「雪山の行軍は初でしたが、たいしたことはありませんでしたね」

更に続々と現れたアダンの部下の近衛騎士がうんうんと頷く。

「これならエイエールの冬の方がよほど厳しいのでは？」

「地方によっては吐いた息まで凍て付きますからな」

「馬などまだ走り足りないといった顔をしていますよ」

うち一人が手にする雄の黒狼と黄金の毛並みの雌狼の番の紋章――エイエール王国軍の軍旗を目にし、教会騎士の数人が「エイエール王国軍……」と呟いた。

更にアルフレッドの漆黒の鎧に目を向け、ようやく何者なのかがわかったのだろう、一気に顔色が真っ青を通して真っ白になる。

「なぜエイエール王国軍が……。ここが教皇猊下のご出身地であり、教皇領と知っての狼藉《ろうぜき》か!?」

正統な理由もなしに軍隊をけしかけるなど、蛮行であり愚行だと教会騎士が糾弾しようとしたところで、アルフレッドはソランジュの背に手を回した。

「この娘は俺の婚約者だ」

「なっ……」

教会騎士たちは再び言葉を失った。

教皇から「金髪金眼の女を捕らえろ」とだけ命令されていたからだ。その女が何者かなど知ろうともしなかった。

なぜアレクサンドル二世はエイエール国王の婚約者を攫ったのか。

答えが出るはずもなく動揺し、戸惑う間に、今度は近衛騎士数人に守られてやってきた、一人の老人を見て息を呑む。

「枢機卿猊下……!?」

シプリアンは緋色のカロットについた雪を払った。

「やれやれ、年寄りには冷えは大敵なんですがね」

「な、なぜシプリアン様がここに……」

シプリアンは「なに、祭の見物に参りましてね」と微笑んだ。

アルフレッドがシプリアンの視線を受けて言葉を続ける。

「枢機卿猊下を護衛もなしに送り出すわけにもいかないからな。僭越《せんえつ》ながらエイエール王国代表として送迎させていただいた」

見え透いていた。だが、大義名分としては十分だった。何せ当のシプリアンが認めているのだから。

それ以上に国王の婚約者を同意なしに連れ去ったとあっては、大義名分どころではない。いくら教皇と教皇領であっても無事で済むはずがない。

「ま……待ってくれ！」

教会騎士たちの制止も虚しく、その後のアダンたちの行動は早かった。

たちまちその場の教会騎士たちを制圧し、東門を押さえると、西門、南門、北門、教会騎士の駐屯地に兵舎と、教会騎士の拠点すべてを支配下に置く。それはすなわち、アレクサンドル二世のクローチェにおける軍事力を無力化したということでもあった。

クローチェの住人が何も知らずに祭に浮かれる間に、事は静かに、だが着実に進んでいった。

途中、何人かの教会騎士を倒したものの所詮多勢に無勢。ぐるりと円形に取り囲まれ、絶体絶命のピンチに陥っていたナタンも救出した。

「――ナタン様！」

「ソランジュ様、ご無事でしたか！」

ナタンは馬から下りたソランジュに駆け寄ろうとして、はっとして後ろで黒馬に乗ったままのアルフレッドを見上げた。

「エイエール……国王陛下ですか」

「いかにも」

「……っ」

言葉もなくその場で平状し、頭を石畳に擦り付ける。

「面を上げろ」

黒い瞳がナタンに向けられる。アルフレッドは「礼を言う」と告げた。

「おかげでソランジュを失わずに済んだ」

「もったいない……お言葉でございます……」

ナタンは今後アレクサンドル二世の悪行について、どんな証言もするとアルフレッドに約束した。

ガラティア一族が滅亡して十八年、ソランジュを生かすためだけに生き、その脅威となる現教皇をいかに排除するかだけを考えに考えてきたからと。

「貴殿の労には必ず報いる」

アルフレッドは力強くそう答えると、アレクサンドル二世が立て籠もっているであろう、聖セディナ教会に目を向け、背後に控える近衛騎士たちに告げた。

「――行くぞ」

＊＊＊

仮装巡礼者たちの演奏する行進曲が聞こえてくるのが忌々しい。あの若僧の国王は住人には一切手出しをしていないようだ。

追い詰められたアレクサンドル二世は、聖セディナ教会の大聖堂の祭壇裏側に回った。

大理石のモザイクを外しながら、わずかに残った正気と理性で、まだ勝機はあるはずだと考える。

なぜなら、いざという時のためにこの下に隠し通路を設けてあるからだ。教会騎士たちがエイエールの近衛騎士団を阻んでいるうちに、クローチェから脱出し、教皇庁まで急がねばならなかった。

もう手段を選んではいられない。到着したその日中にもソランジュを魔女だと公表し、世間に連れ去った正当性を認めさせなければならなかった。

「あの若僧め……」

ギリリと歯を噛み締めつつ、地下道へと続く梯子《はしご》を下りていく。

しかし、ようやく平らな道まで下り、身を翻したところでぎょっとした。

「──教皇猊下、お待ちしておりました」

漆黒の鎧に身を包んだあの小憎らしい国王が、両手で剣の先を地面につけ自分を見据えていたからだ。

「なっ……」

反射的に後ずさる。まさか、隠し通路まで押さえられているとは思わなかったのだ。

「この地下道は古代の遺跡の一部だとお聞きした。元はクラルテル教徒の地下墓地《カタコンベ》だったそうだな」

だだっ広く薄暗い石造りの地下道の両脇には、いくつもの横穴が掘られ、穴によっては朽ち果てた棺《ひつぎ》や骨の一部が転がっている。

まだクラルテル教の歴史が浅く、現在とは反対に異教だと迫害されていた頃、信徒たちが死後遺体を辱められないようにするため、このように地下に墓所を設けたのだとか。

この場にいたのがシプリアンであれば、すぐさまその魂のために祈りを捧げ、神の御許での安息を願ったに違いない。

だが、アレクサンドル二世はそんなことはどうでもよかった。

「な、何がほしい!?」

背後に転びそうになりつつなおも後ずさる。

「く、クローチェならくれてやるぞ。それとも、金か、女か⁉」

国王はすらりと剣を鞘から抜いた。

アレクサンドル二世は黒光りする剣身に息を呑む。

「俺が求めるものはただ一つ――」

切っ先が喉元に突き付けられる。

「猊下の退位のみ」

「……っ」

黒い瞳にはなんの感情の揺らぎもなく、殺意がまったく感じられないのが逆に恐ろしかった。足下から首筋に掛けて震えが走る。

それでも、退位など冗談ではなかった。神の代理人となるために手を汚しただけではない。ありとあらゆるものを駒にし、生贄《いけにえ》に捧げてきたのに。何か逃げ道はないかと往生際悪く足掻《あが》く。

「そ、そうだ。貴様の女だったか。あの女は魔女だが、この儂が認めてやろう」

しかし、国王はこの言葉にもまったく揺らがなかった。

「俺の婚約者は元々クラルテル教徒だ。食事前と就寝前には必ず祈りを捧げ、日曜日には必ずミサに出席するほど敬虔だ。もちろん、洗礼の記録もある」

それも、シプリアンが洗礼を施していると。

「……っ」

アレクサンドル二世はまたシプリアンかとギリリと歯を噛み締めた。

思えばあの男が数十年前中央教会に舞い戻り、出世街道を走り出した頃から、反比例して教皇権により管理できる範囲が徐々に狭められていった。

現在では破門一つするにしても、まず枢機卿たちによる会議にかけ、賛同を得なければならない。その後の手続きも複雑になっている。数十年前のように教皇の鶴の一声で破門にできるわけではない。

——まさか。

今更ながらはっとする。

シプリアンは自分の力を削るために地位を固め、教皇庁での発言力を増していったのか。それも、あの温厚な微笑みを浮かべながら何十年もかけて。

執念に背筋が再びぞっとする。

そして、エイエール王国に有利となったこの流れでは、間違いなく次の教皇の最有力候補はシプリアンだ。

退位した上、敵が頂点に立った組織は、元教皇に対しどんな扱いをしようとするのかわからない。

教皇庁だけではない。今まで多くの人々の恨みを買ってきた。

それでも、教皇の地位にあったからこそ、強固な立場に守られ、復讐されることはなかったのだ。

しかし、退けば研がれ続けてきた殺意の刃が一斉に向けられる。

退位したくない。だが、退かなければこの国王にどんな目に遭わされるかもわからない。口先の約束で済ませられる相手ではないことはもう十分に理解させられていた。

前にも行けず後ろにも引けない。

「……っ」

動揺のあまり背から倒れ込み、横穴の一つに尻餅をつく。

尻の下で何かが割れる乾いた音がした。

「な、なんだこれは」

手を突っ込んで目を見開く。

「ひっ……ひいいっ……」

古代の信徒の骸骨の一部だった。

這々《ほうほう》の体《てい》で逃れようとしたその先が、国王の足下だったので今度は仰け反って再び尻餅をつき、臀部《でんぶ》と両手を使って離れようとする。

ふと、国王の漆黒の双眸が頭上に向いた。

「なるほど、今宵は満月か」

釣られて同じところを見て絶句する。

いつか見たあの悍《おぞ》ましい、一切光のない、暗黒そのものの闇が渦巻いていたからだ。

「ひっ……」

恐怖のあまり声が出ない。腰が抜けて立ち上がることもできない。

「猊下は俺と同じく呪われた身であらせられるようだな」

国王のそんなセリフも耳に入らなかった。

「しかも、魔は俺よりも猊下を好いているらしい」

その闇に浮かぶ青の、緑の、茶の、黒の、手に掛けた無数の人々の憎悪の込められた目が、再びアレクサンドル二世を一斉に睨め付ける。

「みっ……見るなあ……っ!!」

黒い目が『私はあなたに無実の罪で火刑に処されました』と声なき声でアレクサンドル二世の脳裏に囁く。

次の瞬間、全身を激しい炎に包まれ、あまりの熱さに絶叫した。

「あっ……熱いっ……やっ……止めてくれぇ――っっ!!」

肌を、肉を焼かれ、灼熱で溶ける激痛に身悶え、喉が焼け焦げる苦しみに石畳の上を転げ回る。

続いて青い瞳が教皇を見据えた。

『僕は両親と弟ともども教会騎士の矢で射貫かれ、殺された……。弟はまだ三歳だったのに……』

火刑の幻覚が終わるが早いか、今度は全身を矢で射貫かれた。背を、喉を、胸を、最後に目を貫通され悲鳴を上げる。

「うあっ……目、が……儂の目がぁぁぁあああ――っ!!」

更にハシバミ色の目が唸る。

『貴様に魔女だと断罪された私の妻は……剣でその柔らかな胸を貫かれた……。我が子だけではなく領民の孤児を引き取り、養育した優しい女だったのに……』

背からどっと鋭い刃で貫かれる。

「あ……ああぁっ……!!」

喉の奥からゴブリと赤黒い血が吐き出された。

――実際のアレクサンドル二世は無傷だった。

だが、魔と化した人々の怨念がアレクサンドル二世を断罪し、かつておのれの受けた罰を現実の苦痛以上の幻覚で返していく。

恐慌状態に陥ったアレクサンドル二世に、もはや現実と幻覚の区別がつくはずもなく、その後も筆舌に尽くしがたい無数の苦痛を味わうことになった――。

＊＊＊

ソランジュはナタンが密かに押さえてくれた、一般人向けの宿屋でアルフレッドが戻るのを待っていた。

「決着をつけてくる」――そう告げてソランジュをここに置いたきり、もう何時間が過ぎただろうか。

待ち兼ねて窓辺に手をついて外を眺める。

日中は住人たちのパレードであれほど賑《にぎ》やかだったのに、今は嘘のようにひっそりと静まり返っている。

代わって、澄み渡った夜の空には無数の星々が煌めいていた。強く光るものもあれば、控えめなものも、白いものも、赤みを帯びたものも、孤独に輝くものも、星雲となっているものもある。

一方、満月は今夜だけは主役の座を星に譲るとでもいうかのように、片隅でひっそりと静かに青白い光を放っていた。

ふと、幼い頃在りし日の母が寝しなに語ってくれたお伽噺《とぎばなし》を思い出す。

『人は死ぬと天に昇って星になるの。そうしてずっと私たちを見守ってくれるのよ』

死者が死の間際に放った最後の思いが、光となって星は輝いているのだろうか。

父と母の星はどれだろうかと満天の星の中を探す。

南で寄り添い合っているあの二つの星だろうか。せめて天では再び結ばれ、幸福であってほしかった。

星の瞬きに目を凝らす間に、背後の扉がカタンと音を立てる。

振り返ると鎧と鎖帷子を外し、シャツとズボン、軍靴という軽装のアルフレッドが部屋に足を踏み入れていた。

「……っ」

思わず息を呑む。

東門前で助けられ、この宿屋に連れてこられるまでは、非常事態の連続で再会を喜ぶ余裕などなかった。

あらためて今無事にまた会えたのだと実感し、引き離される苦痛が転じての歓喜、衝撃と感動で胸が一杯になり、その場で立ち尽くして動けなくなってしまう。

「待たせたな」

アルフレッドが目の前に立つ。

長い黄金の巻き毛を掻き分け、骨張った大きな手で頬を覆われ上向かされる。

何よりも愛する黒い瞳がすぐそばにあった。

どちらからともなく声もなく抱き合う。

逞しい胸に顔を埋めると力強く脈打つ心臓の鼓動の音が聞こえた。

アルフレッドもソランジュの存在を確かめるように、髪に頬を埋め、背に手を回してぐっと、息もできないほど深く抱き締めた。

名を呼ばれた気がして顔を上げる。

アルフレッドの目に映る、星の煌めきに目を奪われる間に、唇をそっと重ねられる。そよ風のような優しい口付けだった。

「ん……」

口付けは次第に深くなり、やがて唇を割られ舌を絡め取られる。

「ん……ふ」

アルフレッドは時折目元や頬に場所を変えて、何度も口付けを繰り返した。

黒い瞳と黄金色の瞳が見つめ合う。

互いにただ愛する人の温もりを確かめたかった。

横抱きにされ簡素なベッドに横たえられると、髪がシーツに擦れる音が聞こえる。

まだその音が耳に残るうちに、そっと頬に唇を押し当てられた。

「ソランジュ」

ただ名を呼ばれているだけなのに、もう身も心も熱で蕩けてしまう。

寝間着と肌の間に長い指が滑り込んできて、やわやわと乳房を揉み込まれる。はあっと熱い息が喉の奥から押し出された。

「あ……ン」

弾力のある乳房がアルフレッドの思うままに形を変える。

「んあぁ……」

時折ピンと立った薄紅色の先端を広い手の平で擦られると、つい身を捩らせ、シーツを握り締めてしまった。

ソランジュの快感を感じ取ったのか、アルフレッドが寝間着を剝ぎ取り、今度は肌に唇を這わせる。

時折強く吸われ、赤い痕が白い肌に散るたびに、耐え切れずにアルフレッドの頭を抱き締める。夜風に冷やされた黒髪の感触と、これから始まる官能の一夜にぶるりと身を震わせた。

頂に吸い付かれ、強弱を変え、緩急をつけて吸われるごとに背筋から首筋に掛けて電流が走る。

「あ……あっ……」

歯で軽く嚙られると視界に一つ、二つ火花が散った。

「あんっ」

背を仰け反らせ、快感を逃そうとしたのだが、離すまいとするかのようにぐっと腰を抱き寄せられる。

「……っ」

脚の間の柔らかな白い肉を割って無骨な手が押し入ってくる。

「あっ……」

すでに蜜で濡れたそこに剣で皮膚が硬くなった指が触れる。つぅと爪先でなぞられただけで体がビクリと跳ねた。

閉じていた媚肉を指先でくちゅりと開かれたかと思うと、指の一本が内壁を弄るようにして中に入り込んでくる。

「あ……あっ」

慣れぬ感触に反射的に腰が浮いたのだが、すぐに手首をシーツに縫い留められ、腰を押さえ付けられてしまった。

「あ、るふれっど……さ……」

名を呼ぼうとして唇を奪われる。

「ん……んっ……」

アルフレッドは桜桃を思わせるソランジュの唇を食《は》み、舌先で輪郭をなぞり、最後に深く口付けた。

その間にも指先で弱い箇所を掻かれ腰がビクリと震える。

「……っ」

だが、唇を塞がれているので、喘ぐことすらできずに、ただ荒い息を吐くことしかできない。代わって、アルフレッドに更に熱い吐息を吹き込まれると、喉から臓腑《ぞうふ》に掛けてその熱で焼け焦げそうになった。

もう耐えられない――そう訴えようとして手を上げた途端、不意に唇が離れ、隘路から指が引き抜かれる。

「ひぁっ……」

爪先でカリッと内壁を擦られながら体内が空洞になる感覚に身悶える。

視界は涙でぶれ、曖昧になっており、アルフレッドが服を脱ぎ捨てたのもわからなかった。

ただ、再び伸し掛かられる重みと熱だけを感じていた。

力なく開いた脚の間にぐっと鍛え抜かれた腰が割り込む。

「やあっ……」

背を仰け反らせ、衝撃を逃そうとした時には、もう半ばまで押し入られていた。内壁を擦られる感覚に背筋がぶるりと震える。

「……っ」

揃って溜め息を吐く。

名を呼ばれる間にぐっと根元まで埋められ、隘路をアルフレッドの分身の形に押し広げられ、内臓を押し上げられる。

「あ……ぁああっ」

思わず筋肉質の肩に縋り付く。

体の奥から背筋を撫で上げられるような、ゾクゾクとした感覚が這い上がってくる。最奥の更に向こう側は熱を持ち、とろとろ溶けて蜜を分泌した。

「あ……ン」

妖しく濡れた柘榴《ざくろ》の実の色のそこが、男の欲望をきゅっと締め付ける。

アルフレッドの黒い眉根が寄せられるのと同時に、その腰がギリギリまで引かれたかと思うと、再び蜜口にパンと音を立てて突き入れられた。

「あっ……」

瞼を閉じて無防備に震える喉をさらけ出す。

硬く滾《たぎ》った肉の楔がひくひくと蠢く割れ目に消えては現れる。

その動きに合わせて細い体も上下に揺れた。

長い黄金の巻き毛がシーツに擦れる。

「あっ……あっ……あっ……」

知らず手を広い背に回していた。

体内を貫く肉の楔で内壁が快感を覚えるたびに、小刻みに震えてアルフレッドの分身を締め付ける。

出し入れの勢いで漏れ出た、とろりとした蜜がシーツにシミを作った。

「……っ」

黄金色の瞳から大粒の涙が零れ落ちる。

途中、ぐっと上気し、薄紅色に染まった乳房を握り締めるように揉みしだかれると、二重の快感に腰が浮きそうになった。

アルフレッドの腰の動きが一層速まる。

「んぁっ……あっ……あぁっ」

互いの肉体から湯気が立ちそうだった。

質量を増した肉の楔がソランジュを内部から蹂躙し、時折最奥を弄ぶ。

「……っ」

もう限界だと涙目で訴えようとした次の瞬間、長い腕が背に回され、乳房を押し潰されるほど体を密着させられた。

肉の楔がぐぐっと最奥をも突破しようとする。

「んあっ……」

全身が弓なりに仰け反りそうになる。

「あ……あっ……」

アルフレッドはソランジュの小刻みに震える肉体の、更にその体内の奥深くまで入り込んだ。腰を一瞬大きく引き攣らせ、繰り返された刺激で弛緩したそこに、灼熱の欲望を注ぎ込む。

「……っ」

涙を湛《たた》えた黄金色の瞳が大きく見開かれる。

体内でアルフレッドの分身が力強く脈動している。放たれた熱が最奥を直撃し、じわりと染み込んでいった。

「ソランジュ……」

広い胸に包み込まれながら、ソランジュはわずかに残った意識の中で、やっとここに帰ることができたと、ようやく心の底から安堵したのだった。

その夜はまだ緊張が残っていたからだろうか。眠りに落ちてから二、三時間もすると目が覚めてしまった。

そろそろと隣のアルフレッドを見ると、同じくもう起きていたらしい。黒い瞳は窓の外の星空に向けられていた。

まだ夜も明けていないので、おはようございますはちょっとおかしい。なんと挨拶しようかと迷っていると、アルフレッドがこちらを向いてわずかに目を細めた。

「起きたのか」

「……なんだか目を瞑《つぶ》っているのがもったいなくて」

眠れないからだけではない。手を伸ばせば届きそうな、こんな満天の星を間近にしながら、夢を見るだけでは惜しい。それほど今宵の星は夢より美しい。

アルフレッドも同じ思いだったのか、ソランジュの肩を抱き寄せ「そうだな」と頷いた。

「星空を眺めたのは久々かもしれない」

アルフレッドの目は外に向けられたままだ。一体誰の星を探しているのだろうか。

「アルフレッド様は人が死んだら星になるというお伽噺は知っていますか？」

「初めて聞いたな」

ということは、これはクラルテル教ではなく、光の女神ルクスを信仰する人々のみに伝わっているのかもしれない。

なのに、アルフレッドはなおも星を眺めている。

ソランジュはアルフレッドの胸に頬を寄せた。

瞼を閉じて心の中で星々に祈りを捧げる。

ソランジュはルクスへの祈りの捧げ方を知らない。だから、昔シプリアンに教えられた、クラルテル教式の折り方しかできない。

だが、死者に安らかに眠ってほしい——その願いはどの宗教でも共通しているはずだった。

「今夜の星、綺麗《きれい》ですね」

「ああ、そうだな」

アルフレッドの手に力が込められる。

ソランジュは髪に口付けられながら、今なら聞けるかもしれないと、「……知りたいんです」と、ずっと悩んでいた疑問を口にした。

「リュカ君に頼んで、私を教皇様のもとへ攫った人が。……事件の発端となった人が」

助けに来てくれたアルフレッドのことだ。もうとっくに調査を終わらせているに違いなかった。

——どうか包み隠さず教えてほしい。

「お願いします……。私、もう隠されているのは嫌なんです」

そう乞うとアルフレッドはソランジュを見下ろし、間を置いて一言、「ドミニクの計画だ」と単刀直入に答えた。

「……っ」

衝撃的な回答に息を呑む。

中枢で間諜が暗躍していると聞いてから、一体誰なのだろうと推理し、だが、まったく答えに辿り着かずに降参してきた。

皆が皆アルフレッドに忠実だったからだ。

もちろん、ドミニクも。忠実どころか崇拝していたように見えた。

どうしてと戸惑う間にアルフレッドが更に衝撃的な事実を告げる。

「――だが先日、ドミニクは取り調べ中に死んだ」

＊＊＊

アルフレッドはソランジュが失踪して間もなく、証拠固めが終わっていたのもあって、密かにレクトゥール公爵家当主ドミニクを捕らえ、囚人塔の最上階にて取り調べを行った。

長年の付き合いもあって、誰よりも誇り高く意志が強い、ドミニクの人となりをアルフレッドはよく知っている。そう簡単に自白するはずがないと踏んで、初めからレジスに自白魔術をかけさせた。

ソランジュは魔術が効かないので実感できないが、レジスの自白魔術は強力なのだそうだ。どれほど屈強な武人だろうと、かけられたが最後、問われるままに真実を打ち明けてしまう。

ドミニクも例外ではなかった。

捕らわれて間もなくは心当たりがまったくない。不当な扱いだと反発していたが、間もなくその意思に反してすべてを自白した。

――アルフレッドは、後ろ手に拘束され両膝をつくドミニクに命じた。

『面を上げよ』

『……』

アイスブルーの双眸がアルフレッドを睨み付けるように見上げる。

『ソランジュはどこだ』

最初の質問は「お前が犯人か」の確認ですらなかった。

ドミニクは自白魔術に抵抗しようとしたのか、額に脂汗を浮かべて首を横に小さく振ったり、口を開いて言い訳しようとしたりしていたが、やがて呻くように「……クローチェの教皇猊下のもとに」と呻いた。リュカという魔術師の少年の転移魔術で転移させたと。

魔術に負けてプライドを傷付けられたのか、優美な美貌が屈辱に歪む。

『お前は教皇の間諜だったのか』

『……っ』

なんとか意識に巣食うレジスの魔術を追い出そうとしている。

しかし、抗《あらが》えば抗うほど呼吸もできないほど意識を掻き回され、どこからどこまでが自我なのかわからなくなり苦しくなるはずだ。結局敵うはずもなく、小刻みに震えながら「……違います」と答えた。

『教皇猊下は、確かに共犯ではありますが、主犯ではない……』

『なら、誰の指示だ』

『……だ、誰が、指示、しているのかは……私も……存じ、ません……』

この返答はアルフレッドにもレジスにも意外だった。

ドミニク曰く、指示は魔術師リュカによって転送される、Eなる人物が書いた手紙によって行われており、そのEの正体はまったく知らないのだという。

『お前はなぜ名すら知らぬ者の指示に従った』

『それは……』

自白魔術にまだ抵抗しようとしているのか、唇を強く噛み締めて切って血を流し、痛みで正気に戻ろうとしていたが、血を吐くように最後の砦《とりで》をみずから崩してしまった。

『弱みを、握られたからです……』

決して誰にも知らせなかったことを、Eにだけは知られてしまい、脅迫されたからなのだと。

人の意思は一度決壊してしまうと脆《もろ》いのだろう。

その後は堰《せき》を切ったように次々とすべてを打ち明けた。

『わ、私は……私は……レクトゥール家の、正統な当主ではない……。なぜなら私は……女……だからです』

一瞬、アルフレッドとレジス、ドミニクしかいない牢獄が静まり返った。

『はっ……。陛下ですら、お気付きでなかった……』

この一言は自白魔術によるものではなかった。

ドミニクは嘲るような目でアルフレッドを睨め付ける。

『私も、たいしたものだ……。今度こそ、父上に、認めていただけるだろうか……』

『陛下――』

レジスが珍しく慌てたようにアルフレッドに声を掛ける。ドミニクが本当に女なのかどうか、確認させようとしたのだろう。

しかし、アルフレッドは視線でそれを制した。

『――必要ない』

そのまま尋問を続ける。

『なぜ俺に黙っていた』

『言える、はずが、ありません……』

エイエール王国の王侯貴族に女当主は認められていない。しかし、前公爵には子がドミニクしかいなかった。

『レクトゥール公爵家は、先々代から、断絶の、危機にあった……』

王家同様元々子が産まれにくい血筋なのか、先々代公爵も息子に恵まれず、腹違いの弟に家督を譲った。それがドミニクの父親だった。

『だが、父にも、なかなか男児が産まれなかった……』

前公爵は二人の先妻に先立たれており、最後の結婚相手となったのがドミニクの母親、クリスティーヌだった。

クリスティーヌは王家の傍系の貴族の姫君だった。若く、美しく、多産の家系で、前公爵もその血筋に大いに期待した。

前公爵は当時すでに五十歳を超えており、病がちになっていたのもあり、これが最後の機会だとクリスティーヌの腹にすべてを懸けていた。

だが、クリスティーヌは初めての子の出産直後に、難産で呆気なく命を落としてしまった。

――その初めての子がドミニクだった。

『父は、追い詰められていた……。数百年に亘って存在してきた、レクトゥール家を絶やしてはいけないと……』

そこで、ドミニクを男児として教育したのだ。「お前は男だ」と何も知らぬドミニクに叩き込んだ。

ドミニク自身もみずからが女だと疑うことがないほどに、成長期を迎えるまではその教育は完璧だった。

だが——。

初めは同じ年頃の少年に比べて成長が早かった。身長も一番高く力もあり、体格を前公爵に褒められ、誇らしかったものだ。

ところが、十五歳頃になると伸びが止まり、一七三センチ以上にはならなかった。エイエール王国の王侯貴族の貴公子としては、この身長は低いというわけではないが高くもない。父は一八五センチを越えているのにと悔しかった。

なのに、同じくエイエール王国軍の騎士を志す少年たちは、皆なおもぐんぐんと大きくなっていった。縦だけではない。肩には徐々に筋肉がつき、あっという間に体格だけではなく力も逆転された。

更に、驚いたことに、皆高く澄んだ声がある時期を境に、次第に低くなり少年のそれから大人の男のものに変化していく。

なのに、ドミニクの声は相変わらず甘いままだった。

一度疑惑を抱くと芋づる式に疑わしい点が出てくる。

さらしを巻かなければ邪魔な、膨らみのある胸を持つ者など、同期の騎士見習いたちには一人もいない。月に一週間は股の間から血が出て体調が悪くなることもない。

また、自分の世話係の乳母や侍女が、年を取っても一人も変わらないのもおかしかった。もう男性従者を付けてもいい年なのに、父に頼んでも一向に了承してくれない。

皆まるで共通の秘密を抱え、守ろうとでもしているかのように見えた。

何もかもに違和感を覚え、調べ、やがて導き出された結論は到底受け入れられないものだった。

だが、今後を考えると無視してもいられない。

だから、なぜこんな真似をしたと憤りながらも、ある夜前公爵の執務室を訪れ、持病で咳《せ》き込みながら羽根ペンを握る父に詰め寄ったのだ。

『父上、私は女なのでしょう』

エイエール王国は男系国家で、女は家督を継げないと決まっている。

『皆私を男だと思い込んでいます。これからどうするつもりですか』

『……』

前公爵はいつかこの日が来ると予想していたのか、机の上に濃い茶の小瓶をコトンと置いた。

『声帯を焼く薬だ。これで声は並の男程度にはなるだろう。お前は女にしては体格がいいのが幸いだった』

身長や体格は靴や衣服、鎧である程度水増しができるので問題ない。しかし、声だけは誤魔化せないので、これを飲んで低くしろと命じられたのだ。

ドミニクは体を小刻みに震わせながら拳を握り締めた。

『私一代なら誤魔化すこともできるでしょう。ですが、レクトゥール家当主となると、妻を娶り、子を儲けることが義務となります。この体でどう女を孕ませろと⁉』

『女系にはなってしまうが、お前がレクトゥール家の嫡子であるのには変わりない。結婚は見栄《みえ》っ張りで金さえあれば構わない、初夜をすっぽかしても宝石を贈れば機嫌を直す、頭が空っぽの夫に関心のない女を選べばいい』

そして、ドミニク自身が適当な貴族の男と寝て孕み、あいにく妻との間には子が産まれなかったが、遠縁に男系の男児が見つかったと偽りその子を跡継ぎにすればいいと。

悍ましい計画に寒気が背筋を這い上がった。

『産まれた子が娘であったらどうするのですか。息子だと偽って育てろとでも？』

『男児が産まれるまで子を孕めばいい。……私にはそれが叶わなかった。もう残された時間も少ない』

前公爵は途端に咳き込み口を押さえた。

『父上っ……！』

思わず駆け寄って背を擦り、皺《しわ》の浮き出た指の間から、赤黒い血が漏れ出ているのを見て絶句する。

『……頼む。この家を継いでくれ。お前は女であること以外は強く、賢く、美しく、私の理想だ』

血が付いたままの手でドミニクの胸に縋り付く。

ドミニクはそんな父の手を振り払うことができなかった――。

――前公爵はこの日以来寝たきりとなり、三年後の朝目覚めることなく天に召された。

ドミニクは父の遺言通りにレクトゥール家を継ぎ、当主としての務めを淡々とこなした。

アルフレッドの参謀役として迎え入れられたのもこの頃だ。

剣や槍《やり》、弓では本物の男性に力でまず負ける。ならば、英才教育を施された頭脳を生かそうと戦略、戦術を提案し、次々と成果を上げたことで、アルフレッドに認められたのだ。

アルフレッドは武功を立てれば、身分を問わず取り立てる傾向がある。つまり、大貴族出身だからといって、王国軍で出世できるとも限らないわけだ。

だからこそ、自分の実力は現在の地位に値するのだと思えて嬉しかった。

ドミニクがアルフレッドに忠誠を誓い、崇拝していた理由は、指揮官としての器の大きさだけではない。

アルフレッドは何かを、人には言えない秘密を抱えているのではないか――そう感じたからだ。他の誰からもそんな話を聞いたことはないので、なぜ自分だけがそう勘付いたのかはわからない。いわゆる「女の勘」なのかもしれない。

戦場で、演習で、晩餐会の席で、彼は時折ふと夜の闇に目を向ける。その黒い瞳はこの世ならざるものを見つめているようだった。

同じく秘密を抱えるドミニクは、アルフレッドに畏敬の念を覚えた。

何かに苛まれながらもエイエールの国王として、国を、民を背負ってなおも前に進もうとしている。

どうかそのまま強い、孤高のあなたであってくれと願った。アルフレッドが何があろうとおのれの道を突き進もうとしている限り、自分もどんな重責でも耐えられる気がしていたからだ。

裏切るなど髪の毛一筋ほども考えたことはなかった。有り得なかった。

そのはずだったのに――。

――週末の王都のレクトゥール邸の執務室で、ドミニクは堆《うずたか》く積まれた釣書を前に溜め息を吐いた。

机の上に手を組みちらりと脇に目をやる。そこには見合い相手の令嬢たちの肖像画が並べられていた。

二十歳を超えて以降、縁談が雨あられと持ち込まれるようになった。

名門公爵家に嫁がせようとなると、両親も平凡な娘では駄目だと気合いが入るのか、令嬢たちは皆美しいだけではなく賢くしっかりした女性に見えた。金遣いの荒い頭空っぽの女の方がはるかに見つけづらい。

それにと溜め息を吐く。

自身も女なのでよくわかるのだが、男は少々鈍感な上に、おのれの判断を疑わないところがあるので、簡単に騙されてくれる。

しかし、女は違う。偽りにはとにかく敏感で、一緒に暮らすうちにすぐにバレるかもしれない。別居婚という手もあるが、理由を探られることになってしまう。

ふと名案を思い付く。

借金を抱えた貧乏貴族の娘なら肩代わりと引き換えに、白い結婚にも別居婚にも文句は言えないのではないか。

ある令嬢の釣書を取り出す。

王都に屋敷のない地方貴族とはいえ、歴史ある伯爵家からの縁談だったが、あいにく先々代で破産している。その一人娘との縁談だった。

ドミニクはこの縁談を進めることにし、後日令嬢と顔合わせを行った。

伯爵はまさか数ある縁談の中で娘が選ばれるとは思ってもいなかったのだろう。上機嫌でドミニクとレクトゥール家を褒め称《たた》え、別居婚を持ち出してもそれで構わないと頷いた。

一方、当の令嬢はずっとぼんやりしていたが、あまり自我のない相手の方が好都合だった。

ドミニクはその夜伯爵邸に宿泊し、挙式、披露宴の打ち合わせを済ませて王都に発《た》った。

これで結婚の問題はどうにかなったと胸を撫で下ろした。

ところが、まだ婚約を公表しないうちに、信じがたい一報が入った。

なんと、例の婚約者の屋敷が火災に遭い、伯爵、召使いともども焼死してしまったというのだ。

あれほど条件の合う令嬢はいなかったのに、なんということだと頭を抱えた。

しかし、死んだ者は帰ってこない。仕方がなくもう一度結婚相手を探し始めるしかなかった。

——Eなる人物から初めての手紙が届いたのもその頃だった。

王宮から屋敷に戻り執務室の扉を開くと、机の上に封蠟もされていない封筒が載せられていた。

使用人たちも届けた覚えがないという。

何者の仕業なのかと訝《いぶか》しみつつ、手紙に目を通して血の気が引いた。

手紙にはドミニクが婚約者の屋敷に宿泊した際の詳細が書かれていた。そして、「せっかくのお美しいお体ですのに、誰にも見せないとはもったいない」と綴《つづ》られていたのだ。

何者かが自分を女ではないかと疑い、その確認のために伯爵邸に潜入していた。あるいは、伯爵も令嬢もグルだったのか。

となると、伯爵邸の火災は放火が原因で、二人は口封じに殺されたのかもしれない。

だが、差し当たっての問題はそこではなかった。

〝あなたの正体が陛下に、他の臣下に、部下に、あるいはあなたを妬む者に、恨む者に、あなたに打ち負かされた者に知られるとどうなるでしょうね〟

『……っ』

あからさまな脅迫だった。

額にじわりと嫌な汗が滲む。

手紙は次の一文で締めくくられていた。

〝あなたにはやっていただきたいことがあります。エイエール国王が呪われ、魔に取り憑かれている――その証拠を摑んで報告してもらう〟

『なんだと……?』

思わず声を漏らしてしまった。

アルフレッドが呪われ、魔に取り憑かれているなど聞いたこともない。そんなことがあるはずがなかった。

だが、時折アルフレッドが見せるあの目を思い出す。

この手紙の内容が真実だとすれば、教会――教皇に知られればとんでもない事態になる。魔祓いや魔を操る者はもちろん、魔に取り憑かれるのもクラルテル教では魔女の証だからだ。

そんな弱みを握った教皇が、アルフレッドにどんな要求をするかわかったものではない。

また、このEは自分を女と知っていただけではない。なぜアルフレッドの秘密まで把握しているのかと、背筋がゾクリとするのを感じた。

いずれにせよ、こんな証拠固めをできるはずがなかった。

Eが教皇庁に近い人物だった場合、アルフレッドが危機に陥る。

そこで、Eには証拠が見つからなかったからと、そこまで支障のない軍事情報を適当に渡し、時間稼ぎをしてEの氏素性を探ろうとした。

しかし、転移魔術によって転送される手紙の羊皮紙からも、筆跡からも、インクからも欠片の情報も割り出せない。

焦る間についに最後通牒《つうちょう》が届いた。

〝あなたは有能な方とうかがっておりましたが、随分と時間がかかっているようですね。レクトゥール公爵家も、地位も、身分も、名誉も、あなたにとってはたいしたものではないらしい〟

追い詰められてアルフレッドの寝室に侵入し、魔に取り憑かれているという証拠を探し出そうとして、途中の廊下で我に返って口を押さえた。

『私は、一体何を……』

アルフレッドを裏切るなど有り得ないはずだったのに。

動揺し、仕事に戻ろうとしたところで、十七、八歳ほどの娘を目撃したので更に焦る。

目の覚めるような淡い黄金の巻き毛だった。瞳はより濃い純金色だ。あどけなさの残る儚げな美貌に同性でも一瞬見惚れてしまう。

アルフレッドが新しい侍女を雇ったとは聞いていたが、これほど若い、未婚の女だとは思っていなかったので驚いた。

今まで若い女をそばに置いたことはなかったのに――。

ひとまず何をやっていたのかを誤魔化そうとして、あえていつもよりも更に厳しい態度で臨んだ。

『見かけない顔だが新しい侍女か？　――その程度の立ち位置で恐れ多くも陛下を〝アルフレッド様〟と呼んでいるのか』

『も、申し訳ございません』

気の弱い娘らしく、何を言っても平身低頭。最初から最後まで謝りっぱなしだった。

この分ならアルフレッドに告げ口されることもないだろう――そう胸を撫で下ろし、身を翻して歩き出したところではっとした。

アルフレッドを名で呼んでいるということは、アルフレッドもそれを許しているからではないか。

アルフレッドは上下関係をはっきりさせ、公私の区別をつける男だ。今まで王宮ではどの臣下にも、自分にも、「アルフレッド様」と呼ばせたことはなかったのに。


のちに聞いたところによると例のソランジュという娘は、軍法違反により爵位を剝奪された伯爵の庶子なのだという。

この処置自体は不思議ではない。アルフレッドは主人や家族の失態で行き場をなくした者には寛大で、自身に忠誠を誓いさえすれば、それに相応しい役割を与えていたからだ。

だが、名前呼びを許しているとはどういうことなのか。

その答えは間もなく判明することになった。

運悪くまたソランジュに出くわした際、その首筋に赤い痕を見つけてしまったのだ。

信じられずに後をつけ回すうちに、ソランジュ自身が魔術師レジスと接触し、研究室から出ていく現場を押さえた。

元々放浪の旅人で、何国人かもはっきりせず、妙な力を持つレジスを、ドミニクは信用していなかった。いつか尻尾を出すに違いないと。

だから、この時点でソランジュもレジスと手を組んだ、他国の間諜なのだと踏んだのだ。

アルフレッドに色仕掛けで取り入ったに違いないと、自分も間諜であるのも忘れて憤り、すぐさま報告した。

『――陛下、その娘は危険です！　地下室にはあの魔術師の研究室があるはず。君たちは何をしていた⁉』

ところが、アルフレッドはソランジュの容疑を一蹴しただけではない。

疑うどころかまず体調を心配し、その腕に抱き上げたのだ。

『俺の専属医を呼べ。聞こえなかったのか』

アルフレッドは娼婦を買ったことはあっても特定の女を囲ったことはない。なのに、なぜ今になってと心がざわついた。一人の女に心奪われるなどアルフレッドらしくもないと。

数日後の王宮の訓練場での軍事訓練の際、同僚のアダンにそれとなく聞いてみると、アダンは「陛下が？」としばし驚いたのち、らしくもなくポッと頬を染めた。「多分あの金髪の子だろう？」と頬をポリポリと掻く。

『あれはちょっと羨ましかったなあ』

以前軍事訓練が長引いた際、ソランジュがバスケットを手にやってきて、アルフレッドに昼食を渡したいと、アダンに呼び出しを頼んだそうだ。

『二人で木陰に消えたままずっと戻ってこないから、迎えに行ったらあの陛下が笑っていたんだよな』

昼食入りのバスケットを左手に持ち、右手では俯いてはにかむソランジュの髪を撫でながら、口元を綻ばせていたのだと。

『陛下の笑顔を見たのは初めてだよ。いや、ちょっとほっとしたよ。陛下も人間で、ただの男だったってことか』

——陛下も人間で、ただの男だったたってことか。

その一言に激しい衝撃を受けた。

アダンは「愛妾にする気かな」と首を傾げる。

『ソランジュちゃんだっけ。あの子って確かもう実家がないんだろう？　となると、身分が釣り合わないから結婚するってわけにもな』

愛妾は所詮妾《めかけ》で、どれだけ女として気に入られていようが、王の隣に並び立つことはないし、生まれた子も王位継承権は認められていない。正妻の王妃とは天と地ほどの差がある。

また、愛妾は飽きられたり年を取ったりすれば捨てられるか、臣下に下げ渡されるのが定石だ。

『なるほど、愛妾か』

アルフレッドは男性なのだから、どこかで欲求を解消しなければならない。仕方がないことなのだと自分を納得させる。いずれあの娘に飽きて、また別の愛妾を作るのだからとも。

また、やはりアルフレッドは呪われてなどいないとほっとした。

Eの手紙には「国王は一人の女を愛せず、結婚もできないはず。魔に取り憑かれたその身では、同じ女を二度以上抱けないからです」とあったからだ。

だが、ソランジュはいつまで経ってもピンピンしている。むしろ痩せすぎだった体が徐々にふっくらとして、年相応に健康的になってきたほどだ。

そう報告するとEは「そんなはずはない」と主張した。それどころか、ソランジュの存在自体を否定したのだ。

〝いいや、王は呪われていなければならないし、ソランジュという娘などいなかったはず。だから、彼女は存在自体が許されないのです〟

妙な言い回しだった。

その後間もなく教皇からアルフレッドにベアトリーチェとの縁談が持ち込まれた。教皇庁との今後の付き合いを考えても、アルフレッドが断るわけがないと思い込んでいた。

ベアトリーチェもソランジュと同じ庶子だが、後ろ盾の大きさがまったく違う。教皇や教皇庁とのより強力なコネができれば、エイエール王国の国威は更に高まると信じて、ドミニクはこの縁談に賛成していた。

ベアトリーチェならいい。教皇の娘だし、教養も高いし、王妃に相応しい気位の高さもある。

だが、ソランジュは受け入れがたかった。

男に従順に従うことしかできない、ただ美しいだけの平凡な女だ。あの帝王の隣に並び立つのに相応しくない。

ところが、アルフレッドは晩餐会の席でこう宣言したのだ。

『妃にすると決めた女がいる』

信じられなかった。

この状況でアルフレッドが挙げ得る女といえば、ソランジュ以外思い付かない。

まさか、あの地位も身分もない、平凡な娘を王妃にするつもりなのか。

驚きと衝撃で呼吸の仕方すら忘れた。

しかし、今度はシプリアンがとんでもない提案をしたので我に返る。

『いかがでしょう、陛下。官吏殿のご令嬢とレクトゥール公爵閣下との縁談を進められては?』

『……っ』

その場にいる臣下全員が「それは名案だ」といった顔になった。

冗談ではない。

ベアトリーチェはプライドが高い女性だと聞いている。養子どころか白い結婚など許すはずがない。夫が女だと知れば騙されたと激怒し、すぐに教皇に報告するに違いない。結婚などすれば待っているのは身の破滅だ。

しかし、教皇ほどの大物の娘との縁談を断るとなると、この場で説明を求められることになる。

思う女がいると嘘は吐きづらい。今まで女遊び一つしなかったからか、同僚たちには女嫌いだと思い込まれている。

言い訳が思い付かない。

ドミニクは死神がおのれの首に鎌を振り下ろす幻覚を見た。

結局、破滅は早いか遅いかの違いだっただけなのかもしれない。

『……かしこまりました。この身に余る光栄でございます……』

こう答えるしかなかったのだ。

その夜肩を落として王宮の自室に戻ると、机の上にまた手紙が転送されてきていた。いつ、どこにでも一瞬で送れ、受け取れるというのだから、転移魔術とは随分便利だと思う。

のろのろと手紙を読むと、そこにはこう書かれていた。

〝ソランジュというその娘を殺してください〟

『なっ……』

理由は一切なかった。

〝なんの力もない小娘です。あなたなら簡単でしょう？　協力ならいくらでもします〟

冗談ではない。

アルフレッドが結婚を決めるほどなのだ。護衛に守られているに違いない。そんな中で手を下そうとすれば必ず捕らえられる。

『ああ……そうか』

ドミニクは唇の端に自嘲の笑みを浮かべた。

破滅は逃れられない運命なのだ。女に生まれた時点で決まっていたのだろう。

なら、ソランジュを道連れにしようと心に決める。

アルフレッドの妃はベアトリーチェでも、その他王侯貴族の姫君でも、アルフレッドに相応しい女なら誰でもいいが、ソランジュだけは許せなかったからだ。

そこで計画を練った。

教皇は訪問先の王宮にまで娼婦を連れてくるほど女好きだ。そのどうしようもなさを利用しようと目論《めくろ》んだのだ。ソランジュを娼婦と偽り、そのまま襲わせるつもりだった。

国王たる者、他の男に手を付けられた女を妃にするわけにはいかない。その点を狙った。

それから十日後の夜、ドミニクはアレクサンドル二世に呼び出され、王宮を訪れた娼婦二人に金をやって帰らせ、更に身に纏っているドレスを買い取った。

生まれて初めてドレスに身を通しながら、まさか、初めての女装が娼婦の衣装だとはと苦笑する。

男のふりをしていた女が今度は女のふりをする――これほどの喜劇はないだろうと。

計画は驚くほどうまくいった。途中、アルフレッドが助けに来なければ。

寝室から音が漏れないよう細工をしていたのに、なぜすぐに駆け付けたと動揺しつつ、自身もいつもの姿になってアルフレッドに続き、間もなく教皇の悲鳴を聞いた。

『ま、魔女だ。その女は魔女だ!!　すぐさま捕らえよ!!　火刑に処してしまえ!!』

『魔女……？』

聞き捨てならない一言だった。

のちに教皇に聞いたところによると、ソランジュは魔女狩りで滅ぼされた魔祓いの一族、ガラティアの長の娘なのだという。光の女神の末裔だと称していたのだとか。

なるほど、道理で常人離れした美貌だったはずだと頷きつつ、やはりアルフレッドのそばに置くには相応しくないと判断した。

魔女の娘は魔女だ。美女だろうが、善人だろうが関係ない。

排除しなければならない――ドミニクは暗い思いを抱きながら、教皇にこう囁いた。

『私に策がございます。結婚を控えた女が心変わりし、失踪するのはよくある話ですよ』

そして、その夜Eに魔術師リュカの力を借りたいとの手紙を送ったのだ。

＊＊＊

長い、長い自白が終わるのと同時に、ドミニクは大きな溜め息を吐いた。

アルフレッドとレジスにはそれは諦めというよりは安堵の息に見えた。

すべて吐き出してしまい、重荷を下ろして楽になったのだろう。

『私を女だと確かめないのですか』

ドミニクが自嘲するような目でアルフレッドを見上げる。

アルフレッドは「必要ないと言ったはずだ」と答えた。

『なぜです。哀れみからですか』

『俺はそう慈悲深くはない』

力強く宣言してこう言い切った。

『お前が男だろうと女だろうと関係ない。お前は俺の臣下だからだ』

黒い瞳でドミニクを見据えながら言葉を続ける。

『お前は俺に女だと打ち明け、それでも家を継がせろと一言頼むだけでよかった。お前にはそれだけの実力があった』

ドミニクが目を限界まで見開きアルフレッドを凝視する。アルフレッドはその視線を真正面から受け止めた。

『ああ……』

ドミニクががっくりと肩を落とす。

『結局私は陛下と自分自身を信じ切れていなかったのですね……』

最後に「陛下とあの娘が羨ましかった」と呻く。

『何もなくとも愛される彼女が羨ましかった』

ソランジュはわずかな間にアルフレッドの食の好みを探り出していた。

それはアルフレッドが彼女だけに心を許し、ありのままの姿を見せていたからだと悟った時、自分の醜悪な嫉妬と悪意を止められなくなったのだと。

『……しかし陛下、心を預けられる伴侶を得られた、あなたの方がもっと妬ましかったのかもしれません。私には……誰もいなかった』

だから、あらゆる理由を付けて奪おうとした――。

黒い瞳はドミニクの告白を聞いても、欠片も感情のぶれを見せなかった。

アルフレッドが淡々と告げる。

『騎士は男であることが前提だ。現在のところ女の騎士を裁く軍法がない。ゆえに、このまま裁きが進められるのであれば、お前は今後軍法ではなく、レクトゥール公爵家の娘として大逆罪が適用されることになる』

つまり、裁判の場には女だと明かされて引きずり出されることになる。

ドミニクの顔が真っ青になった。そうなってしまえば自分だけではなく、亡父の名誉も貶《おとし》められると気付いたからだろう。

『レジス、ドミニクの戒めを解け』

『か、かしこまりました』

レジスが戸惑いながらドミニクの手首を縛っていた縄を解く。

アルフレッドは懐から短剣を取り出し、何も言わずにドミニクの前に置いた。

ドミニクは驚いたようにアルフレッドを見上げ、やがて手を組み「……感謝します」と深々と頭を下げた。

『男として、騎士として死なせていただけるなどこの上ない光栄です』

そして、鈍く光る刃を鞘から引き抜いた。


——ソランジュはドミニクが自害したと聞き、「そうだったんですか……」と溜め息を吐いた。

結局ドミニクは転生者ではなかったようだ。彼に感じていた違和感のすべては、スパイだったからこそだったのだろう。

厳しい人ではあったが、なんだかんだで読者人気ランキングではナンバーツー。絶世の美貌は目の保養になっていたし、怖くはあったが嫌いではなかったので、悲しみが胸にじわりと染み込んでいく。

「じゃあ、結局誰が公爵閣下をそそのかしたかまではわからなかったんですね」

「ああ。リュカという少年魔術師についても現在調査中だ。リュカはエイエール王国民だ。他国に連れ去られている場合厳重に抗議し、それでも返さぬというのなら、こちらも相応の対応をする」

つまり、戦の口実にするということか。

「リュカ君、血を吐いていたんです。きっと力の使いすぎで……」

人質を取り、子どもを酷使するとは一体どんな輩《やから》だとソランジュは憤る。

「案ずるな。必ず見つけ出す」

＊＊＊

アルフレッドはソランジュの肩を抱き寄せ髪に軽く口付けた。

——今回の事件についてはほぼありのままに説明したが、ソランジュに言わなかったことがあった。ドミニクが女であったことと、ソランジュに嫉妬していたということだ。

レジスにも口止めしてある。

ソランジュは心優しい娘だ。自身が裏切りの原因の一つになっていたと知れば、きっと苦しむことになるだろうし、ドミニクが女だと知れば同情するだろう。

ドミニクもまたソランジュの同情など望まないはずだった。

それにしても、ソランジュすらドミニクが女だと知らなかったのだ。その秘密を把握していたEとは一体何者なのか——。

＊＊＊

アレクサンドル二世の辞任後、間もなく教皇選挙《コンクラーヴェ》が行われ、当然のように満場一致でシプリアンが選出された。

シプリアンは教皇庁の廊下を歩きながら、「やれやれ、これから忙しくなりますね」と肩を竦めた。

その後を司教ナタンがついていく。

ナタンはアレクサンドル二世を裏切ったので、どんな処分も受ける覚悟だった。

ところが、新教皇シプリアンはなんの罰も与えなかったただけではない。「これからは私の手助けをしてください」と慰留したのだ。

シプリアンはソランジュの恩人でもあるので、断ることなど考えられずに結局司教のままでいる。

また、シプリアンは一人の人間として尊敬できる人物だということも大きかった。異教徒に当たる光の女神ルクスの信徒を救い出そうとしただけではない。その権力を女子どもや社会的弱者に手を差し伸べるために使う。

それにしてもと首を傾げる。

「教皇猊下はアレクサンドル二世猊下のように、地位や名誉、権力を求めているわけではないのでしょう」

今も権力そのものには興味がないように見える。

「なのになぜクラルテル教会に戻っていらっしゃったのですか？」

シプリアンはふと足を止めると、アーチ型の窓から見える雲一つない青空を見上げた。

「お恥ずかしい話ですが、在野の神父でいたかった理由――それは清く貧しく正しくありたいという、私の欲望でしかなかったと気付いたからですよ。口では人々を救いたいと言いながら、結局私自身が救われたかっただけなのです」

人々を真に救おうとするのなら、頂点に立ち、世を動かす力を持たねばならない。

「そのためにアレクサンドルから権力を徐々に奪い、排除しました」

現在、元教皇アレクサンドル二世は発狂し、誰を見ても「もう許してくれ！　助けてくれ！」と悲鳴を上げ、苦痛にのたうち回り、日常生活もままならないのだという。

「死なせてくれ！」と叫ぶこともあるが、仮にも元教皇なので自殺させるわけにはいかない。世話係たちが寄ってたかって止めて、両手首を縛り、舌を噛み切らぬよう猿ぐつわを噛ませているのだとか。

これでは教皇など務まらないと枢機卿たちに退位させられ、現在は辺境の山奥にある修道院で幽閉されている。

シプリアンは温厚な微笑みを浮かべた。

「結局、私もアレクサンドルと同じ穴の狢《むじな》でしかないのでしょう」

だが、自身が汚れ仕事をすることで、人々が救われるのなら構わないと言い切る。

「アレクサンドルには私もいずれ落ちる地獄で先に待っていてもらいますよ。ともに罪を犯した者同士、悪魔の前でなら語り合えることもあるでしょう」

ナタンはシプリアンがアレクサンドル二世より二十歳年上なのに、より長く生きるつもりなのかと驚くのと同時に、畏敬の念を覚え、その場に片膝をついて頭を垂れた。

「シプリアン教皇猊下、ならば、私もともに地獄に参ります」

「おやおや、物好きですね。ですが、ありがとう。……心強い」

シプリアンはこの後実に二十五年生き、百四歳で天寿を全うすることになる。歴代で最も清廉潔白で慈悲深い教皇だと信徒全員から尊敬され、その功績から死後は聖人に列せられることにもなった――。

＊＊＊

――新年のエイエールの王都は泡雪で覆われ、景観が一時白一色の無音になる。

どこまでも静かで清らかだ。

まだ踏み荒らされたことのない雪景色は、花嫁衣装になる前の絹地に似ていた。

ソランジュがそんな窓の外の純白に見惚れていると、「……様、ソランジュ様！」と針子に声を掛けられた。

「あっ、すみません。なんでしょう」

「白の色合いですが、こちらでよろしいですか。なるべく純白に近いものを用意したつもりです」

ここは王宮の衣装室だ。

エイエール王国では花嫁衣装の色は特に決まっていない。

青もあれば赤も、黄もあり、昨今の流行は水色だと聞いた。

だが、ソランジュは前世の記憶にあった、純白のウェディングドレスを選んだ。ずっと憧れていたのだ。

王室御用達《ごようたし》の仕立屋と針子は当初、白いドレスは初めてだと戸惑っていた。しかも袖までもがレースで、スカート部分ではレースを幾重にも重ねるデザインも前代未聞だと。

しかし、なんといっても国王の花嫁――王妃のためのドレスだ。どんな注文でもどんと来いと胸を叩いてくれ、今日仮縫いのドレスを仕上げて持ってきてくれた。

「はい、この色で大丈夫です」

「では、袖を通しましょうね」

針子に手助けされ仮縫いのドレスを身に纏う。

「わあ……綺麗……」

スカート部分の裾の長さを調整していた針子が笑う。

「実際のドレスは総レースになりますから、もっとずっと綺麗になりますよ。このデザイン、純白とレースのよさが出て清楚で本当に素敵。ソランジュ様の雰囲気にぴったりです」

背面を確認していた仕立屋の女将が、うんうんと頷きながらソランジュに尋ねた。

「ソランジュ様考案のデザインですが、以降当店で使用してもよろしいでしょうか?」

「あっ、はい。それは構いません。どんどん使ってください」

前世では当たり前だったウェディングドレスも、この世界ではまだ珍しいらしかった。

女将が張り切って拳を掲げる。

「よーし、皆、このドレスは来年から絶対流行るよ！　うちの看板商品にするよ！　さあさ、陛下に見ていただきましょうね」

女将は針子たちとともに一礼すると退出し、代わって略装のアルフレッドが現れた。

「あっ、アルフレッド様」

アルフレッドはすぐそばにまで歩み寄ったかと思うと、なぜかそこで立ち止まったままだ。黒い瞳でソランジュを見つめたきり、視線を外そうとしない。

「アルフレッド様……？」

「初雪の精かと思った」

「……」

一瞬何を言われたのかが理解できず、間もなく把握して頬が一気に熱くなる。

「あの……えっと……その……あ、ありがとう、ございます……」

アルフレッドは嘘を吐かないだけではなく、社交辞令でもほとんどお世辞を言わない。ということは、本心から言ってくれたのだろうと思うと、ますます照れ臭く顔を上げられなくなってしまった。

そして、先に行動を起こしたのはやはりアルフレッドだった。

ソランジュの前に立ちそっと広い胸にドレスごと抱き締める。

「こうするとお前が溶けて消えてしまいそうで恐ろしい」

それでも、触れずにはいられないと。

ソランジュは多幸感に満たされながら、アルフレッドの右手を取り自分の頬に押し当てた。

「あなたを残して消えたりなんてしません。ほら、温かいでしょう？」

どちらからともなく見つめ合い、口付けを交わして抱き合う。

ソランジュは「ありがとうございます」と囁き、アルフレッドの逞しい胸に顔を埋めた。

「私、好きな人と結婚できるなんて思ってなくて……」

伯爵邸にいた頃には幸福な恋や愛、結婚など夢物語だと諦めていた。

今はこうして愛する人の胸の中にいる。

「夢みたいです……」

ソランジュの背に回されたアルフレッドの手に力が込められる。

「夢ではない」

そのまま何事もなければ永遠に抱き合っていたかもしれない。

しかし、数分後廊下から響いてきた靴音と、「陛下、間諜より連絡がございました！」との一言に甘い空気は一瞬にして破られた。

アルフレッドの従者の声だった。

「ルード王国が盟主となり、ヴェルス王国、レンディ王国が軍事同盟を組みました……！」

そんな馬鹿なとソランジュは目を見開く。

その展開は小説『黒狼戦記』なら二年後の出来事だったはずなのに――。


（2巻に続く）

番外編　パウンドケーキはお好きですか？

アルフレッドの侍女の仕事の一つに朝食、昼食作りがある。

夕食は臣下との会食になることもままあるので、王宮の厨房の料理長が専門に担当している。

だが、朝と昼は手早く済ませることが多く、また前任の侍女もそうしていたので、長年の習慣を今更止める理由もないからとソランジュが引き継ぐことになった。

しかし、この食事作りで思いがけず頭を悩ませることになった。

初めは好きな人に手作り料理を食べてもらえるなんてと嬉しかった。

――どうせなら好物を一番美味しい状態で提供したい。

当たり前のようにそう考え、ある朝寝室で着替えを手伝いながら、アルフレッドに何が食べたいのか聞いてみた。

「明日の朝と昼は何を召し上がりたいですか？」

こう言ってはなんだが長年味にやたらとうるさい伯爵家で、料理人の代わりをやってきたので料理は得意だ。どんなものでもそれなりに美味しく作る自信がある。

ところが「なんでもいい」――そんな答えが返ってきたので困ってしまった。

「お前に任せる」

「えっと……」

なんでもいいが一番簡単なように見えて難しいのだ。伯爵家の人々も美味しいものならなんでもいいと言っておいて、やっぱりステーキがよかった、アップルパイがよかったと、料理を捨てられ作り直させられていた。

アルフレッドはそんなことはしないだろうが、もしかしたら口に合わないのではなかったかと不安になりたくはない。

「その……魚がいいとか肉がいいとか、小麦のパンより大麦のポリッジ派だとかありませんか？」

おずおずと聞き直したがやはり答えは同じだった。

「特にない。戦や執務に支障がなければそれでいい。お前に任せる」

「……」

前世で夢中で読んでいた小説『黒狼戦記』にはアルフレッドの好物は書かれていなかった。というよりは、食事シーン自体がほとんどない。

ファンブックのキャラクター情報にもなかった。他の登場人物は氏素性に身長体重、好きな食べ物に色や趣味まで掲載されていたのに、アルフレッドはすべて「不明」と書かれていたのだ。ファンが一番知りたい主人公がこれなのだから困る。

困り果てたソランジュは後日、退職した前任の侍女ヨランドに時間を取ってもらい、アルフレッドの好みを聞きに行った。

ところがヨランドの返答も「それが……わからないの」だったのでまた頭を抱えた。

「えっ、ご存じないのですか？」

ヨランドは皺の浮いた手で肩に掛けたストールを直しつつ、「ごめんなさいね」と向かいの長椅子のソランジュに謝った。

「私も何度か聞いてみたのだけど、やっぱり〝なんでもいい〟だったわ」

「そうですか……」

先日厨房の料理長にも同じことを聞きに行き、やはり「わからない」と首を傾げられた。

「何を作っても反応があまりないので、料理人としては作り甲斐がない」とも。

「じゃあ、どうすれば……」

なるほど、ファンブックにも掲載されていなかったのは、こうしたことだったのかと思い知らされる。

ヨランドはがっかりするソランジュを優しく見つめた。

「もしかするとご自分がお好きなものをご存じないのかもしれないわね」

「えっ」

思わず顔を上げる。

その発想はなかったので驚いた。

「男の方には自分は何が好きかだなんて、一度も考えたこともない方も結構いらっしゃるのよ。特にエイエールの男性はそうかもしれないわね」

エイエールの健康な男子には十代から兵役の義務がある。入隊すると個を殺して軍の規律を守り、国家のために戦う精神を叩き込まれる。その間出される食事に文句を付けるなど有り得ないし、そんなことをすれば懲罰対象になるかもしれない。

「陛下はその頂点に君臨されている方ですから。とはいえ、望めばどんな贅沢でもできるでしょうにねえ」

「ですよね……」

ソランジュはなぜ好きなものがないのかを更に考え、間もなくその理由に思い当たってあっと声を上げそうになった。

――アルフレッドは十二になるまで地下牢に幽閉されて育っている。食事は日に一度与えられたと聞いているが、まともなメニューだったとは思えない。量もせいぜい死なない程度だったのではないか。

そんな食生活をしていれば好き嫌い以前に食べられれば十分という感覚になるだろう。

自分の無神経さに呆れるのと同時に、ならばとぐっと拳を握り締める。

――好物がないのならこれから作ればいいのだ。

「ヨランド様、ありがとうございます」

「あら、何かいい案があった？」

「いい案かどうかはわからないのですけど……」

ソランジュがこれからやろうとしていることを告げると、ヨランドは「あなたが新しい担当でよかったわ」と微笑んだ。

ソランジュの計画は以下のようなものだった。

とにかく片端から人気メニューを作って食べさせてみて、反応や表情の変化を観察するのだ。

少しでも変化があれば記録に取って、もう一度その料理を作って注視する。

これで気に入ったかどうかくらいはわかるのではないかと期待するしかなかった。

ソランジュは様々な料理を作った。ナッツ入りのパンに塩味のポリッジ、川魚の煮込みに鶏肉のゼリー寄せ、羊のロースト、果物を詰めたパイ、その他諸々――。

すると、いくつかわかったことがあった。

意外なことだったが、アルフレッドは甘いものをよく食べる。

以前間食にとジャムを練り込んだクッキーを持っていったところ、結構な量だったのに皿を取りに行く頃には空になっていたのだ。

これはと思って数日後今度はパウンドケーキを持っていくと、やはり短時間でなくなっていたので間違いないと確信した。中でもクルミとアーモンド入りがお気に入りらしい。

アルフレッドも無意識なのだろう。お代わりを寄越《よこ》せとは言わないが、ソランジュが追加を持っていくと必ずすぐ手を伸ばしている。

「アルフレッド様、もう一つ焼いてあるのですが、持ってきますか?」

「ああ、頼む」

アルフレッド様は甘く歯触りのいいものが好き――。

ソランジュはこの結果に感動と歓喜で胸が一杯になった。

休憩時間に一人自室の寝台で枕を抱きかかえて身悶える。

「アルフレッド様って……甘党なんだ……」

本編の『白鹿の女王』ではとにかく冷酷かつ残酷な敵役、『黒狼戦記』では圧倒的な強者であるアルフレッドがまさかの甘いもの好きだとは。

「かっ……可愛いっ……」

また、まだ自分しか知らない情報だと思うと更に嬉しくなる。

一頻《ひとしき》り萌《も》え狂ったのち、コホンと咳《せき》払いをして明日の献立を組み立てる。

ひとまずクルミとアーモンド入りのパウンドケーキは常備しておくようにし、同じ味ばかりでも飽きるだろうとレーズン入りも作ろうと決める。

「何か他に入れて美味しいものはないかしら」

せっかくアルフレッドがパウンドケーキ好きだとわかったのだ。どうせなら他の味も色々試してほしい。また好きなものが増えるかもしれないのだから。

ここは一つ料理のプロに聞いてみよう――。

ソランジュはそう考えてその日の夕方厨房に向かい、料理人にパウンドケーキのレシピを教えてほしいと乞うた。

「えっ、パウンドケーキのレシピかい？」

「はい。私ナッツとレーズン以外を知らなくて教えてほしいんです」

「う～ん、困ったな……。デザート類は俺担当じゃないんだよ」

デザート担当の料理人は最近病で王宮を辞しており、新しい担当がやってくるのは一週間後だという。

「あー、じゃあ料理長、あの店はどうですかね？」

料理長の弟子の一人が背後から声を掛ける。

「半年前できたってパン屋ですよ。ほら、タルトやパウンドケーキも作っているっていう……」

「ああ、あの店か」

この世界にはまだ菓子の専門店という概念はない。菓子類は祭日や小麦の収穫量に余裕がある時に、家庭ごとに手作りするかパン職人が特別に作るものなのだ。

「ソランジュちゃん、シャンタル通りって知っているかい。あそこの食料品店の並びにルヴァンってパン屋があるんだ」

ルヴァンでは近頃定期的にパウンドケーキが売られるようになり、それが口コミで密かに人気になっているのだという。

「俺は食べたことないんですけど、女の子に大人気になっているみたいですよ」

庶民には高価な価格にもかかわらず、店頭に並べられるとすぐに売り切れるほどの人気だとか。

「あの店のパウンドケーキを参考にしたらどうでしょうかね？　まあ、さすがにレシピは教えてくれないでしょうけど、食えば大体何が入っているかはわかるでしょうし参考くらいにはなるんじゃありませんか」

「ああ、そりゃあいいな。どうだい、ソランジュちゃん。一度その店に行ってみたらどうかな」

「ありがとうございます！」

プロが作った味なら間違いない。

ソランジュはルヴァンの詳しい住所を聞き出し、週明け早速パウンドケーキを買いに行った。

パン屋ルヴァンは半年前開店したばかりだからか、まだ小綺麗な石造りの店舗だった。

香ばしいパンの香りが外にまで漂ってきている。その香りに誘われるように客の行列ができていた。

今ソランジュがいる場所はルヴァンから数軒離れた別の店の前なのに、そこを越えて行列が続いているのだから相当な数だ。

混み合うことを予想し、結構早く来たつもりだったのだが、考えることは皆同じなのだと思い知らされる。

客層は厨房で聞いていた通り女性、それもまだ薬指に指輪のない若い女性が多い。家庭を預かり子育て中の主婦ともなると、嗜好品《しこう》に金をかけられないので当然なのかもしれないが――。

「……」

斜め後ろに控える護衛騎士をちらりと見る。

「ダヴィド様、見送りはここまでで大丈夫です」

護衛はもちろんわかりやすく騎士の格好をしているわけではない。ソランジュと同じく目立たないよう平民の普段着を身に着けている。

この騎士ダヴィドはアルフレッドが付けた護衛である。アダンが統率する近衛騎士団の団員だそうだ。名のある貴族出身だと聞いているので、伯爵の私生児に過ぎないソランジュはわざわざ私なんかのために……と恐縮してしまう。

「帰り道はわかりますから」

なぜダヴィドが護衛になったのかというと、先日アルフレッドに城下町に買い物に行きたいので、どうか外出の許可をくれと頼んだところ、腕の立つ護衛騎士付きならという答えが返ってきた。

「若い娘を一人で行かせるわけにはいかん」ということだったが、いくらなんでも大げさだとソランジュは苦笑した。

『道はわかっていますし大丈夫ですよ』

エイエールの城下町は王国軍の一部が守っており、ならず者や犯罪者は即座に捕らえて処罰するため、王国内どころか大陸全土でも治安はいい方だ。

それでもアルフレッドは承知しなかった。

『ならん。これは命令だ。ダヴィドを連れていけ』

びしりとこう宣言されてしまったのだ。

それ以上はソランジュも何も言えなかった。

だが、こうして現地まで来てみても、ルヴァンの前で行列を作っている若い女性客で、護衛を連れている者など他に一人もいないのに。

ところが、ダヴィドはアルフレッドと同じく承知しなかった。

「そういうわけには参りません。陛下のご命令ですから帰りもご一緒します」

護衛騎士は「ご自分の立場を自覚してください」とソランジュに言い聞かせた。

「どう考えてもソランジュ様お一人では危険です」

そう言われても釈然としない。また、「ソランジュ様」などと様付けにされるのも居心地が悪かった。

「その……私は一般人で、侍女でしかないのですが……」

「美しい女性が攫われるのは物語の定番でしょう。男に狙われでもしたらどうするのですか」

「……」

と言われても、やはり伯爵邸に閉じ込められるようにして育ち、世間を知らないソランジュにはピンと来なかった。

ダヴィドはやれやれといった風に溜め息を吐いた。

「本日は店を見たいということでしたがどの店でしょうか？　買い物だけならどの商品かを指定してくれれば、私が代理で買ってきても構いませんが」

「そ、それは……」

「何か不都合があるのでしょうか？」

「う、ううっ……」

ダヴィドはアルフレッドの忠実な臣下なのだから、今日自分がどの店に行き、何を買ったのか報告するに違いない。するとアルフレッドは勘がいいので、それだけでこちらの目的を悟るかもしれない。

ソランジュとしてはパウンドケーキのレシピを探り、参考にしようとしていることは内緒にしたかった。サプライズで美味しいケーキを出して喜ばせたかったのだ。

しかし、ダヴィドのこの様子では事情を説明しない限り、この場から一人で離れるのを許してくれそうにない。

「ソランジュ様？」

ソランジュはおずおずと口を開いた。

「内緒にしてほしいんですけど……実は……アルフレッド様にパウンドケーキを焼きたくて……」

――ダヴィドは一通りの話を聞き、なぜか笑い出しそうになっていた。

「なるほど、なるほど、そういうことですか」

というよりは、ニヤニヤしていると言った方がいいだろうか。同時に妙に嬉しそうでもある。

「あの、ダヴィド様？」

「ああ、申し訳ございません、ようやく春が来たと思いまして」

「？？？」

一体何を言っているのだろう。

ダヴィドは首を傾げるソランジュに向き直ると、「かしこまりました」と約束してくれた。

「陛下にもこの件は内密にしておきます」

「えっ！　本当ですか？」

「ええ。それにしても陛下が甘党だったとは。陛下をよく見ていらっしゃいますね」

「ダヴィド様はご存じなかったんですか？」

「どんなものを出されても文句を言わないということくらいです」

連れ立って行列の最後尾に並ぶ。

ようやく店に入るまでに一時間はかかっただろうか。それまでに売り切れはしないかとハラハラしたが、木造の棚の上にまだパウンドケーキがずらりと並んでいたのでほっとした。

ダヴィドがぽつりと呟く。

「よくこれだけの小麦を確保できたな。甘味には砂糖を使っているのか？」

エイエールで使われる甘味料は蜂蜜や果糖が主だ。しかし、近年アルフレッドが征服した地域では貿易が盛んだったので、その地域を通じて南から砂糖が大量に輸入されるようになっていた。砂糖は蜂蜜や果糖のように風味が不安定ではないので、王侯貴族の料理や高価な菓子類に使われるようになっている。

ダヴィドは店員の娘に声を掛けた。

「このケーキには砂糖を使っているのか？」

「はい！　品質のよい白砂糖を使用しております」

「値札がないがいくらだ」

「時価なのでその日によって違うんですけど、今日はプレーンのパウンドケーキが小銀貨二枚、クルミとアーモンド入りが二枚半、レーズン入りとオレンジピール入りが三枚ですね」

ソランジュは脳内で日本円に換算してみた。

小銀貨一枚が現在約三千円なので、大体六千円から九千円程度だろうか。一般的なパウンドケーキの半量サイズで売っている割にはかなり高い。

それでも若い娘が出し惜しみせず、飛ぶように売れているのは相当な美味だからか。

これは期待できると気合いが入る。

「店員さん、クルミとアーモンド入りのものを一ついただけますか？」

「はい、ありがとうございます！」

用意していた籠にパウンドケーキを入れてもらう。

一方、ダヴィドは注意深く店内を見回していた。また先ほどの店員の娘に声を掛ける。

「こちらの店主は今どこにいる？」

「申し訳ございません。現在取引先に行っておりまして……」

「では、名と身分を教えてほしい」

娘は訝しげな顔をしつつも丁寧に説明してくれた。

「名前は店名と同じルヴァンです。ギー・ルヴァン。このお店は先代であるお父さんから継いでいて、場所を変えてリニューアルしたと聞いています。お父さんの名前はジルさんだったかしら」

ダヴィドはなるほどと頷いた。

「ジル・ルヴァン？　ああ、それなら前店舗に何度か行ったことがあるな。美味いパンを焼いていた。しかし……」

「ダヴィドさん、何か気になることがあるんですか？」

ダヴィドははっと我に返りソランジュを振り返る。

「ああ、申し訳ございません。砂糖をこれだけ仕入れられる資金がよくあったなと思いまして。私が知っていた頃のルヴァンは塩と酵母と全粒粉のみのパン一辺倒だったんですが……」

「代が替わると経営方針が変わるってよくあることですよ」

「……確かにそうですね」

ダヴィドはまだ店が気になっている様子だったが、ソランジュにはそれ以上何も言おうとしなかった。

その日の夕方、ソランジュは一人自室のテーブルの前に腰掛け、パウンドケーキを載せた皿に軽く頭を下げた。

「それではいただきます」

恭しく神に祈りを捧げたのちナイフで一切れ切り分け口に入れる。

「……っ」

思わず口を押さえる。強烈なラム酒の香りが鼻についたからだ。

「す、すごいお酒の量……」

続いて発酵バターと小麦と砂糖の焦げた風味、続いて妙なえぐみがしたので吐きそうになった。

「な、何これ……」

クルミでもアーモンドでもない味だ。

「健康志向とか？」

先代までは全粒粉のパン屋だったそうなので、パウンドケーキにも皮ごと挽《ひ》いた小麦を使っているのかもしれない。なら、えぐみがあっても仕方ない。あるいは最近はこうした味が流行っているのか。

「それとも私が贅沢に慣れちゃったのかしら」

王宮に来て以来毎日美味しい食事を取っている。いつの間にか舌が肥えてしまったのかもしれなかった。

いずれにせよ、食べ物を残すなどソランジュには有り得ない。ラム酒のにおいとえぐみに耐えつつ半分食べ、残りは明日の朝食にいただくことにした。

皿に載せたパウンドケーキに蓋を被せ、厨房に持っていこうとしたところで、頭がくらりとして転びそうになる。

「あっ……」

すんでのところでテーブルに縋り付き、なんとか転倒は避けられたが、代わりにパウンドケーキが皿とともども床に音を立てて落ちた。

陶器の欠片が無惨に散らばりケーキは崩れてしまっている。

「ああ……ドジしちゃった……」

強いラム酒に酔ってしまったのだろうか。いずれにせよ、もう残り半分は食べられそうになかった。

「もったいないことしちゃった……」

それにしても、まだ頭がクラクラする。酒に弱いというのもあるだろうが、菓子類に含まれる程度の量でこうも酔うものだろうか。

「……体調が、悪いのかもしれないわ。だからこんなに……」

アルフレッドには悪いが今夜は夜の勤めをできそうにない。

寝台に歩み寄りそのまま倒れ込む。異様に眠いのと同時に気分が悪い。

今夜の夢見はあまりよくはなさそうだった。


それから一週間後、ソランジュは再びダヴィドとともにルヴァンに出向いていた。

以前購入したパウンドケーキは美味しいどころか、強烈なアルコール臭とえぐみで最後まで食べられなかった。だが、あの商品はたまたま不良品だったのかもしれないと思い直したのだ。

その日もルヴァンの店舗は混み合っており、くだんのパウンドケーキはあらゆる種類が飛ぶように売れていた。

店員たちは皆接客に多忙でソランジュが声を掛ける隙はない。困って辺りを見回していると、「そちらの綺麗なお嬢さん」と背後から声を掛けられた。隣に控えていた護衛騎士のダヴィドともども振り返る。

「初めて見るお顔ですね」

中肉中背のいかにも人のよさそうな中年の男性だった。茶の髪に茶の瞳と、十人に三、四人はいそうな無害な雰囲気である。パン職人が決まって身に纏う生成りの胴衣を身に着けていた。

「あ、もしかしてこのパン屋の店主さんですか?」

「はい。ギーと申します。近頃はパン屋というよりパウンドケーキ屋ですが」

そういえば以前来た時にはあったパンの棚からパンが消え、代わりにパウンドケーキが並べられている。よほど売れているのだろう。

これだけ人気商品なのだ。やはり以前食べたパウンドケーキは何かの間違い、つまり不良品だったのではないか。

ソランジュは先日のことを言うべきか、言わざるべきかしばし迷った。一歩間違えば言いがかりをつけていると勘違いされそうだからだ。

だが、やはり説明した方がいいだろうと覚悟を決める。

何も言わなければギーは自身の店のミスを自覚できない。また、万が一自分と同じような目に遭った客がいて、その客こそが厄介なクレーマーで店を傾けないとは限らないのだから。

勇気を出して思い切って口を開く。

「あの……私実はこのお店に来るの二度目なんです。前はクルミとアーモンドのパウンドケーキを買いました。でも、ちょっとおかしな味がして……」

ギーだけではなくダヴィドが驚いたようにソランジュを見下ろす。

「そんなことがあったんですか？」

「はい。残ったものを持ってくればよかったんでしょうけど、私気分が悪くなって転んでしまって、その時パウンドケーキも駄目にしてしまって」

「……」

「ラ、ラム酒が多かったんでしょうか。一応言っておいた方がいいかなと思って」

ギーの視線がこちらに向けられているのを感じる。

緊張のあまりソランジュの声がわずかに震えた。

ギーはなんとも言えない表情でソランジュを見つめていたが、やがて「それは申し訳ございませんでした」と頭を下げた。

「不良品だったのでしょうかね。時々あるのですよ。甘味料やスパイスが生地の一部に集まってしまって、そこを使ったケーキだけ味が濃くなってしまうんですね」

ギーの反応が常識的だったので、ソランジュは胸を撫で下ろした。

「そうだったんですか……」

「いやあ、完全にこちらの不手際です。お詫《わ》びにいくつか無料でお包みします」

この対応には慌ててしまう。

「いいえ、そんなわけには……」

断ったのだがギーは引き下がらなかった。

「どうか挽回《ばんかい》させてください。今度こそ満足できる商品をお渡ししますので」

ギーは店員の娘に命じ、持ってこさせた籠にパウンドケーキを全種類詰め込んだ。

「ちょっと重くなってしまいますが、でもまあ、旦那さんがいるなら大丈夫ですね。それとも恋人の方でしょうか？」

その視線はソランジュの後ろに立つダヴィドに向けられた後、ソランジュの左手薬指に注がれる。

ソランジュは慌てて首を横に振った。

「この方は夫でも婚約者でもなく私の……その……同僚で……」

一体何者だと怪しまれそうなので、さすがに護衛騎士とは言いづらい。だが、どちらも王宮で働いているのには違いないので、広範囲での同僚に含まれてもいいだろう。

「なるほど、なるほど。お勤め先が同じなんですか」

ギーはもう一つ籠を用意させると、ダヴィドにもパウンドケーキを詰めて手渡した。

「いや、私は……」

ダヴィドは一瞬断ろうとしたが、思い直したのか「……そうだな」と頷いて受け取る。

「弟と一緒にいただくことにしよう。あいにく男所帯で侘《わび》しい食卓になりそうだが」

こうしてソランジュは高価なパウンドケーキを全種類、ただで手に入れてしまった。

日本円で二万円以上するのだと思うと、パウンドケーキを入れた籠を持つ手が震える。

「ソランジュ様、お持ちします」

店の外に出ると、ダヴィドが手を差し伸べてきた。

「あっ、ありがとうございます。大丈夫です」

「重いと感じたらすぐにおっしゃってくださいね」

しばらく歩くと人通りのない道に出る。

するとダヴィドは辺りを見回し、籠のパウンドケーキの一つを指先で千切った。

「ちょっと味見ですよ」

もぐもぐと口を動かし顎に手を当てる。

「……普通のパウンドケーキだな」

「あっ、よかった。じゃあ、前私が食べたものがたまたま不良品だったんですね」

ソランジュはほっと胸を撫で下ろした。

この分なら味を参考にできそうだ。

早速今夜夕食にいただこうと嬉しくなる。

ところが――。


その夜、ソランジュは先日と同じく自室で夕食を取った。半分になった皿の上のパウンドケーキをまじまじと見つめる。

「……どうして？　不良品じゃないはずなのに」

ラム酒の香りは以前ほどではないが、やはり味にえぐみがある。やはりこうした風味が近頃の流行なのだろうか。

ダヴィドは普通の味だと言っていたのだから、となるとおかしいのは自分の味覚ということになる。

ならば、その流行に従ってみようかとも思ったが、このえぐみが何から来ているのか不明だ。

「お焦げ……じゃないわよね。スパイスの一種かしら？」

いくら考えてもわからない。

こうなったら思い切ってギーに聞いてみようか。秘伝のレシピをそう簡単に教えてくれるとは思えないが、やってみなければわからない。

気の弱いソランジュにはダメ元の精神はなかったが、アルフレッドを喜ばせるためなら臆病なところも克服できるのだ。

「そうと決めたらせっかくだしもう一切れいただこうかしら」

オレンジピール入りのパウンドケーキを口に入れる。すると、わずかなえぐみとともにまた頭がくらりとした。

「……っ」

テーブルに肘をつき、額を押さえて堪える。

「また……」

今回はアルコール分がほとんど飛んでいるのに、なぜまたこうして眩むのかと戸惑う。

「体調が……悪いの？」

月のものが来る時期でもないのに。

付け合わせのスープを飲んで気分を替え、覚悟を決めて今度はレーズン入りを口にした。

「あら？」

えぐみはあるが先ほどよりは不快感がない。それどころか、食べ進めるにつれて次第に体温が上がり気分がよくなってくる。

「わあ、美味しい……」

先ほどまで苦手感があったえぐみが、逆に心地いい刺激になった気さえした。

ただ甘さ一辺倒の菓子ではなく通好みの味で、ある程度食べ慣れなければ美味だと感じにくいのかもしれない。

一切れ、また一切れと手が伸びる。気が付くともう三本のうち一本を綺麗に平らげていた。

バターもたっぷり入っているのでさすがに食べすぎである。理性を総動員して蓋で覆い、残りは明日の朝食と昼食にしようと頷いた。

「早くアルフレッド様に同じ味のパウンドケーキを作りたいな……」

ソランジュはふわふわと高揚した気分のまま、脳裏に愛しい人の横顔を思い浮かべた。


翌朝、一日経ったパウンドケーキは更に美味しくなっていた。

ソランジュは夢中になってパウンドケーキを食べ、普段は少食なのに結局買ってきたものすべてを完食してしまった。

それどころか、昼にもパウンドケーキを食べたくなって仕方がない。アルフレッドの寝室を掃除していても、ベッドメイキングしていても、あのパウンドケーキのことを考えてしまう。

ああ、パウンドケーキが食べたい――脳裏に思い浮かべると、身も心も恋に落ちたようにふわふわとして熱くなる。

その熱は夜になっても引くことはないどころか、どういうわけかソランジュの女としての本能を切なく疼かせた。

その上アルフレッドに抱かれてもまだ引かず、一度目が終わってつい「もっと……」と強請《ねだ》ってしまったのだ。

ソランジュから懇願されるなど、アルフレッドは予想もしていなかったのだろう。漆黒の目を見開いてソランジュを見下ろした。

「……今なんと言った」

ソランジュは黄金色の瞳を潤ませながら、アルフレッドの肩と首に腕を絡めた。

「足りないんです。もっとアルフレッド様がほしい……」

男が——アルフレッドがもっとほしい。どれだけ感じても感じ足りない。無茶苦茶にしてほしいのだと訴える。

「アルフレッド様。お情けをくださいませ……」

「……」

ソランジュの切望の声に獣性を刺激されたのだろうか。アルフレッドはソランジュの火照った乳房に噛み付いた。

「あんっ」

背を仰け反らせ、与えられる痛みと快感に身悶える。

その間、アルフレッドの視線がいつも以上に鋭くなっていたのには気付かなかった。

＊＊＊

翌日の午後、アルフレッドは執務室で書類に目を通していた。

予算に許可を与えるサインをすると、椅子に背を預けて腕を組み、昨夜のソランジュとの情交を思い出す。

ソランジュは感じやすい女ではあるが、同時に羞恥心も強く、これまで自分から誘ったり強請ったりしてきたことなどなかった。

なのに、昨夜は理性をかなぐり捨てて乱れに乱れたのだ。一瞬別人ではないかと疑ったほどだ。

しかし、抱き慣れたソランジュの肉体を間違えるはずがない。

なぜソランジュは突然淫らな女へと変貌したのか。あれではまるで――。

「――陛下、ご報告です」

不意に扉が数度叩かれる。

「何があった」

「大変です！　ソランジュ様が倒れました！」

思わず机に手をついて立ち上がっていた。

＊＊＊

結局アルフレッドに与えられる快感すら、ソランジュから熱を取り切ることはできなかった。

それどころか、もっと体が火照っている。

ソランジュは寝台に俯せに横たわり、枕に顔を押し付けながら呻いた。

「あのパウンドケーキが……食べたい……」

どうしても食べたい。今すぐに食べたい。

フラフラと起き上がり、騎士寮にいるはずのダヴィドのもとに向かう。

ダヴィドは呼び出しを受けるとすぐに飛んできてくれた。

「ダヴィド様、あのパン屋さんに行きたいんです。護衛をお願いしてもいいですか」

「それは構いませんが……」

ダヴィドは戸惑ったようにソランジュを見下ろした。

「ソランジュ様、お体の具合が悪いのでは？」

目がトロンとして頬が火照っているように見えると告げる。

「あっ、多分ケーキに入っているラム酒のせいです。私、お酒に弱くて。でも、風邪を引いたとか病気じゃありませんから」

「なら、酔いが覚めてからにしましょう」

「お願いです……！」

ソランジュはダヴィドに縋り付いた。

「今どうしてもほしいんです」

食べられないなら香りだけでもいい。あのパウンドケーキがほしい。

切羽詰まったソランジュの表情に気圧《けお》されたのだろうか。ダヴィドは「……かしこまりました」と頷いた。

「少しでも気分が悪くなったら言ってください」

「……！　ありがとうございます！」

王宮からルヴァンまでは歩きでもよいのだが、ダヴィドはソランジュが危なっかしいと感じたのか、わざわざ馬車を出してくれた。

車内で「あのケーキ、本当に美味しいんです」と力説するソランジュにダヴィドは眉を顰める。

「確かに材料はよかったですが……」

不意に顎に手を当て「あの店、女性ばかりでしたね」と呟く。

「女性に人気みたいですよ」

「いや、それにしても……」

ダヴィドはそれきり黙り込んで何も語ろうとしなかった。


ルヴァンの店内はいつも通り盛況で、やはりほとんどの客が女性だった。

そして、残念ながらもう今日の分のパウンドケーキは売り切れてしまったらしい。

一刻も早く食べたくて駆け付けただけに、ソランジュはがっかりしてしまった。

「本当に申し訳ございません」

店員の娘が頭を下げる。

「次に売り出すのはいつですか？」

「――お急ぎならオーダーで数日中にご用意しますが」

声とともに娘の背後からギーが現れ満面の笑みを浮かべる。

「えっ、本当ですか?」

「はい。多少割高になってしまいますが」

「構いません。よろしくお願いします」

ソランジュは代金を先払いしようと、用意していた銀貨をギーに手渡した。

「ああ、ありがとうございます。ただ今お釣りを用意しますね」

ギーは一旦店の奥に引っ込むと、布袋と何枚かの銅貨を手に戻ってきた。

「では、三日後にご来店ください。それと、お詫びにこちらをどうぞ。売り物にならないので店頭に出していなかったのですが」

「……?」

少々型の小さなパウンドケーキが三切れ入っていると笑う。

「いいんですか? なんだかかえって申し訳ございません」

ソランジュは布袋の紐を解き、中を確認して首を傾げた。

パウンドケーキに羊皮紙の紙切れが紛れ込んでいる。

「ギーさん、これは……」

ギーの顔を見るとギーは目で「自宅に戻ってから読んでくれ」と合図をした。どうもかたわらに控える護衛のダヴィドの耳には入れたくないらしい。

パウンドケーキを買うくらいで、一体どんな内密な話があるのかと首を傾げたが、ひとまず王宮の自室に帰宅してのちメモを開いてみた。

〝当店のファンだと見込んでお願いしたいのですが、実は新作を開発しまして、ぜひ試食して感想をおっしゃっていただきたいのです〟

「えっ」

他の何人かの客にもランダムに頼んでいるのだという。

〝この件が他のお客様にバレると不公平だとクレームが出そうなので、くれぐれもご家族やご友人、同僚の方にも内密にお願いします〟

なるほど。確かにあれほど人気だとそういった事態にもなりそうだ。もちろん、この機会を逃す気はなかった。

しかし、一人で来いと指定されているが、一体どうやってと頭を抱える。

アルフレッドには外出する際には常にダヴィドを護衛に付けろと命じられている。あのどこまでも忠実な騎士に知られずに王宮を出られるとは思えなかった。

「う〜ん、どうしよう……」

まだ三日もあるので脱出方法を考えるしかない。

とりあえず今はもらったパウンドケーキで満足しよう――そう頷きソランジュは一切れをパクリと頬張った。

「うん、やっぱり美味し……」

そう呟いた次の瞬間、残ったパウンドケーキが手からテーブルの上に落ちる。

「……っ」

ソランジュはいきなり喉が燃えるように熱くなるのを感じ、バランスを崩して椅子から崩れ落ちた。

「……っ」

息苦しさのあまり喉を押さえる。

大きく吸って吐いても喉はヒューヒュー、ゼーゼーと鳴るばかりで空気を取り込めない。

「ど……して……」

それだけではなく心臓の鼓動がたちまち弱くなり、視界が黒い霧に覆われていく。

何が起こったのかさっぱりわからぬまま、ソランジュは意識を失った。

＊＊＊

アルフレッドはソランジュの部屋に急いだ。

大股で歩きながら報告に来た騎士に尋ねる。

「ソランジュの容態はどうだ」

「現在医師が治療に当たっており、なんとか危篤状態は脱したとのことです」

「……」

つい先ほどまで呼吸もろくにできず、血圧と体温は限界にまで低下し、手当てが数分遅れれば死んでいただろうとも騎士は報告した。

アルフレッドの足が突然止まる。

「……危篤だと」

漆黒の双眸に宿る激情の炎を見て取り、騎士は目を逸らすこともできずにその場に立ち尽くした。恐怖のあまり背筋から冷や汗が滲み下着を濡らす。

「は、はい。で、ですがその状態は脱しています！」

現在は正常値にまで回復しており、当分静養すれば健康体に戻るだろうとも。

「一体なんの病だ」

「はっ。中毒と似た病ではないかということです。過敏症とも言っていたような……」

「中毒とどう違う」

「中毒症状は一度目でも起こりますが、その病は同じものを二度以上摂取しなければ起こらない症状だそうです。ソランジュ様は特に細身ですので、大人の男性なら問題のない摂取量でも、すぐに体に毒が回ってしまったのではないかと」

そう多くはないが誰にでも起こり得ると医師は説明していた。

「つまり、何かそうした症状を引き起こすものを口にしたということだな」

アルフレッドは再び歩き出しソランジュの部屋の扉を開けた。

ソランジュは力なくその身を寝台に横たえていた。顔色が悪いのは瀕死《ひんし》の状態から脱したばかりだからだろう。

そっと額の汗を拭ってやると、瞼が開き黄金色の瞳がアルフレッドを映す。

「アルフレッド様……？　私、どうして……」

アルフレッドは起き上がろうとするソランジュを止めた。

「寝ていろ。お前は倒れたんだ」

「倒れた?」

ソランジュはどうしてと呟き目を瞬かせた。

「あのパウンドケーキを食べただけなのに」

「パウンドケーキ?」

それが過敏症の原因か。

「そのパウンドケーキとやらはお前が作ったものか。どこで口にした」

「そ、れは……」

ソランジュはなぜか後ろめたそうに目を逸らした。

「も、申し訳ございません。それは、言えなくて……」

「なぜだ」

「……」

ソランジュは口を噤んだまま何も話そうとしない。こうも頑固になるのは珍しい。

「陛下、お取り込み中失礼します」

そこに、護衛騎士のダヴィドが現れ、「陛下、こちらへ」とアルフレッドを廊下に連れ出した。

「大変申し訳ございません。この件は私の失態です」

ダヴィドにとって痛恨の極みだったのか、その端整な顔は苦渋に満ちていた。

「ソランジュ様は陛下に内密でパウンドケーキを作りたかったのです」

アルフレッドの好物は甘く歯触りがいいものだ。特にパウンドケーキが気に入ったらしい。だから、店の味を参考にし、最高に美味しいものを作ってあげたいと張り切っていたと。

「恐らくあの店のパウンドケーキが過敏症を引き起こしたのではないかと思われます」

それ以外でソランジュが食べたものはいつものパンやスープ、肉料理などで過敏症の原因になるとは考えにくい。

「今店と言ったな。どこの店だ」

「ルヴァンという城下のパン屋です。実はいくつか腑に落ちない点があり、この数日内情を調査しておりました」

ダヴィドは眉を顰めた。

「まず、私は前店主の顔を知っていましたが、ギーとまったく似ていないのです。それ自体はさほどおかしなことではありませんが、意外な事実が判明したのでご報告いたします」

ルヴァンは現店主ギーに代替わりする前、亡くなったその父親のジルによって営まれていた。

「このジルが亡くなったのち、店はどこの馬の骨とも知れぬ輩に売り払われていたことが判明したんです」

ギーは堅実な父親とは異なり酒、女、博打《ばくち》を好み、身持ちを崩して借金を抱え、店を手放さざるを得なかった。

「その後流浪人となって失踪したそうです」

つまり、ギーと名乗ったあの店主は、ギー本人ではない。

「……本物のギーは店と身分の乗っ取りのためにはめられた可能性もあるな」

アルフレッドがそう推理すると、ダヴィドは「恐らくそうでしょうね」と頷いた。

「ジルは真面目だと評判でした。その信用を手に入れたかったのでしょう。一体なんのためにでしょうか？」

ダヴィドはまだそこまでの調べはついていないと報告した。

「……」

アルフレッドは漆黒の瞳を鋭く光らせた。

「……あのパウンドケーキを徹底的に分析させる必要があるな」

＊＊＊

——大分稼がせてもらったがいい加減潮時だろう。そろそろこの国からトンズラする必要がある。

ギーは——いや、盗賊モルガンは金貨の数を数えつつほくそ笑んだ。

この国は高く売れる美女が多くてよかったと頷く。

「今時旅人を襲ったところで大して金は盗《と》れない。やっぱり頭を使わないとな」

モルガンは大陸を股にかける盗賊団の頭だった。先代まではただのならず者の集団でしかなかったのを、高度に組織化して犯罪結社に作り替えたのだ。

結果、他人を陥れて背乗《はいの》りし、その人物の信用を利用して若い娘を誘拐。他国に売り飛ばして莫大な利益を得ていた。

誘拐の手口は以下のようなものだ。

甘い菓子で若い娘を誘惑し、その菓子の中には麻薬を仕込んでおく。女だけに効く特別な麻薬だった。娘は気付かぬ間にその菓子なしではいられなくなる。

あとは適当な口実を付けて誘《おび》き寄せてしまえばいい。

ただし、失踪した娘の数が多すぎるとさすがに怪しまれる。

だから、誘拐するのは一年で一つの町につき十人。次の誘拐までには一ヶ月空けるとルールを定めていた。美女ならそれで十分高額の利益が出る。

エイエールで最後の獲物となる美女は、あの金髪に黄金色の瞳の娘になる予定だった。

「あれは高く売れるぞ……。史上最高額になる」

金髪の娘は高額で競り落とされることが多い。滅多に見かけない目の色ともなれば尚更だろう。

だが、その前にモルガン自身が味見したかった。

その清楚な美貌となよやかな肢体を思い出すたび、おのれの雄の本能がむずむずと疼く。

あの娘だけは数年性奴隷としてそばに置き、飽きた頃に売り飛ばすのもいい。

名案に手を打ち、よし、そうしようと頷いたその時のことだった。なんの前触れもなく扉が開け放たれ、武装した騎士と兵士たちが雪崩れ込んできたのだ。

「なっ……なんだっ⁉」

すぐさま壁に立てかけていた剣を手に取る。

まさか、部下たちはこの連中に全員やられたのか。

モルガンは用心深い性格だ。店の前には手練《てだ》れの護衛たちを配備している。自身もそれなりに腕には覚えがある。

だから、おのれを傷付けられる者など誰もいないと自信を持っていた。

「何者だ！」

鞘から剣を抜き指揮官と思しき黒衣の男に斬り掛かる。

男はその場で微動だにしなかった。

これは討ち取ったと確信した次の瞬間、ヴンと風を切る音が耳をかすめ、切られた前髪が宙に舞い散る。更に視界が一気に真紅に染まった。

そして、それがモルガンが目にした最後の光景だった。

「なっ……」

直後に目に焼けるような痛みが走り、声を失いその場に頽《くずお》れる。

両目を一閃で撫で斬りにされたのだと気付いた時には、モルガンはすでに視力を永遠に失っていた。

「目っ……目があっ……俺の、目があぁっ……‼」

「……」

絶望と苦痛の悲鳴を聞きながら、アルフレッドは魔剣レヴァインを鞘に収めた。表情一つ変えずに脇に控えていたダヴィドに命じる。

「――捕らえろ。この男には証言のための口さえあればいい」

＊＊＊

体調も大分回復し、医師からも明日にでも仕事に復帰していいとお墨付きをもらっている。

だが、アルフレッドが承知してくれない。まだ休んでいろとベッドに押し込められている。

ソランジュはぼんやりと窓の外を見上げた。

――意識が戻って間もなくダヴィドに頭を下げられた。

『ソランジュ様、申し訳ございません。陛下に秘密を打ち明けてしまいました』

事が事なだけに口を噤んでいるわけにはいかなかったと。ソランジュもすでに事件の詳細を聞かされていたので、ダヴィドを責めることなどできなかった。それどころか、巻き込んでしまい申し訳ございませんと土下座したい心境である。

ちなみに、モルガンはあの後逮捕され、犯罪結社も末端まで逮捕されたのち組織ごと徹底的に潰され、モルガンと幹部は現在牢獄で極刑を待つ身なのだとか。

世間的にはこれでめでたしめでたしなのだろうが――。

「もう、本当に私って馬鹿……」

あの奇妙な高揚感がまさか麻薬の作用だったとは。

医師によるとソランジュは元々薬物に敏感かつアレルギー体質で、一般的な女性より少量でも過敏症に陥りやすく、それゆえにいわゆるアナフィラキシーショックを起こしやすかったとのことだ。

「ご存じなくて当然ですよ」と慰めてもらったが、世間知らずが言い訳になるとは思えなかった。

人間に悪意があるのだとは伯爵邸で虐げられていた頃よく学んでいたが、まさか自分が誘拐だの、人身売買だの、そんな重大な犯罪の対象になるとは夢にも考えたことがなかったのだ。

キルトを頭まで被って襲い来る恥ずかしさに耐える。

それから間もなく扉が開かれ、耳に馴染んだ声で「ソランジュ」と名を呼ばれた時には、羞恥心で死んでしまうかと思った。

「体調はどうだ」

アルフレッドがベッドの縁に腰掛け、キルト越しに頭を撫でてくる。

「は、はい。もうすっかりいいです」

「なら、なぜ顔を隠す」

「……」

しばし黙り込んだのち「……申し訳ございません」と蚊の鳴くような声で謝る。

「情けなくて……」

「何が情けない。お前に咎は何一つないぞ」

ソランジュにはそうは思えなかった。

なぜいつもよかれと思ったことが裏目に出てしまうのか。

「も、申し訳ございません。私、アルフレッド様に美味しいものを食べてほしくて……」

そして、「美味い」と喜ぶ顔を見たかったのだ。

アルフレッドは黙ってソランジュを撫で続けていたが、やがて「俺は言葉が足りぬな」と呟いた。

「お前の作る料理はなんでも美味い。それが当たり前になっていた」

「……」

「そろそろ顔を見せてくれ」

ソランジュはおずおずとキルトから顔を出した。

「ようやく出てきたな」

アルフレッドの唇の端だけの笑みが眩しく見えた。

病気で倒れたからなのか、アルフレッドがいつもより優しい気がする。

大きな手に髪をそっと撫でてもらうと、こんなことを考えてはいけないと思いつつ、もう少し具合が悪くてもいいかもしれない……などと感じてしまった。

「何かほしいものはないか」

「ううんと……」

ものでは特になかったが——。

「どうした。言ってみろ」

「その……」

恥ずかしくてモジモジしつつも、滅多にない機会だからと思い切って言ってみる。

「お仕事が残ってなければなんですけど、もう少し一緒にいていただけたら……」

侍女として世話をするのでもなく、男と女として同衾《どうきん》するのでもなく、こうしてただ守られながら優しくされていると、母に甘えていた子どもの頃に戻ったようでほっとする。

「お前は無欲だな」

アルフレッドはソランジュの望み通りその日は一日そばにいて、ソランジュの他愛ないお喋《しゃべ》りを聞き、時折髪を撫でてくれた。

アルフレッドにたっぷり甘やかされたからか、翌日にはソランジュはすっかり元気を取り戻し、無事日常に戻ることができた。

あの事件以降もパウンドケーキは作り続けている。人のレシピに頼らず自力で開発しようと決め、時折アルフレッドに試食してもらう日々だ。

しかし、一つだけ困ったことがあった。

「アルフレッド様、間食をお持ちしました」

執務室の扉を開け、パウンドケーキの載った盆を手に中に入る。

「今日はアーモンドプードルを混ぜ込んでみたんです」

アルフレッドは早速一口齧り、「美味いな」と頷いた。男性らしく二口で平らげると、続いてレーズン入りに手を伸ばす。

「これも美味い」

アルフレッドなりに反省するところがあったのか、料理には必ず一言言ってくれるようになっている。

しかし、一つだけ問題があった。

「ラム酒入りも美味い」

どのメニューにも「美味い」という感想なのだ。「いまいち」も「まずい」も「もっと味を濃くしてくれ」もまったくない。

遠慮せずに言ってほしいと頼んでも、「美味いのだから仕方がない」と返ってきた。

「俺はこんなことで嘘偽りは言わんぞ」

「……ですよね」

これでは改善しようがないと苦笑する。

それでも、アルフレッドの「美味い」という言葉を聞くたびに、ソランジュの心は優しく温かい思いで満たされるのだった。

あとがき

はじめまして、あるいはこんにちは。東《あずま》　万里央《まりお》です。

このたびは「転生先はヒーローにヤリ捨てられる……はずだった没落モブ令嬢でした。」をお手に取っていただき、まことにありがとうございます。

なんと一巻、二巻同時刊行となりました！　最後まで出せてありがたい限りです。


このお話はまず数年前「大河ロマン風の転生恋愛ファンタジーを書こう！」と思ってプロットを立てました。

そこに「カリスマヒーロー」、「不憫健気ヒロイン」、「狼」などなど、好きな要素をこれでもかと詰め込んだ結果です（笑）。


どのキャラクターにも思い入れがあるのですが、脇役の中ではレジスとシプリアン、この二人には作者ながら驚かされました。

書いていくうちに当初想定していた以上の動きを取ってくれました。

こうした時しみじみと小説を書いていてよかったと思います。

最後に担当編集者様。適切な助言をありがとうございました。おかげさまで無事書籍化できました！

表紙と挿絵を描いてくださった緋《ひ》いろ先生。かっこいいアルフレッドと可愛いソランジュをありがとうございます。

また、デザイナー様、校正様他、この作品を出版するにあたり、お世話になったすべての皆様に御礼申し上げます。

それにしても、つい最近お正月だった気がするのですが、もうサクラ咲く春なんだなあと驚いております。皆様もどうぞうららかな春を満喫してくださいませ。

それでは、また二巻でお会いできますように！

東　万里央

転生先はヒーローにヤリ捨てられる……はずだった没落モブ令嬢でした。1

著者　東 万里央
イラストレーター　緋いろ

2025年4月5日　初版発行

発行人　藤居幸嗣

発行所　株式会社 J パブリッシング
〒102-0073　東京都千代田区九段北3-2-5 5F
TEL 03-3288-7907　FAX 03-3288-7880

製版所　株式会社サンシン企画

印刷所　中央精版印刷株式会社

ISBN:978-4-86669-755-0
Printed in JAPAN